LUZIFER
VERLAG

DAPHNE NIKO

DAS URTEIL

HISTORISCHER ROMAN

Die Originalausgabe erschien 2016 bei Medallion Press, Inc., USA,
unter dem Titel THE JUDGEMENT.
Dieses Buch wurde vermittelt von der Literaturagentur erzähl:perspektive,
München (www.erzaehlperspektive.de), in Zusammenarbeit mit Gloria Goodman.

The original edition was published in 2016 at Medallion Press, Inc., USA,
under the title THE JUDGEMENT.
This book was arranged by erzähl:perspektive Literary Agency, Munich
(www.erzaehlperspektive.de), in cooperation with Gloria Goodman.

IMPRESSUM

Deutsche Erstausgabe

Originaltitel: THE JUDGEMENT

Printed in Germany

Übersetzung: Madeleine Seither
Lektorat: Johannes Laumann
Umschlaggestaltung: Michael Schubert | Luzifer-Verlag

ISBN: 978-3-95835-320-6
Dieses Buch wurde nach Dudenempfehlung (Stand 2018) lektoriert.

Bibliografische Information der Deutschen Nationalbibliothek:
Die Deutsche Nationalbibliothek verzeichnet diese Publikation in der Deutschen
Nationalbibliografie; detaillierte bibliografische Daten sind im Internet über
http://dnb.d-nb.de abrufbar.

Für meine Tochter, Anastasia,
und für alle Töchter, die mutig genug sind,
sich für Gott und Vaterland einzusetzen.

»DURCH WEISE WEIBER
WIRD DAS HAUS ERBAUT;
EINE NÄRRIN ABER
ZERBRICHT'S MIT IHREM TUN.«

SPRÜCHE 14,1

KAPITEL 1

MEGIDDO, 925 V. CHR.

Das Safranlicht, welches das Schwinden des Tages verkündete, wurde bleiern, als sich eine Staubwolke, trocken wie der Erdboden, von dem sie aufstieg, am westlichen Horizont bildete. Die Ebenen, die sich wie irdene Wellen unterhalb des Siedlungshügels erstreckten, wurden nach und nach vom Dunst verzehrt, der über die Meeresstraße wehte. Das leise Geräusch von tausenden Pferdehufen war eine langanhaltende Folter, der Vorbote eines unausweichlichen Schicksals. In der Ferne funkelte es golden, als die untergehende Sonne ihre Strahlen über Bronzestreitwagen gleiten ließ: der Blitz vor dem Donnerschlag.

Es war der neunundzwanzigste Tag des Adar. In besseren Zeiten war das die Jahreszeit der Verheißung, in der Knospen aus den Felsen sprossen und neugeborene Lämmer lernten, auf ihren Beinen zu stehen, eine Zeit der Erlösung von den freudlosen Stürmen, die das Land den gesamten Winter über bedrängten. Das Tal im Osten begann gerade, seinen grünen Mantel zu tragen, und die See hatte ihren Zorn verloren. Doch dieses Erwachen war so vergänglich wie zarte Frühlingsblumen. Alles Leben, jung und alt, würde bald schon im eisernen Griff der vorrückenden Armee vergehen.

Ohne Überraschung betrachtete sie den Ansturm. Sie hatte gewusst, dass sie kommen würden. Zerstörung folgte dem moralischen Zerfall so sicher, wie Geier auf verrottendes Fleisch herabsanken. Selbst als Tochter eines Königs besaß sie nicht die Macht, dem Einhalt zu gebieten. Ihr Wille, so unerschütterlich er auch schien, war ein Sandkorn im Angesicht göttlichen Zorns.

Sie senkte den Kopf und sah gedankenverloren zu den Quadersteinen unter ihren Füßen. Wie perfekt sie behauen waren. Ihr Vater hatte auf diese Präzision bestanden. Er schuf seine Festung, wie er auch sein Königreich schuf, und sein Königreich wie seinen Charakter: eindrucksvoll, beständig, unerschütterlich. Mit ihrer Sandale folgte sie einem feinen Riss. Makel wie dieser konnten, wenn sie vernachlässigt wurden, einen Stein bersten lassen. Auf diese Weise stürzten Mauern ein und ebneten Feinden den Weg, um ungehindert einzudringen.

Mit einem Seufzen sah sie auf und rief sich in Erinnerung, wer sie war: Basemat, geliebte Tochter König Salomons und jener Gemahlin, die er wie keine andere vergötterte, jener Gemahlin, die ihn außerordentlich liebte und ihn verdarb und letztlich zerstörte. Trotz all seiner Fehler war er der mächtigste König der Geschichte, der Eine, dem der Herr sein Vertrauen schenkte, der Eine, der die Welt dazu brachte, sich vor Israel zu verneigen. Der Nachkomme eines solchen Mannes zu sein, sein Andenken zu ehren und nach seinem Wesen zu handeln, war eine Verantwortung, die sie ernst nahm.

»Mutter?«

Basemat sah ihre zwölfjährige Tochter an, eine honighäutige, wildäugige Schönheit mit seidigschwarzem Haar, das ihr bis zur Taille reichte. Das Mädchen trug eine schlichte, graue Baumwolltunika, die sich für ihren königlichen Stand nicht schickte. Es schien, als könne auch sie spüren, dass der Untergang näher rückte. Sie kleidete sich wie das gemeine Volk, denn bald würde sie in seiner Mitte stehen und auf einem Schlachtfeld kämpfen müssen, auf dem es keine Titel oder Privilegien oder Goldreserven gab.

»Ich suchte den gesamten Palast nach Euch ab. Die Männer haben sich im Hof versammelt und satteln ihre Pferde. Die Menschen sind beunruhigt.« Sie blickte an der Schulter ihrer Mutter vorbei und zum schmalen Fenster hinaus. »Was ist da draußen?«

Basemat atmete tief ein. Es gab keinen Grund, die Wahrheit vor ihr zu verheimlichen. Es lag im Wesen der Frauen Judas, schonungslos ehrlich zu sein, ganz gleich, was es kostete. »Was wir befürchteten, ist eingetreten, Ana. Der ägyptische Feind steht vor uns.« Sie nickte in Richtung des Fensters. »Sie werden uns mit der Abenddämmerung erreichen. Wir müssen bereit sein.«

»Sind wir deshalb aus Schechem hierher geflohen?«

»Megiddo ist unsere Festung, Mädchen. Sie wird uns schützen. Mein Vater baute sie wie seinen Palast in Jerusalem. Sie ist nahezu uneinnehmbar.« Sie glaubte daran, und das spendete ihr Trost. »Jetzt spute dich. Wir müssen die anderen führen. Versammle die Frauen und Kinder im Hof.«

Ana zögerte nicht. Sie machte auf dem Absatz kehrt und lief die Wendeltreppe des Turms hinunter. Ihre schwarzen Locken wogten hinter ihr her wie die Mähne eines trabenden Vollblüters.

Basemat verweilte einen Augenblick länger. Sie griff in ihr weißes Leinenkleid und zog die Goldkette heraus, die auf ihrem Busen lag. Sie ließ das Objekt, das von ihr herabhing, in ihrer Hand ruhen und spürte sein Gewicht. Der Ring, aus Eisen geschmiedet und von einer Scheibe gekrönt, in die vier Edelsteine eingebettet waren, war ein Gegenstand von großer Bedeutung, eine physische Manifestation höchster Macht.

Er war ihr teuerster Besitz, der ihr von ihrem Vater nur wenige Tage vor seinem Tod überreicht worden war. Salomon hätte ihn seinem Sohn und Erben hinterlassen können, dem regierenden König Rehabeam, doch er entschied sich dagegen.

»Dies muss jemanden überlassen werden, der reinen Herzens und Geistes ist«, hatte der alternde, ausgezehrte König gesagt, als er seine knochigen Finger in ihre Handfläche legte und ihr das mystische Symbol seiner Herrschaft übergab. »Ihr, und nur Ihr, seid dessen würdig, meine Tochter. Alle anderen sind vor dem Herrn gescheitert.«

Als sie protestierte und ihm sagte, dass der Ring ihn in die nächste Welt begleiten sollte, zeigte er ein schwaches Lächeln. »Es gibt vieles, das ich Euch nicht sagen kann. Ihr müsst Eurem alten Vater vertrauen. Nehmt diesen Ring und verwahrt ihn an Eurem Herzen. Er soll Euch daran erinnern, dass das Blut des Hauses David in Euren Adern fließt. Kniet vor niemandem nieder, auch dann nicht, wenn der Wind sich dreht.«

Basemat sah aus dem Fenster zur näherrückenden Kolonne aus Männern, deren Kriegsschreie im *Ruach Qadim* hingen. Salomons Worte erschienen jetzt, etwa fünf Jahre nach seinem Tod, prophetisch. Er hatte gewusst, dass dieser Tag kommen würde. In mancherlei Hinsicht hatte auch sie das gewusst.

Sie hielt den Ring umklammert und gab ihrem Vater ein stummes Versprechen: *Sie werden nicht siegen.*

Sie küsste das Schmuckstück, als stecke es noch immer an seinem Finger, und schob es unter ihr Kleid zurück. Sie zog die Nadeln am weißen Florschleier fest, der ihren Hinterkopf bedeckte und ihr langes, haselnussfarbenes Haar verhüllte, das über ihren Rücken hinab floss. Sie legte eine Hand auf ihren Unterleib, um das nagende Gefühl zu beruhigen. Die Gelassenheit, die ihr achtunddreißig Jahre ihres Lebens zweifelsfrei eigen gewesen war, verblasste gleich der vom Alter ausradierten Herrlichkeit der Jugend.

»Gott sei mit uns«, flüsterte sie und machte sich auf den Weg zum Hof.

Ebenerdig bot der Palast eine chaotische Szenerie. Jenseits der Doppelbögen, die die große Terrasse bildeten – in glücklicheren Zeiten ein Ort vornehmer Ruhe – versammelten sich die Männer, um mit Rüstungen ausgestattet zu werden. Armeeoffiziere standen auf Steinaltären und riefen: »Kämpft für das Königreich! Kämpft für das Recht, in diesen Ländereien zu leben! Kämpft im

Namen des Herrn!« Basemats Ehemann, Ahimaaz, war einer der Heerführer. Zu Pferde instruierte er seine Einheit, die sich bereit machte, aus den Palasttoren zu reiten. Zu Friedenszeiten war Ahimaaz von König Salomon als Statthalter von Naftali bestellt; in Kriegszeiten war er ein Feldherr. Vor diesem Tag hatte sie ihn diese Rolle nicht annehmen sehen und sie verspürte einen Stich der Angst, da es ihr so neu war. Sie zwang die Empfindung fort, denn sie war unnütz. Dies war nicht der richtige Zeitpunkt, um sich vor dem Unbekannten zu fürchten, sondern vielmehr der, es geradewegs anzugreifen.

Basemat glaubte an ihren Gatten, denn er hatte das Herz eines heiligen Mannes und den Instinkt eines Kriegers. In seiner Jugend war Ahimaaz ein Priester gewesen, von seinem Vater, dem Hohepriester von Salomons Reich, in den Bräuchen des Herrn unterrichtet. Dennoch wusste er auch, wie man ein Schwert schwang, und er war aufgerufen worden, eine Rebellion gegen seinen König niederzuschlagen. Salomon belohnte Ahimaaz' Sieg mit einer wichtigen Statthalterschaft und dem wertvollsten Preis von allen: der Vermählung mit seiner erstgeborenen Tochter.

Sie fing Ahimaaz' Blick und hielt eine Hand in die Höhe. Er erwiderte die Geste und einen langen Augenblick verharrten die beiden einander zugewandt und dachten über ihr Schicksal nach. Nichts Gutes erwartete sie, und beide wussten das. Der Mann, der Jagd auf sie machte, Pharao Scheschonq I., war ein schrecklicher Feind. Was er haben wollte, nahm er sich, ohne Warnung, ohne Gnade; das hatte er während seiner Regierungszeit wiederholt bewiesen.

Die Kunde von seinem Feldzug gegen Kusch hatte Jerusalem vor Jahren erreicht. Seine Männer hatten die Grenzstädte mitten in der Nacht überfallen, Dörfer niedergebrannt und Menschen abgeschlachtet, während sie sich Napata näherten, alles im Namen der Kontrolle über den Goldhandel, der dort florierte, und um die Grenzen Oberägyptens bis zum vierten Katarakt des Nils auszudehnen.

Vielleicht war die kuschitische Invasion eine Übung für Scheschonqs Eroberung der Ländereien, die er letzten Endes ins Auge gefasst hatte: Israel und Juda. Zu König Salomons Lebzeiten hatte der in Libyen geborene Pharao Ägyptens nicht den Versuch gewagt, in die uneinnehmbare Festung von Jerusalem einzudringen. Doch während der letzten Lebensjahre des Königs war deutlich geworden, dass der Staat ausblutete, politisch und spirituell. Ägypten hatte dieses Blut gerochen und seine Kreise gezogen, während es auf die Gelegenheit zum Angriff wartete.

Vor einigen Wochen hatten Boten davon berichtet, dass Scheschonqs ägyptische Armee in nördlicher

Richtung über die Meeresstraße ritt und dabei alles und jeden vernichtete, der zwischen ihnen und dem Sieg stand. Die Nachricht kündete von sechzigtausend Mann und fünftausend Streitwagen, von denen manche dem Seeweg nach Norden folgten und andere sich nach Osten in Richtung der Heiligen Stadt wandten. Kanaan war eingenommen worden, berichteten die Boten. Viele Städte waren gefallen. Häuser waren niedergebrannt worden, ihre Bewohner aufgespießt. Blut hatte die felsige Erde im Süden verfärbt. Die Opferzahl zu nennen war unmöglich, aber die bloße Vorstellung davon ließ Basemat vor Furcht zittern.

Ahimaaz zog seinen Helm über sein schulterlanges, silberdurchwobenes Ebenholzhaar und entzündete mit einem Zuruf den Funken des Angriffs in seinen Männern. Mit ihren Speeren und ihrem Mut bewaffnet folgten die Reiter ihrem Feldherrn durch die Palasttore und ergossen sich über den Siedlungshügel und das Tal.

Basemat sprach ein stummes Gebet für ihre Sicherheit. Ahimaaz führte keine herkömmliche Armee an, sondern vielmehr eine Widerstandsbewegung. Die Männer kamen aus allen Winkeln Israels und Judas geritten und organisierten sich in den Felsen von Gilboa, südöstlich von Megiddo. Für die Ägypter war die Wildnis Gilboas feindselig und das machte sie für die Widerstandskämpfer ideal, die die Launen der Berge kannten.

Ihre Aufgabe bestand darin, den Feind zu schwächen, indem sie Informationen sammelten und Blitzangriffe ausführten, wenn die Ägypter unachtsam waren. Angesichts der riesigen Armee Scheschonqs war dies die beste und vielleicht einzige Hoffnung, die sie besaßen.

Basemat drehte sich zur Terrasse um und betrachtete die Gesichter der Frauen und Kinder, die sich versammelt hatten und auf Anweisungen warteten. Die Kleinen weinten. Ihre dicken, lohfarbenen Finger klammerten sich an die Röcke ihrer Mütter. Säuglinge schrien verzweifelt und veranlassten ihre Mütter, ihnen die Brüste in die Münder zu schieben: Der größte Trost, den sie zu bieten hatten. Sogar die älteren Frauen, sonst gleichmütig angesichts der Gefahr, waren rastlos vor Furcht. Ein junges Mädchen musste von ihren Verwandten gestützt werden, die ihr abwechselnd übers Haar und die tränennassen Wangen strichen. Eine andere kniete neben einer der Säulen und übergab sich, spie die Dämonen aus, die sie quälten.

Basemat richtete ihren Blick auf die alte Witwe Hannah. Unter den Schatten ihres kohlegrauen Schleiers war ihr Gesicht, wenngleich von Furchen des Alters und Prüfungen gezeichnet, so sanft und friedlich wie das einer Jungfrau. Während die anderen um sie herumschwirrten wie Bienen in einer Honigwabe, stand Hannah starr wie eine Säule da. Ihr Blick war zu Boden gerichtet und ihre Handflächen zum Himmel hin geöffnet. Ihre Lippen bewegten sich kaum merklich, während sie ein Gebet sprach.

Basemat konnte das Flehen der Frau nicht hören, aber sie spürte seine Herrlichkeit. Sie war sich sicher, dass Hannahs Bittruf himmlischer Harmonie galt – ein Vogelgesang ohne Erwartung oder bewusstes Bestreben. Sie beneidete sie um ihren Frieden.

Basemat suchte in der Menge nach ihrer Tochter. Ana unterwies eine Gruppe Mädchen ihres Alters in der Kunst, ein *Chepesch* zu führen, ein kanaanäisches Sichelschwert. Sie stand hinter einem der Mädchen und führte seine Hand mit ihrer eigenen, um ihm zu zeigen, wie man parierte. Es war ein Manöver, das ihr Vater ihr auf ihr eigenes Drängen hin beigebracht hatte, als sie elf Jahre alt war. Es war ihr Ritual, hatte Ana gesagt, um eine Frau zu werden. Mit beinahe dreizehn war Basemats einzige Tochter nun erwachsener, als es ihrem Alter entsprach, ein Abbild ihres königlichen Erbes und der Linie aus Anführern, in welche sie hineingeboren war. Sie beobachtete, wie Ana ihren jungen Freundinnen eine Abfolge mit dem Sichelschwert vorführte. Sie beherrschte die Klinge, als wäre sie eine Verlängerung ihres Arms, und wich einem vorgetäuschten Feind aus. Sie drehte sich auf den Fersen und schwang zum Angriff herum. Ihr unbedecktes

Haar peitschte durch die Luft wie lange, schwarze Seidenbänder.

Eines Tages, dachte Basemat, *wird sie einen König heiraten.* Es war mehr Vorahnung als flüchtige Eingebung und es schürte ihren Kampfgeist. Sie schuldete ihrer Tochter und allen Töchtern eine Zukunft.

»Hört mir zu, Schwestern.« Sie wartete, bis das Stimmengewirr erstarb, bevor sie fortfuhr. »Der ägyptische Feind steht vor den Toren Megiddos. Unsere Männer tun, was sie können, um die Armee aufzuhalten. Die mächtigste Waffe, die wir nun führen können, ist unser Glaube. Seid stark vor Gott. Betet für unsere Soldaten. Betet für Israel.«

»Ich will kämpfen, Mutter«, sagte Ana. »Ich will diesen Männern zeigen, woraus die Frauen unseres Landes gemacht sind.«

»Die Zeit dafür wird kommen, Mädchen. Jetzt ist es unsere Pflicht, unsere Kinder und uns selbst zu schützen, damit das Leben fortbestehen kann. Wir müssen Zuflucht im Tunnel suchen.«

Anas Augen weiteten sich. »Aber Mutter, das ist feige …«

Basemat hielt eine Hand in die Höhe. »Sei still und gehorche. Kannst du den Rauch ihrer Fackeln nicht riechen? Kannst du ihre wilden Schreie nicht hören? Die Ägypter sind erbarmungslos. Sie wollen uns vernichten. Unsere beste Verteidigung liegt im Inneren der

Festung. Wir müssen uns selbst retten, damit sie unser Volk nicht zerschlagen.«

Das Mädchen senkte den Kopf und sprach kein Wort mehr.

Lauter fuhr Basemat fort: »Der Feind weiß nichts von Megiddos Tunnel. König Salomon erbaute ihn, um unsere Wasserversorgung in Kriegszeiten zu sichern. Seine Existenz ist nur der Königsfamilie und den höchstrangigen Statthaltern bekannt.« Sie hielt inne und erwiderte die Blicke mehrerer Frauen, um ihre Aussage zu bekräftigen. »Dort werden wir sicher sein.«

Die Frauen hatten Angst. Sie konnte es an ihren gefurchten Stirnen sehen, an ihren zusammengebissenen Zähnen, in den Schatten in ihren Augen. Es war ihre Pflicht, sie zu beschützen, nicht nur vor dem Feind, sondern auch vor sich selbst. Ihr Glaube war brüchig, zerfiel angesichts der Not. Nur Hannah und ein paar weitere Ältere blieben stark, denn sie hatten solche Zeiten gesehen und sie überlebt.

Sie wandte sich an Ana. »Führe die Frauen in den Tunnel. Auf der Stelle.«

Das Mädchen gehorchte ohne Widerspruch. Trotz all ihres Eigensinns wusste sie, wann sie ihren Eltern nicht trotzen durfte. Es war ein stiller Tanz zwischen ihnen: Jeder wusste, wann er den anderen unterstützen musste. Deswegen herrschte Harmonie in ihrem Heim.

Die Erde bebte. Basemat riss den Kopf zu den Befestigungsmauern herum und erblickte den riesigen, von einem Katapult geschleuderten Felsbrocken, der Megiddos Verteidigung durchbrach. Die Schreie der Männer durchbohrten ihre Eingeweide. Ihre tiefschwarzen Augen wurden feucht. In wenigen Augenblicken würden die Ägypter durch die Tore dringen.

Sie drehte sich zu den fassungslosen Frauen und Kindern um. »Beeilt euch. Es bleibt wenig Zeit.«

Sie übernahm das Ende der Kolonne, um sicherzustellen, dass niemand zurückgelassen wurde, und trieb sie zur Ostseite des Palasts. Auf einem Grasstück neben den Gemüsegärten blieben sie stehen. Der vier mal vier Ellen große Stein, der den Kammereingang verbarg, war so perfekt von den Pflanzen getarnt, dass niemand wusste, dass er da war.

Basemat kniete sich hin und tastete im Gebüsch nach dem Hebel. Ihre Hand strich über die von Rost raue Eisenstange. Sie maß etwa zwei Handflächen in der Breite und war groß genug, um von zwei Männerhänden gepackt zu werden, aber klein genug, um im Dickicht verborgen zu liegen.

Sie verspürte einen Anflug von Zweifel. Vier Männer waren nötig, um diesen Stein zu bewegen, und das mit einiger Anstrengung. Wie sollte eine Gruppe Frauen eine solche Aufgabe bewältigen?

Die Erde bebte abermals. Obgleich sie die Westseite der Festung nicht sehen konnte, konnte sie die elenden Schreie der Männer hören, die in ihren Tod stürzten. Sie sah zum Himmel. *Gib mir die Kraft.*

Sie wandte sich den Frauen zu und wählte fünf der jüngsten und fähigsten aus. »Ana, Leah, Nava, Shifra, Sarai. Löst eure Hüftschärpen.«

Jede Einzelne entfernte den Stoffstreifen, der ihr eigenes Kleid zusammenhielt, und reichte ihn Basemat, die sie alle mit geschickten Fingern verflocht. Sie zog an beiden Enden des behelfsmäßigen Seils und war mit dessen Gewicht zufrieden. Sie zog es durch den Hebel und drehte sich wieder zu den Frauen um. »Jetzt müssen wir ziehen.«

Die fünf eilten neben sie und folgten ihren Gesten, die sie an beide Seilenden schickten. Sie stemmten ihre Füße in den Boden und hielten das Seil fest. »Zieht!«

Sie zogen mit aller Kraft, aber der Stein rührte sich kaum.

Basemats Oberarmmuskel brannten und die Sehnen an ihrem Hals spannten sich. Wieder rief sie: »Zieht!«

Ohne auf ihre Anweisung zu warten, lösten sich einige der Älteren aus der Menge und boten, auch wenn sie schwach waren, ihre Hilfe an. Um die zwanzig Frauen zogen an beiden Enden des Stoffseils. Ihre Fersen wühlten die Erde auf. Ihr Ächzen wurde von den dumpfen Schlägen einer schweren Waffe übertönt, die die Holzbretter des Palasttores zerschmetterte.

Endlich wich der Stein und klappte auf wie ein Deckel.

»Der Herr sei gepriesen.« Basemat wischte sich den Schweiß von der Stirn und bedeutete den Frauen, den Schacht zu betreten.

Ungeordnet huschten sie die grobgehauenen Steinstufen hinab. Sie alle waren sich bewusst, dass ihre Zeit abgelaufen war. Innerhalb weniger Augenblicke würde die Festung von Megiddo überrannt sein. Als die Letzte hineingegangen war, folgte Basemat. Sie zog eine Fackel aus einer Eisenstütze an der Wand und entzündete sie, indem sie ein Stück Feuerstein gegen den Felsen schlug. Sie reichte die Fackel einem Paar wartender Hände und zog am Hebel an der Innenseite des Steins. Dank seiner Schwere schwang er herab und sperrte das Tageslicht aus.

Basemat ließ sich auf die oberste Stufe fallen und schöpfte Atem. Gedanken galoppierten durch ihren Verstand wie Hengste: Visionen vom Angriff auf Megiddo, von seinen Mauern, die unter der Faust des ungläubigen Königs nachgaben.

Salomons befestigte Wagenstadt war hoch auf dem Siedlungshügel errichtet, um die Israeliten in Konfliktzeiten zu beschützen. Sie war als Sammelpunkt für Menschen von so weit weg wie dem westlichen

Hafen und der nördlichen Hauptstadt, Schechem, gedacht. Innerhalb ihrer soliden Steinwände und in den Kammern der prachtvollen *Hilani*-Paläste sollten sich die Israeliten verbarrikadieren, während ihre Städte und Dörfer brannten. Doch Salomons Traum wurde schnell zunichtegemacht, denn nicht einmal Megiddo war stark genug, um den Angriff der gierigen Siedler von den Westufern des Jam Suf abzuwehren.

Basemat war überzeugt, dass die Frauen und Kinder im Tunnel in Sicherheit waren … aber was war mit ihren Männern, ihr eigener geliebter Ahimaaz eingeschlossen? Schaudernd verjagte sie jeden finsteren Gedanken an Blutvergießen und Verlust. Die Ägypter waren grausam, aber ihre eigenen Landsmänner waren gerissen und klug. Sie würden das Land, das ihr Eigen zu machen sie so hart gekämpft hatten, nicht ohne Weiteres aufgeben, das Land, das der Herr selbst ihren Vorfahren geschenkt hatte. Sie seufzte schwer und sagte sich: *Es besteht noch immer Hoffnung.*

Sie stieg die vierzig Stufen im Dunkeln hinab. Der kalte, grob behauene Fels fühlte sich unter ihren Händen wie versteinerter Sand an. Das langsame Tröpfeln von Wasser in der Ferne erfüllte ihre Ohren und sie dachte an ihren Vater. Es musste göttliche Führung gewesen sein, die ihm die Voraussicht verliehen hatte, ein Netzwerk zu entwickeln, das so komplex war, dass es tausenden Menschen Wasser bieten konnte. Ein senkrechter Schacht führte tief in die Erde und war durch eben jenen Tunnel, in dem sie stand, mit einer Quelle außerhalb der Stadtmauern verbunden, die den Bewohnern Megiddos selbst unter Belagerung den Zugang zu Trinkwasser ermöglichte.

Salomon hatte das Bauvorhaben gegen Ende seines Lebens begonnen und es niemals fertiggestellt gesehen. Er hatte seinem Sohn Rehabeam genaue Anweisungen hinterlassen, wie es zu vollenden sei, aber der Erbe des großen Königs hatte sich als dieser Aufgabe unwürdig erwiesen, wie auch vieler anderer. Obwohl Basemat ihren Halbbruder liebte, konnte sie erkennen, dass er schwach war, unentschlossen und nicht in der Lage, das Volk auf die Weise zu führen, wie es ihr Vater getan hatte. Unter seiner Herrschaft zerfiel das vereinte Königreich von Israel und Juda, das drei Könige zuvor gegründet worden war und seinen Höhepunkt während Salomons Zeit erlebt hatte, wie Kalkstein in einem Erdbeben.

Aber vielleicht war es nicht allein Rehabeams Schuld. Der Zusammenbruch hatte zu Lebzeiten ihres Vaters begonnen. Wenn Salomons vierzigjährige Herrschaft auch von Frieden geprägt gewesen war, so hatte er doch auf einem Kessel gesessen, der ohne sein Wissen gebrodelt hatte. Wut schäumte in den besteuerten Massen wie ein giftiges Gemisch. Vom Wohlstand fett geworden hatten sie sich an den Überfluss gewöhnt und wollten sich nicht von ihrem Gold und ihren Annehmlichkeiten trennen, damit die Macht und der Einfluss des Staates bis über Jerusalem hinaus reichen konnte. Salomons Traum vom Bau von Wagenstädten im Norden, wie Megiddo, und von der Befestigung der Heiligen Stadt gegen die Eindringlinge, von denen er wusste, dass sie eines Tages kommen würden, wurde Widerstand entgegengebracht. Ohne einen Gedanken an die Zukunft ihrer Kinder oder die göttliche Weisheit, die König Salomon geleitet hatte, seit ihm die Krone von seinem Vater David übergeben worden war, trachteten sie danach, ihre eigenen Schatzkammern zu schützen. Die vorherrschende Wertvorstellung hatte sich vom Dienst an Gott und der Arbeit an Israels Gemeinwohl zur Wahrung der eigenen Interessen verschoben. Es war, so fand Basemat, eine Schande.

Am Fuß der Treppe drängten sich die Frauen im dürftigen Licht einer einzelnen Fackel zusammen und zitterten in der feuchten Kühle der unterirdischen Passage. Als die Erde über ihnen von den Schritten unzähliger Soldaten bebte, starrten sie Basemat mit großen Augen an, wie verängstigte Kaninchen.

Sie blieb auf der untersten Stufe stehen. Ihr Schatten tanzte als schwarzer Riese über die Kalksteinwand.

»Frauen Israels, die Zeit für Mut ist angebrochen. Wir sind das auserwählte Volk des Herrn. So lange wir unseren Glauben bewahren, werden wir beschützt sein.« Sie trat hinunter und gesellte sich zwischen sie. »Nun wollen wir beten.«

Sie sank auf die Knie und wartete darauf, dass die anderen es ihr gleichtaten. Sie senkte den Kopf. »Allmächtiger Herrscher der Himmel, Gebieter unserer Vorfahren, der Du uns Deine Gebote geschenkt hast, erhöre das Flehen Deiner demütigen Diener. Segne, oh Herr, das Haus der Rechtschaffenen und lasse es gegen Sündhaftigkeit und Gewalt obsiegen. Lasse Weisheit und Einsicht in deinem Volk walten. Lasse ihre Herzen Frieden finden im Angesicht der Ungerechtigkeit und lasse sie Deinen Willen und Dein Urteil anerkennen ohne Widerspruch. Den Gefallenen verleihe ewiges Leben. Den Lebenden schenke die Besonnenheit, auf dem schmalen Grat der Tugend und Treue zu wandeln. Möge Dein Wort Nahrung sein in Zeiten des Hungers, Deine Wege Leuchtfeuer in der Dunkelheit. Amen.«

Lange Zeit lag Stille über der Kammer. Über der Gruppe hing eine ruhige Energie – keine bewusste Ruhe, wie innere Stärke sie brachte, sondern eher eine Benommenheit, ein hoffnungsloses Sichfügen in das, was kommen mochte.

Ein Junge mit einem runden Gesicht und goldenen Locken, die ihm in die Augen fielen, löste sich vom Busen seiner Mutter und sagte: »Wer sind die Männer, die hergekommen sind? Was wollen sie von uns?«

Basemat schenkte ihm ein verhaltenes Lächeln. »Ich will dir eine Geschichte erzählen, Elo'ah.«

Der Junge steckte sich den Daumen in den Mund und lehnte sich an seine Mutter an. Seine großen, erwartungsvollen Augen baten sie, weiterzureden.

Sie sprach mit leiser Stimme. »Vor vielen Jahren, zur Zeit unserer Vorfahren, gab es eine schreckliche Dürre in Kanaan und die Menschen starben vor Hunger. Der alte Stammvater Israel, der Isaaks Sohn und Abrahams Enkelsohn war, führte sein Haus in fruchtbarere Gefilde, die reich an Getreide und Wasser waren. Mit seinen Söhnen und deren Familien, die zusammen siebzig Köpfe zählten, begab er sich auf eine Reise nach Süden, die viele Monate dauerte und die Leben ihrer neugeborenen Lämmer forderte. Schließlich erreichten sie Jam Suf, und sie frohlockten. Sie setzten nach Westen über, in ein Königreich namens Ägypten, und dort fanden sie Weiden und Wasser für ihr Vieh, und sie behandelten das Land mit Sorgfalt und nahmen nur, was sie zum Überleben brauchten.

Siebzehn Jahre lang gedieh und vermehrte sich Israels Stamm. Er besaß die Gunst des Pharao und lebte in Eintracht mit den Ägyptern. Doch Israel, der recht alt war, starb, und sein Sohn Josef brachte ihn nach Kanaan zurück, damit er bei seinen Vorvätern bestattet werden konnte. Israels Haus beweinte ihn zusammen mit den Ägyptern, die wie Familie waren. Israels Stamm lebte weiterhin in Ägypten und zählte jetzt viele tausend Menschen.

Als der Pharao starb, kam ein neuer König an die Macht, der Israel nicht kannte, nicht seinen Sohn Josef und auch keinen seiner Nachkommen. Er betrachtete die Söhne Israels als Fremde auf ägyptischem Boden und verabscheute ihre Vielzahl und ihre Lebenskraft. Aus Angst, sie könnten sich erheben und Krieg gegen Ägypten führen, unterwarf der neue Pharao sie der Knechtschaft. Die Israeliten, seit jeher ein freies und stolzes Volk, waren nun unter dem Joch eines fremden Königs versklavt. Sie wurden gezwungen, Städte zu bauen und schwere Lasten zu tragen und die Arbeit von Ochsen zu verrichten, für nicht mehr als ein Stück Brotrinde.

Aber Israels Volk war gewaltig und klug und der Not zum Trotz vermehrte es sich weiter. Und je zahlreicher sie wurden, desto mehr hasste der Pharao sie, bis er eines Tages befahl, ihre Söhne in den Nil zu werfen, damit sie den Samen Israels nicht mehr weitergaben.«

Sie hielt inne und lächelte den kleinen Jungen an, der das Kleid seiner Mutter an seine Lippen gepresst hielt.

»Aber Hass und Unterdrückung haben keinen Bestand, Elo'ah. Auch wenn viele Jahre vergehen: Die Rechtschaffenen siegen immer. Durch die Gnade Jahwes wurde Israels Stamm vom ägyptischen Joch befreit und von einem Mann namens Mose zurück ins Land Kanaan geführt, wo er wieder in Freiheit lebte und gedieh. Der Pharao vergab den Israeliten niemals, dass sie ihre Freiheit eingefordert hatten, und die Menschen Ägyptens und Israels, die einst Brüder gewesen waren, wurden zu lebenslangen Feinden.«

Sie richtete ihren Blick auf die Gruppe und hob die Stimme ein wenig. »Gerade so wie Israels Stamm damals überdauerte, so werden es seine Nachfahren wieder tun. Selbst wenn das Blut auf der Erde bis zum Zaumzeug der Pferde hinaufreicht und das Meer mit Leichen übersät ist, werden die Söhne Israels auf den Bergen ihrer Vorfahren stehen und den Sieg über ihre Feinde erklären. Sie mögen schreckliche Armeen besitzen und Bronzestreitwagen und Katapulte, die riesige Steine schleudern, aber wir haben etwas, das ihnen fehlt: die Gunst unseres Herrn, unseres Gottes. Wendet euch nicht von eurem Glauben ab, auch nicht in solch harten Zeiten, und ihr werdet die Herrlichkeit Israels wiederhergestellt gesehen.«

In dem stillen Raum konnte Basemat das An- und Abschwellen des Atems ihres Volkes hören. Die Flamme der Verwandtschaft wärmte sie. Eine der Älteren hinten im Kreis stimmte ein vertrautes Lied an. Ihre klaren Worte, tragische Erzählungen von Leids im Rhythmus eines Kriegsmarsches, hallten im Felsenschoß wider und schwollen an, als die anderen Frauen einfielen, eine nach der anderen. Bald sangen alle Münder einstimmig. Jede Note war honigsüß von Hoffnung und Errettung.

Basemat glaubte, etwas zu hören, und entzog sich dem spontanen Chor. Ohne die anderen zu beunruhigen, lauschte sie.

Ein schlurfendes Geräusch erklang von der Treppe.

Sie spürte den eisigen Griff der Furcht um ihre Adern, als sich das Geräusch langsam näherte. Die Frauen sangen weiter, ohne die Tatsache zu bemerken, dass jemand in die Kammer eingedrungen war. Mit einem Herzschlag so wild wie ein Tier im Käfig richtete sie ihren Blick auf die dunkle Treppe.

Ein Mann erschien aus den Schatten, dann noch einer. Und ein Weiterer. Alle trugen sie über ihren nackten Oberkörpern die goldenen Brustharnische ägyptischer Krieger. Sie keuchte. Der Gesang hörte auf und alle Köpfe drehten sich dem Tumult zu.

Langsam stand Basemat auf und betrachtete die Eindringlinge mit hoch erhobenem Kopf. Ana lief zu ihr.

Die Männer standen in zwei Reihen stramm. Ihr Speere waren neben ihnen in die Erde gebohrt. Ihr

Anführer kam die Treppe herunter und stellte sich vor seine Soldaten. Um die Hüften trug er eine Bahn aus weißem Baumwollstoff, die in der Leiste zusammengerafft war und von einem goldenen Schild bedeckt wurde, der vor seinen Beinen herabhing. Eine dicke Bronzeplatte erstreckte sich von seiner Kehle über seine Schultern und bis zum unteren Ende seines Brustbeins. Ein bronzener Helm, von einer Schlange gekrönt, schützte seinen Kopf. Um seine Handgelenke lagen goldene Bänder. Er richtete seine kholumrandeten Augen zuerst auf Basemat und dann mit gierigem Blick auf Ana.

»Lasst uns in Ruhe«, sagte Basemat und schützte den Körper ihrer Tochter mit ihrem eigenen. »Wir sind nur Frauen … Kinder. Wir sind keine Bedrohung für euer Volk.«

Er warf den Kopf zurück und stieß kurze, böse Lacher aus. Er redete in einer Sprache, die sie verstand: Es war die Sprache ihrer Mutter. »Es ist nicht an euch, über euer Los zu wachen. Ihr seid nun das Eigentum des Pharao.« Er wandte sich an seine Männer. »Ergreift sie.«

Die Männer richteten ihre Speere auf die fassungslosen Israelitinnen. Kinder klammerten sich an ihre Mütter. Ihr hysterisches Weinen erfüllte jeden dunklen Winkel der Kammer.

Vier Soldaten machten sich daran, ihre Gefangenen mit Jute zu fesseln. Die Frauen schluchzten leise, als die Männer ihnen das Seil um die Taille schlangen, ihnen die Hände auf den Rücken banden und das Seil zur Nächsten führten, bis sie alle, durch ihre Fesseln bewegungsunfähig, an einer einzigen Kette lagen.

Einem der Männer wurde aufgetragen, die Kinder an einer Stelle zusammenzutreiben. Manche fügten sich still, andere nicht. Eliezer, Sarais Sohn, trat einem der Soldaten gegen das Schienbein und schlüpfte dann aus seinem Griff wie ein lebender Fisch, als der Mann ihn zu packen versuchte. Der Junge, der gerade sein zehntes Lebensjahr erreicht hatte, war dem Ägypter ein lästiger Widersacher, der seinen Angriffen geschickt auswich und ihm spottete.

»Eliezer, füge dich, mein Sohn«, rief seine Mutter.

Der Junge hörte nicht auf sie; dieses Mal glitt er zwischen den Beinen des Soldaten hindurch und stürzte auf die Treppe zu. Zwei andere Soldaten packten ihn und warfen ihn ohne Rücksicht auf sein zartes Alter zu Boden. Während er auf dem Rücken lag, rammte Eliezer seinen Fuß zwischen die Beine des Soldaten, der ihm am nächsten stand, und ließ ihn mit einem Aufheulen zu Boden gehen.

Ein weiterer Ägypter hob seinen Speer. »Dieser Junge ist vom Bösen Geist beseelt. Er muss sterben.« Er rammte seinen Speer in Eliezers Kehle und drückte ihn mit aller Kraft nach unten, während der Junge keuchte und Blut spuckte.

Basemat fiel auf die Knie und presste beide Hände auf den Mund. Zitternde beobachtete sie das brutale Verbrechen an ihrem Volk. Gefangene zu machen war Kriegsrealität; ein Leben zu nehmen, besonders das eines Kindes, war unverzeihlich. Das Blut des kleinen Eliezer sickerte in den Kalkstein, während er im verzweifelten Versuch, am Leben festzuhalten, wild um sich schlug. Drei Frauen verhinderten, dass seine wehklagende Mutter zu ihm eilte.

Als die Bewegungen des Jungen schwach wurden und sein Körper bleich, zog der Ägypter den Speer so grob aus seiner Kehle, dass er Eliezers Hals beinahe entzweiriss. »Stellt euch uns entgegen und ihr werdet dasselbe Schicksal erleiden.«

Ein bitterer Geschmack füllte Basemats Mund. Was stille Fügung in das Los der Israeliten gewesen war, verwandelte sich in heiße Wut. Sie stand auf und redete den Mann in seiner eigenen Sprache an. »Feigling. Ist das dein Verständnis von Eroberung und Sieg im Namen deines Königs? Kinder zu töten und Frauen zu foltern?«

Er fletschte die Zähne und richtete seinen blutigen Speer auf sie. Speichel tropfte ihm aus seinem herabgezogenen Mundwinkel.

Der Anführer trat zwischen die beiden. »Senke deinen Speer. Wir brauchen sie lebend.« Einem anderen seiner Männer rief er über die Schulter hinweg zu: »Fessle sie.« Dann wandte er sich Ana zu und ließ seinen Blick über ihren Körper gleiten. »Die hier kommt mit mir.«

Basemats Augen weiteten sich. »Nein … das könnt Ihr nicht tun. Meine Tochter gehört zu mir.«

Er ignorierte ihr Flehen und packte Ana am Ellbogen.

Das Mädchen biss die Zähne zusammen und wehrte sich gegen seinen Griff. Sie sah ihre Mutter mit dem Blick einer verängstigten Gazelle an.

Heißes Blut brannte in Basemats Gesicht. Sie warf sich auf den Ägypter wie eine tollwütige Katze und grub ihre Fingernägel ins Fleisch seines Unterarms. »Lasst sie los!«

Mit einer schnellen Armbewegung schüttelte er ihren Griff ab und warf sie zu Boden. Ihre Stärke konnte es nicht mit seiner aufnehmen, aber das hielt sie nicht ab. Sie kämpfte sich auf die Füße und packte Anas anderen Ellbogen mit ihrem festesten Griff. »Ihr könnt meine Tochter nicht mitnehmen.« Sie sagte es wieder und wieder, und mit jedem Mal wurde sie aufgelöster.

Sie zog gegen den Griff des Ägypters an, selbst dann noch, als sich Anas Gesicht vor Schmerz verzerrte. Basemats Arm zitterte von der Anstrengung. Sie spürte, wie ihre Hände abrutschten.

Weitere Soldaten kamen dem Anführer zu Hilfe, doch er winkte sie fort. Mit einer schnellen Bewegung riss er das Mädchen aus den Armen seiner Mutter. Ein teuflisches Lachen entsprang seiner Kehle und hallte vom Stein der unterirdischen Kammer wider. Er packte Ana bei den Haaren und zog sie die Treppe hinauf.

Basemat heulte auf, als sie zusah, wie ihr einziges Kind in den dunklen Katakomben verschwand. Sie spürte, wie ihr zwei Hände Jute um die Taille wickelten. Sie wehrte sich nicht. Sie ließ den Kopf hängen und weinte mit bebendem Körper, während ihre Handgelenke den Fesseln des Feindes unterlagen.

KAPITEL 2

Die Nacht senkte sich rasch über die Ebene von Jesreel. Basemat saß auf einem abgenutzten Teppich auf dem Boden ihres Gefängniszeltes, die Knie an die Brust gezogen. Sogar im Frühling war der Atem der Nacht eisig, wenn er über die offene Ebene blies. Ein Schauder lief ihr über den Rücken, gleichwohl eine Antwort auf die Kälte wie auf das Schicksal, das sie erwartete.

Obwohl sie ihr Trost gespendet hätte, nahm sie die Decke nicht, die für sie ins Zelt gelegt worden war. Sie erkannte die raue Webart der Wolle, in verblassendem Blau und Violett gestreift und an den Enden mit Fransen besetzt, als die Arbeit ihres Volkes. Sie fragte sich, welches Haus Scheschonqs Männer geplündert und von wessen Bett sie sie genommen hatten. Sie stellte sich vor, wie die Bewohner – der Qualität ihrer Stoffe nach zu urteilen einfache Menschen – aus ihrem Haus getrieben wurden, wenn sie überhaupt überlebten, aus ihren Städten stieben wie Ameisen, verängstigt und allem beraubt. Für sie war die gestohlene Decke ein Symbol des Leids jener Menschen und sie ließ sie liegen, denn sie anzunehmen hätte sich wie Verrat angefühlt.

Für eines war sie dankbar: Ihre Fesseln waren zerschnitten worden. Sie schob den langen Trompetenärmel ihres Kleides nach oben und betrachtete die blutige Haut ihrer Handgelenke, die von der Jute aufgescheuert worden war. Sie brannte nicht mehr als die Erniedrigung, eingesperrt zu sein.

Das Zelt ihrer Gefangenschaft war kaum groß genug, dass vier Menschen Schulter an Schulter aufrecht darin hätten stehen können. Es war aus gewebtem Ziegenhaar gefertigt, das zu einem breiten Tuch zusammengenäht und mit hölzernen Pflöcken in der Erde gesichert war. Ein Olivenholzzweig hielt die Decke in der Höhe. Eine schwache Flamme, die in einer tönernen Lampenschale brannte, flackerte über die Zeltwände und warf lange Schatten ins Halbdunkel.

Basemat hörte, wie sich ein Mann vor ihrem Zelt räusperte, und begriff, dass sie bewacht wurde. Ihre Züge verhärteten sich. Das vereitelte ihren Plan, das Zelt im Dunkel der Nacht zu verlassen und nach ihrer Tochter zu suchen. Sie war entschlossen, Anas Leben zu retten, selbst wenn es sie das eigene kosten würde. Der

Gedanke, dass ihr geliebtes Kind in den Händen dieses Ungläubigen war, entfachte einen Zorn in ihr, den sie nicht kannte. Wut und Gewalttätigkeit entsprachen nicht ihrer Art. Aber sollte es soweit kommen, dann würde sie den Ägypter eher ausweiden, als zuzulassen, dass er ihrer Tochter die Unschuld raubte.

Sie holte tief Luft, um ihren Zorn zu bändigen. Sie durfte nicht den Kopf verlieren. Sie stand auf und ging zum Stoff, der den Zelteingang bedeckte. Durch einen Spalt spähte sie zum Himmel hinauf. Der Vollmond hing tief am Horizont. Sie blickte nach Osten, teilte den Stoff ein wenig und hoffte, ihre Bewegungen blieben unentdeckt.

Es war die Hoffnung eines Narren. Der Wachmann bemerkte sie unverzüglich und richtete seinen Speer auf sie. Er bellte etwas in einem Dialekt, den sie nicht kannte. Er war ein großer Mann von beträchtlichem Umfang, in dessen Augen ein mordlüsterner Schimmer lag.

Sie wich nicht zurück. »Ich habe großen Durst. Ich möchte einen Becher Wasser haben.«

Er stieß seinen Speer in die Luft und drängte sie, wieder hineinzugehen.

Sie blieb standhaft und starrte ihm in die Augen, zwei nachtschwarze Murmeln, die bar jeglicher Intelligenz schienen. »Bring mir Wasser.«

Seine Speerspitze berührte ihre Rippen. Er stieß weitere Worte aus. Als sie sich noch immer nicht rührte, drehte er den Speer.

Sie hörte das Leinen ihres Kleides reißen und verspürte ein Stechen. Sie blickte nach unten und sah Blut, das langsam aus der Fleischwunde sickerte. »Du bist gottlos«, zischte sie auf Hebräisch.

»Er führt nur Befehle aus«, sagte eine Männerstimme aus den Schatten.

Basemat war überrascht, im feindlichen Lager Hebräisch zu hören. Sie beobachtete die Reaktion des Wachmanns auf den unsichtbaren Eindringling. Er rührte sich nicht.

»Wer seid Ihr?«, rief sie beunruhigt. »Zeigt Euer Gesicht.«

Er trat in ihr Blickfeld. In der Schwärze der Nacht konnte sie die Konturen seines *Halugs* ausmachen, der langen Tunika, die ihn als Israeliten identifizierte. Der Zierrat des Kleidungsstücks – ein Metallgürtel, der um die Taille geschnallt war und bestickte Zierstreifen an den Ärmeln, Säumen und dem Halsausschnitt – verrieten seinen Status. Sein Gesicht konnte sie kaum erkennen.

»Hallo, Prinzessin.« Er näherte sich langsam. »Es ist viele Jahre her, seit wir uns zum letzten Mal trafen.«

Basemat erstarrte, als sie erkannte, wer vor ihr stand. Es hatte Gerüchte über die Rückkehr des Verräters nach

Israel gegeben, nachdem er als führender Kopf eines Aufstandes gegen ihren Vater aus dem Land getrieben worden war. Sie versuchte zu sprechen, doch die Worte waren im Käfig der Erschütterung gefangen.

»Wollt Ihr Euren zukünftigen König nicht begrüßen?«

»Nehmt kein Schicksal an, das nicht das Eure ist, Jerobeam. Das ist Blasphemie.«

»Ihr und ich, wir beide wissen, dass es nur eine Frage der Zeit ist, bis ich über die Stämme Israels herrschen werde.«

»Das Volk Israel ist dem Haus David treu. Es wird niemals zulassen ...«

»Das hat es schon. Es gibt nichts, was Ihr oder sonst eine Brut Salomons tun könnt, um das zu verhindern. Die Menschen der nördlichen Stämme haben sich vom vereinten Königreich losgesagt. Ich werde sie führen, wie es die Prophezeiung vorhersah.«

Galle stieg in Basemats Rachen auf und sie kämpfte den Brechreiz nieder. Nicht länger fähig, ihn anzusehen, zog sie sich in ihr Zelt zurück.

Jerobeam folgte ihr. »Ihr werdet hören, was ich zu sagen habe. Seht mich an.«

Basemat drehte langsam den Kopf. Er hatte sich in den Jahren, seit sie ihn zum letzten Mal gesehen hatte, nicht verändert. Seine dunklen, zornigen Augen lagen tief unter gewaltigen Brauen und ein kurzer, schwarzer

Bart bedeckte ihm Kiefer und Kehle. Seine Haut besaß die Farbe von gebranntem Ton und Linien zeichneten seine eingesunkenen Wangen. Sein schulterlanges Haar, ein unbändiges Gewirr tiefschwarzer Locken, war mit einem hohen Turban in Schattierungen von Indigo und Myrte umwickelt.

Ihre Gedanken wanderten zu dem Tag zurück, als sie ihn kennengelernt hatte. Sie war in Anas Alter gewesen, als Jerobeam, ungefähr zehn Jahre älter als sie, von König Salomon ausgewählt wurde, den Fronarbeitern in Jerusalem vorzustehen. Ihr Vater hatte ihn wegen seines Fleißes und seiner Ehre aus Tausenden ausgesucht und ihm seine wichtigsten Bauvorhaben anvertraut. Jerobeam sollte die *Burnden* während des Baus des Millos befehligen, das die Stadt des Königs umschloss und befestigte, und auch während der Errichtung des königlichen Tempels für ihre Mutter außerhalb der heiligen Stätte.

Basemat hatte ihn beim Pessachfest getroffen. Er saß an der langen Tafel des Königs, nahm wenig vom Essen und Wein zu sich und sprach nur selten. Als Salomon seinen Hofstaat begrüßte, wandte er sich an seine liebsten Untergebenen, um ihnen vor allen Versammelten Anerkennung zu zollen. Es war das erste Mal, dass dem jungen Jerobeam diese Ehre zuteilwurde, und sie veränderte seine Haltung augenblicklich. Den Kopf erhoben und die Brust aufgeplustert wie ein Hahn stand er zwischen den anderen Stellvertretern des Königs. Der Stolz, der in seine Seele drang, war sichtbar.

Die Geschichte war so alt wie die Zeit: Sobald er einmal Macht gekostet hatte, war es ein Leichtes, einen Mann zu verleiten.

Die Wunde an ihrer Seite brannte sie von Neuem. »Ihr werdet für diesen Verrat gerichtet werden, Jerobeam.«

Ironiegespicktes Gelächter drang aus seiner Kehle. »Von wem? Eurem Bruder, dem machtlosen König? Ich ging zu Rehabeams Krönung, um im Namen der Menschen zu verhandeln. Er war so arrogant, dass unsere Bitte, die Last der Besteuerung durch Euren Vater zu verringern, verdampfte wie Regentropfen auf einem heißen Stein. Er bestand darauf, die Abgaben zu erhöhen, anstatt sie zu senken. Es war offensichtlich, dass er keine Vorstellung davon hat, was das Volk will, und deswegen wenden sich die Menschen von ihm ab. Sicher wisst Ihr, dass die Führer der zehn Stämme Israels die Krönung verließen und Rehabeam am Tage seiner Machtergreifung demütigten.« Sein Gesicht verzog sich zu seinem Ausdruck der Abneigung. »Er bekam nur, was er verdiente.«

Sie war sich des Vorfalls und der Spaltung, die ihm gefolgt war, nur allzu bewusst. Rehabeam hatte fünf Jahre lang abwechselnd versucht, die abtrünnigen Stämme entweder zu unterwerfen, oder Frieden mit ihnen zu schließen. Es war kein Geheimnis, dass er den Kampf verlor, und es war auch keine Überraschung, dass Jerobeam sich als Anführer des unzufriedenen Nordens erhoben hatte, denn er war es gewesen, der den Menschen eine Stimme verliehen und die Flammen der Revolution gegen das Haus David geschürt hatte.

»Warum erzählt Ihr mir das? Erwartet Ihr mein Mitgefühl? Ihr sollt es nicht bekommen. Die Respektlosigkeit, die Ihr meinem Vater entgegenbrachtet, und nun meinem Bruder, ist eine Schande.«

»Die Geringschätzung seitens Eurer Verwandtschaft für das Volk ist eine Schande. Die Ungerechtigkeit, mit welcher sie uns behandelten, damit sie ihre Truhen mit Gold füllen konnten.« Er hielt eine geballte Faust in die Höhe. »Ich bin diesen Menschen treu gesinnt … und ich werde ihnen zu ihrem Recht verhelfen.«

»Ihr wagt es, von *Treue* zu sprechen? Ihr, der versuchtet, Euren König zu stürzen, den Mann, der Euch vertraute und Euch alles gab?« Ein Kloß formte sich in ihrer Kehle und würgte ihre Worte. Noch immer entsetzte sie die Erinnerung an Jerobeams Versuch, die Regierung während Salomons Herrschaft an sich zu reißen.

Diese Tat war höchst abscheulich. Salomon hatte Jerobeam die Verantwortung über die Abgaben des Hauses Josef übertragen, dem einflussreichsten der

Stämme. Jerobeam, ein Ephraimiter und daher Mitglied des Stammes, war charismatisch und sein Volk respektierte ihn, und so war er in der idealen Position gewesen, um Einfluss auf sie auszuüben. Salomon hatte ihn zu seinem persönlichen Vertreter dieses hochwichtigen Teils seiner Anhängerschaft gemacht und ihm die Aufgabe anvertraut, den Willen der Krone durchzusetzen, wenngleich dies nicht gern gesehen war.

Aber der Plan des Königs schlug fehl. Anstatt dem regierenden Haus David treu zu bleiben, verschrieb sich Jerobeam den Anliegen des Hauses Josef und verhandelte im Namen der Menschen. Salomon betrachtete das als Verrat und enthob seinen einst begünstigten Stellvertreter aus seinem Amt. Kurz nach seiner Entlassung versammelte Jerobeam, der in seine Heimatstadt Zareda zurückgekehrt war, dreihundert Pferde und eine Rebellenarmee um sich und plante einen Aufstand gegen Jerusalem.

Sein armseliger Versuch, den mächtigen König Salomon zu entthronen, wurde von einer Söldnereinheit zurückgeschlagen, die von ihrem geliebten Ahimaaz angeführt wurde, aber die Botschaft war überbracht: Das Königreich war nicht länger sicher oder unangefochten. Die Glückseligkeit, von Salomons Herrschaft eingeleitet, war vergällt. Nach seinem Verrat wurde Jerobeam ins Exil verbannt, aber mit oder ohne ihn köchelte die anti-salomonische Stimmung.

»Sagt mir, Jerobeam«, fuhr sie fort, »wohin seid Ihr geflohen, als mein Vater Euch aus Israel fortjagte?« Sie glaubte, die Antwort zu kennen, aber sie wollte es aus seinem Mund hören.

Ein Lächeln schlich sich auf seine aufeinandergepressten Lippen. »Indem er mich fortschickte, setzte Salomon schlicht Gottes Plan in Gang. Er zwang mich nach Ägypten und glaubte gewiss, der Feind würde sich an meinem Fleisch ergötzen und meine Knochen zerschmettern. Doch so war es nicht. Pharao Scheschonq empfing mich wie einen Bruder und nahm mich an seinem Hof auf. Er bot mir Schutz und eine königliche Braut – Ano, die Schwester seiner eigenen Gattin. Und er half mir, zurückzukehren und meine Bestimmung einzufordern.

Ihr müsst wissen, Prinzessin, es wurde vor langer Zeit vorhergesagt, dass ich mich als König von Israel erhebe. Der Prophet Ahija von Schilo suchte mich eines Tages im Geheimen auf und zerriss seinen Umhang in zwölf Teile. Zehn gab er mir und sagte: Siehe den Willen des Herrn. Dich hat er auserwählt, die zehn Stämme Israels zu führen, und nur die Stämme Juda und Benjamin lässt er unter der Herrschaft des Hauses seines Dieners David. Das vereinte Königreich wird nicht länger fortbestehen.« Er schlug sich mit der geschlossenen Faust an die Brust. »Ich erhebe nur Anspruch auf das, was mir rechtmäßig zusteht.«

Von der Prophezeiung zu hören überraschte sie. Also war es geschehen: Der Herr hatte dem Haus David seine Herrlichkeit aberkannt und den alten Erlass aufgehoben, nach dem Davids Nachkommen für immer herrschen sollten. Der göttliche Zorn konnte nicht mehr besänftigt werden, denn die Sünden, die ihn entfacht hatten, waren zu groß. Es war zu spät für das Haus David, zu spät für Israel. Dunkelheit hatte sie eingehüllt und Jerobeam hatte sie mit seiner Ägypterschar hergeführt. Sie war dankbar, dass ihr Vater das zu seinen Lebzeiten nicht mehr hatte mit ansehen müssen.

Basemat suchte in Jerobeams Augen nach einem Anzeichen für Heiligkeit, das den Herrn veranlassen würde, ihn zum Herrscher eines neuen, entzweiten Königreichs zu ernennen. Ehrgeiz und Eitelkeit besaß er reichlich, aber Rechtschaffenheit nicht. Hinter der beherzten Fassade rührte sich Angst in seinem Herzen und sie sah vorher, dass diese sein Untergang sein würde.

Sie atmete die kühle Luft ein, die nach Weißdornglut von einem fernen Lagerfeuer roch. »Wenn Ihr die Wahrheit sprecht, was wird dann mit König Rehabeam geschehen?«

»Er wird weiter als König Judas regieren. Die beiden Stämme des Südens werden seiner Herrschaft unterliegen.« Er grinste höhnisch. »Sie sind ohnehin nichts weiter als Häuptlinge und Hirten. Sie sind für mich bedeutungslos.«

»Und Jerusalem?«

»Pharao Scheschonqs Armeen marschieren heute Nacht dorthin. Der Pharao selbst führt den Angriff. Er wird die Stadt brandschatzen und sein Eigentum zurückverlangen.«

»Sein Eigentum? Nichts in Jerusalem gehört ihm.«

Jerobeam lachte. »*Es gibt so vieles, das Ihr nicht wisst, Prinzessin.* Aber sorgt Euch nicht um Dinge, die zu ändern Ihr nicht die Macht besitzt. Alles wird zur rechten Zeit offenbart. Und dann …« Sein Blick glitt an ihren Körper hinunter, dann zurück zu ihren Augen. »Ihr könnt selbst entscheiden, was Ihr mit der Wahrheit anfangen wollt.«

Wie sehr sie ihn verachtete. Die bloßen Worte: *Die Wahrheit,* waren Blasphemie, wenn sie über seine Lippen kamen. Sie hatte nichts übrig für seine rätselhaften Aussagen, seine anmaßende Verkündung, er, ein einfacher Bürger und der Sohn einer Dirne, sei in ein Geheimnis eingeweiht.

Er sprach weiter. »Die Herrlichkeit Jerusalems wird vergehen. Ihrer Würde beraubt, wird Salomons Heilige Stadt zu dem, was sie früher einmal war: eine kleine Festung im felsigen Hinterland. Schechem wird das neue Machtzentrum sein. So will es das Volk.«

»Ihr täuscht Euch. Die Menschen werden niemals aufhören, zum Tempel des Herrn zu reisen. Dort wohnt Jahwe und dort werden Seine Gesetzestafeln aufbewahrt. Der Glaube, der die Hebräer nach Jerusalem zieht, ist weit stärker als alles, was Ihr oder Euer Pharao aufbringen könnt.«

»Ihr seid diejenige, die sich täuscht. Das Volk wird keinen Grund mehr haben, die Pilgerfahrt nach Jerusalem anzutreten. Ich werde Tempel in den großen Städten des Nordens bauen, in Bet-El und Dan, und die Menschen werden dort hinströmen, um den Herrn zu verehren.«

Ihre Augen weiteten sich. »Die Leviten werden das niemals dulden …«

»So sollen sie aus meinem Königreich verbannt werden.«

»Ihr könnt die Priester nicht verbannen. Das verstieße gegen das Wort Gottes.«

»Muss ich Euch daran erinnern, Prinzessin, dass Gott mich auserwählte? Jeder, der sich mir in den Weg stellt, wird niedergestreckt werden.«

»Es ist eine Lästerung …«

»Schweigt!«

Kopfschüttelnd trat sie einen Schritt zurück. »Das ist Wahnsinn. Ihr wandelt auf dem Weg der Zerstörung und nehmt ein ganzes Volk mit euch.« Sie zeigte auf den Ausgang. »Verlasst augenblicklich mein Zelt.«

Mit zusammengebissenen Zähnen sagte er: »Ihr könnt mich nicht länger herumkommandieren. In wenigen Tagen werde ich zum König gekrönt werden. Ihr werdet mir Gefolgschaftstreue schulden.«

»Bis ein solcher Tag anbricht, werdet Ihr Euch vor dem Haus David verneigen.«

»Euch bleibt eine Nacht, um Euer eigenes Schicksal zu entscheiden. *Ihr könnt nach Ägypten geschickt werden, um dem Pharao zu dienen, oder Ihr könnt in Eurem Heimatland hingerichtet werden.* Ich erwarte Eure Entscheidung bei Tagesanbruch.« Er grinste, dann drehte er sich weg, um das Zelt zu verlassen. »Wenn Ihr nicht wählt«, sagte er über seine Schulter hinweg, »wird die Wahl für Euch getroffen werden.«

Basemat war dankbar, wieder allein zu sein. Mit einem Ausatmen senkte sie ihren Kopf in die Handflächen. Jerobeams Anwesenheit hatte sie mehr aufgewühlt, als sie zugeben mochte. Sie suchte nach dem Ort des Friedens in ihrem Herzen, doch sie fand ihn nicht. So viele Gedanken kreisten in ihrem Verstand umher und weigerten sich, zur Ruhe zu kommen. Nach Osten gewandt kniete sie sich auf den alten Teppich und neigte ihren Oberkörper nach vorn. Mit dem Scheitel auf dem Gewebe ruhend atmete sie den Geruch ein, der mit den Fasern verflochten war: eine Mischung aus trockener Erde, Holzfeuerrauch und Vieh.

Es war der Geruch ihres Landes – des Gebietes, das den Kindern Israels vom Herrn versprochen worden war und das sie nach vierzig Jahren von Prüfungen und Entbehrungen geplagter Wanderschaft erreicht hatten. Sie hatten den Boden mit ihrem Blut bewässert, die Erde mit den Knochen ihrer Toten gekalkt. Ganz gleich, welche Anstrengungen ihnen bevorstanden, es war es wert, den Duft ihres gelobten Landes einatmen zu können – den süßen Geruch von Errettung und Freiheit.

Die zwölf Stämme Israels hatten sich ihren Platz hier verdient und doch hatten sie ihn niemals gesichert. Während ihrer gesamten Geschichte wurde ihr Recht angefochten, das Geschenk ihres Gottes von den heidnischen Nationen geneidet, die sie umgaben. Scheschonqs Feldzug war lediglich eine weitere Manifestation der Leiden, denen sich die Hebräer gegenübersahen, seit ihr Same in die Erde gepflanzt worden war.

Doch von einem der ihren verraten zu werden, war unverzeihlich. Der Gedanke, dass sich ein hochrangiger Israelit beim Pharao niederließ, seinen Wein trank und die Körper seiner Frauen kostete, ließ Basemat schaudern. Sicherlich hatte Jerobeam den Ägyptern im Gegenzug für militärische Unterstützung Staatsgeheimnisse verkauft – wie sonst hätten sie von dem Wassertunnel wissen können? Er brauchte Scheschonq und seine zehntausend Krieger, um die befestigten Städte Jerusalem und Megiddo zu stürmen und Schrecken in den Herzen der Menschen zu entfachen – den Menschen *seines* Volkes, die er lieber zum Gehorsam einschüchterte als sie zu Größe zu inspirieren.

Ganz gleich, wie er sich gab, Jerobeam war kein Mann Gottes; dessen war sie sich sicher. Warum der Herr ihn auserwählen sollte, um die zehn Stämme Israels zu führen, war ein Rätsel, das sie nicht lösen konnte, doch sie stellte es nicht infrage. Sie hatte vor langer Zeit gelernt, dass der Wille des Allmächtigen geschah, und kein Mensch konnte ihn unrecht nennen.

Lange blieb sie mit dem Kopf auf der Erde sitzen und bot ihren Körper und ihren Geist dar, ohne für etwas zu beten. Mit geschlossenen Augen ließ sie die Gedanken ungehindert kommen und gehen und hoffte auf eine Vision für die Zukunft. Ihr Verstand trieb dahin wie im Schlummer, doch sie war wach. In diesem erstrebenswerten Zustand von Bewusstsein ohne bewussten Gedanken sah sie Anas Gesicht, rein und strahlend. Sie stand auf einem Steinhaufen in einer feindseligen Wildnis, in einer Säule aus Licht. Obwohl alles um sie herum reglos war, wogten ihr weißer *Halug* aus Flachs und ihr offenes, rabenschwarzes Haar in einer unsteten Brise. Das Licht fing sich in ihren Augen und ließ sie mit der Intensität von poliertem Achat funkeln.

Basemat glaubte, das Mädchen sagen zu hören: *Ich bin gekommen, um dir zu helfen. Hab keine Angst, mein Herz, mein Herz.*

Erschrocken öffnete sie die Augen. Ein gewaltiger Schauder drang ihr bis in die Knochen und ließ sie zittern.

Sie spürte eine Hand auf der Schulter und erstarrte.

Sie war nicht allein.

KAPITEL 3

»Fürchtet Euch nicht.«

Basemat kannte diese Stimme. Sie seufzte und setzte sich auf, um ihren Ehemann anzusehen. Ahimaaz' Haut war von Schmutz und Ruß geschwärzt, sein grau werdender Bart zerzaust. Sein blauer *Halug* war an der Schulter zerrissen worden und der Stoff hing über der Bronzerüstung, die seinen Oberkörper bedeckte.

Ahimaaz nahm seinen roten Wollumhang ab und legte ihn ihr über die Schultern. Sie nahm seine Hand in ihre. »Ihr seid in Sicherheit. Gepriesen sei der Herr.«

Er blies die Öllampe aus und stürzte das Zelt in Dunkelheit. »Die Zeit ist knapp«, flüsterte er. »Wir müssen im Schutz der Nacht fortgehen. Der Mond ist voll. Er wird uns den Weg leuchten.«

»Ich werde nicht ohne unsere Tochter gehen. Sie ist in einem der Zelte. Ich weiß nicht, in welchem.«

»Ich weiß es.«

In der Dunkelheit konnte sie sein Gesicht nicht sehen, aber sie hörte die Gewissheit in seiner Stimme.

»Wie … wie könnt Ihr das wissen?«

»Als wir die Nachricht erhielten, dass die Ägypter in den Tunnel eingedrungen waren, folgte ich ihnen mit drei meiner Männer in dieses Lager. Wir versteckten uns im Hain jenseits des Tals und beobachteten sie. Daher weiß ich, dass ihr hier seid. Ana ist am anderen Ende des Lagers, im Zelt eines Offiziers.«

»Dann müsst Ihr auch wissen, dass Jerobeam hier ist.«

»Ja.«

»Er behauptet, dass er zum König gekrönt werden und über die zehn Stämme des Nordens herrschen wird.«

»Es ist wahr. Gott schütze uns.« Er hielt inne. »Erwähnte er Jerusalem?«

»Die Armee des Pharao marschiert noch heute Nacht dorthin. Jerobeam sagte, Scheschonq wolle seinen Besitz zurückholen. Wisst Ihr, was das bedeutet?«

Ahimaaz blieb lange still. »Ich weiß es nicht.«

Nach dreizehn Jahren Ehe wusste Basemat, wenn ihr Mann ihr etwas verheimlichte. Wenngleich sie in seinem Blick nicht nach Aufrichtigkeit suchen konnte, kannte sie diesen Tonfall: leicht zögerlich, schwach. »Ich muss die Wahrheit wissen, Ahimaaz.«

Er atmete aus. Sie spürte den warmen Luftstoß auf ihren Wangen und roch seinen leicht sauren Atem.

»Ich will Euch sagen, was ich weiß. Man munkelt, dass der Pharao Eure Mutter nach Tanis zurückbringen will. Zurück in ihre Heimat.«

Basemat richtete sich auf. »Meine Mutter mag Ägypterin sein, aber sie ist niemandes Eigentum.«

»Sie war die Tochter eines Pharao, ehe sie Euren Vater heiratete. Nun, da Salomon tot ist, könnte ihre Verwandtschaft wollen, dass sie ihren Lebensabend in ihrem Heimatland verbringt. Es ist Sitte, den Adel in Familiengräbern beizusetzen, genau wie bei uns.«

Jerobeams Worte hallten in ihren Ohren nach. Es gibt so vieles, das Ihr nicht wisst, Prinzessin. Sie war sich sicher, dass Ahimaaz' Theorie, wenn auch vernünftig, unvollständig war. Antworten hatte sie jedoch keine.

»Jemand muss meine Mutter warnen … und den König.« Sie packte ihn bei den Schultern. »Ihr müsst nach Jerusalem reiten, mein Gatte.«

»Ich fürchte, es ist zu spät. Jerusalem muss sein eigenes Schicksal gestalten. Meine höchste Verantwortung gilt meiner Familie … Euch und Ana. Wir müssen diesem Lager lebend entfliehen, damit wir gegen den ägyptischen Feind kämpfen können. Das ist jetzt von größter Wichtigkeit.«

»Wie könnt Ihr das sagen?« Obwohl sie die Worte flüsterte, war ihr Tonfall resolut. »Unsere erste und einzige Verantwortung gilt dem Herrn, unserem Gott. Wenn wir nicht versuchen, Jerusalem zu retten, wird alles zerfallen, wofür mein Großvater kämpfte und was mein Vater im Namen des Herrn erbaute, und gleichzeitig auch der Glaube einer Nation. Ich würde lieber sterben, als das zu erleben.«

»Der Weg nach Jerusalem ist lang und tückisch. Selbst wenn wir es heil aus diesem Lager schaffen, fürchte ich um Eure Sicherheit auf dieser Reise. Der Feind lauert an jeder Wegbiegung. Vielleicht werden wir in einen Kampf verwickelt. Das ist nichts für Frauen und Kinder.«

Sie drückte seine Schultern. »Hört mir zu, Ahimaaz. Wir haben keine Zeit, einen Rettungsplan zu ersinnen. Ihr müsst allein nach Jerusalem reiten. Das ist unsere einzige Hoffnung.«

»Ich kann Euch nicht zurücklassen … mein Kind zurücklassen.«

»Unsere Verpflichtung ist weit wichtiger als wir. Alles, woran wir glauben, alles, was zu erschaffen unser Volk seit der Zeit unserer Vorfahren gekämpft hat, ist in Gefahr. Mein Vater erbaute Jerusalem und den prächtigen Tempel des Herrn durch göttliche Gnade. Die Heilige Stadt und das Heiligtum darin symbolisieren

Gottes Gunst für die Hebräer. Niemals dürfen wir sie im Stich lassen. Wir dürfen Jerusalem nicht aufgeben oder den Ungläubigen erlauben, den Tempel zu entweihen … selbst wenn das bedeutet, unser Blut auf der Erde zu vergießen.«

Seine schwielige Hand berührte ihr Gesicht. »Meine kluge und mutige Frau. Selbst wenn ich im Kampf sterbe, so sterbe ich als glücklicher Mann, denn ich kannte die Güte Basemats.«

Sie beugte sich vor und legte ihre Stirn an seine. In dieser Position verharrte sie lange Zeit und lauschte dem Geräusch seines Atems. Sie war sich deutlich bewusst, dass dies ihre letzte Begegnung sein könnte.

Sie richtete sich auf. »Um eine Sache bitte ich Euch.«

»Was immer es ist.«

»Überlasst mir Euer *Chepesch.*«

Sie hörte, wie das Sichelschwert über das Metallgewebe seiner Taillenschärpe kratzte. Er legte das kleine *Chepesch* neben ihren Knien auf den Boden.

Sie drückte seine Hände. »Geht jetzt.«

Ohne ein weiteres Wort löste Ahimaaz einen Zeltpfahl und schlüpfte zur unbewachten Rückseite hinaus.

Basemat legte sich eine Hand auf den Mund. Sie verspürte ein schwaches Stechen in der Brust. Trotz all ihres Muts und ihrer Überzeugung war sie noch immer ein Eheweib, eine Mutter, eine Frau. Sie wollte diese

Entscheidungen nicht treffen müssen, aber die Umstände ließen ihr keine Wahl. Es machte sie krank, sich vorzustellen, dass Ahimaaz möglicherweise in seinen Tod ritt, dass Ana allein im Zelt eines Offiziers war, dass sie zwischen Gefangenschaft und Hinrichtung wählen musste.

Sie hob das *Chepesch* auf. Trotz seiner geringen Größe war es ein bedeutendes Werkzeug, eines, das Schaden verursachen konnte. Sie ließ einen Finger über seine Schneide gleiten und ertrug das Brennen, als ihre Haut aufgeschnitten wurde. Sie saugte an der Wunde und schmeckte die metallische Schärfe ihres eigenen Blutes.

Erschöpfung drückte ihre Lider zu. Sie schob ihr Kleid nach oben und steckte das *Chepesch* in die Falten ihres Lendentuchs. Dann sank sie auf den Teppich nieder und zog Knie und Ellbogen nah an ihren Körper. Eingerollt wie ein ungeborenes Baby dachte sie an ihre Mutter.

Nikali Taschere wurde dem Pharao Psusennes II. von einer seiner Gemahlinnen geboren und Salomon zur Ehe gegeben, um gute Beziehungen zwischen den beiden Nationen zu gewährleisten. Tatsächlich hatte Ägypten nie die Hand gegen Israel erhoben, solange Nikali in Jerusalem gewesen war. Zu Psusennes' Lebzeiten hatten die beiden Länder miteinander Handel getrieben und sich gegenseitig in Form von Arbeitskräften unterstützt.

Nach seinem Tod hatte sein Nachfolger, Scheschonq, andere Wünsche und politische Ziele verfolgt. Während Psusennes mit Ägyptens Grenzen zufrieden gewesen war, beabsichtigte Scheschonq, ein Nachkomme von Stammeskriegern, sie auszudehnen – um jeden Preis.

Aber was wollte er von Nikali? Ging es schlicht darum, sämtliche Mitglieder des ägyptischen Königshauses nach Tanis zurückzuholen? War es ein Versprechen an den sterbenden Pharao gewesen, ein Versprechen an den Mann, der ihn als seinen Nachfolger ausgebildet hatte? Mit Sicherheit wollte Scheschonq Nikali nicht für sich selbst; sie hatte die Glanzzeit ihrer Verführungskünste längst überschritten.

Wäre ihre Mutter jünger gewesen, hätte Basemat diese Möglichkeit in Betracht gezogen. Niemand in ganz Israel hatte der jungen Nikali geähnelt; ihre elegante Ausstrahlung war eine Mischung aus ihrer Anmut, ihrer ägyptischen Abstammung und ihres unzähmbaren Temperaments. Wenn sie an der Seite ihres Gatten an Festmahlen teilnahm, wandten die Menschen ihre Augen ab, so groß war ihre Schönheit. Es hieß, sie könne Männer in ihren Bann ziehen.

Und tatsächlich hatte sie diesen Effekt auf Salomon gehabt. Sie war nur eine seiner vielen Ehefrauen, aber bei Weitem seine liebste gewesen. Basemat hatte die Macht gesehen, die sie über ihn besaß. Nachdem

Salomon verkündet hatte, dass ihre älteste Tochter heiraten würde, war Nikali wütend hinausgestürmt. Sie hatte sich in ihren eigenen Palast zurückgezogen und war trotz Salomons Bitten nicht wieder herausgekommen.

In jener Nacht, in der Salomon zu Nikalis Tür kam und sie anflehte, ihn hineinzulassen, beobachtete Basemat die Szene heimlich. Seine Ehefrau, in eine durchsichtige Robe gehüllt, erschien im Eingang. Sie stand hinter einem scharlachroten Gewebe, das verhinderte, dass sich die Tür vollständig öffnen ließ. Sie sagte zu ihm: »Betretet mein Gemach, ohne dass der Scharlachschleier zerreißt. In meiner Heimat bittet ein Gatte seine Gemahlin auf diese Weise um Vergebung.«

Salomon schien verwirrt.

»Auf die Knie«, hatte sie gesagt und auf den Steinboden gezeigt.

Basemat war überzeugt gewesen, dass er es nicht tun würde, denn er war der gesalbte König Israels. Gewiss würde ihm sein Stolz einen solchen Akt verbieten. Doch er begehrte seine Frau so sehr, dass er sich wie ein Tier auf Hände und Knie hinabließ und in ihr Zimmer kroch.

Bei der Erinnerung an die abscheuliche Forderung und die deutliche Botschaft, die ihr innewohnte, verzog Basemat das Gesicht. Salomons Geist war so sehr geschwächt gewesen, dass er zum Untergebenen einer Frau geworden war, dass er um fleischliche Gelüste bettelte. Nikali hatte ihn ohne Rücksicht auf seine Seele manipuliert. Und er hatte ihr die Erlaubnis dazu erteilt.

An ihrer Mutter war vieles, das sie nicht verzeihen wollte, aber ihr eigener Bund mit dem Herrn erlaubte es nicht, ein Elternteil gering zu schätzen, ganz gleich, wie fragwürdig dessen Handlungen sein mochten. Wofür ihre Mutter auch stand, sie akzeptierte es. Ihre Treue aber galt jederzeit und bedingungslos ihrem Vater.

Es war ihr schwergefallen, seinem Verfall zuzusehen. Er war schleichend gekommen, aber Basemat konnte die Anzeichen sehen, auch wenn er selbst es nicht vermochte. Die Begebenheit mit dem scharlachroten Schleier war nur einer der Fälle gewesen, in denen er den Übeltäter hätte tadeln und sich von ihm abwenden sollen, um die Unversehrtheit seines Geistes zu bewahren. Stattdessen hatte er der Verlockung des Fleisches nachgegeben.

Das war nicht das einzige Ereignis dieser Art. In seinem Bestreben, friedliche Beziehungen mit den umliegenden Nationen zu führen, hatte er sich eine ganze Reihe fremdländischer Ehefrauen genommen und sie alle mit Begeisterung geliebt. Seiner Frau Naamah, der Ammoniterin, erlaubte er, ihren Gott Moloch auf einem Hügel außerhalb der Mauern Jerusalems zu verehren. Als der Akt von den heiligen Männern des Königreichs für gottlos erklärt worden war, sagte Salomon, dass Naamah die Mutter seines Erben Rehabeam war und daher berechtigt sei, anzubeten, wen sie wollte. Er bestand darauf, dass seine Aufgeschlossenheit seine Seele nicht verdarb, selbst als die Priester ihn warnten, dass er schon aufgrund seiner Verbindung schuldig sei.

Salomon aber glaubte, er stünde über all diesen Dingen. Nie würde Basemat den Tag vergessen, an dem sie eine Auseinandersetzung zwischen ihrem Vater und seinem Hohepriester Zadok mitangehört hatte. Der heilige Mann hatte dem König von einer Vision erzählt, die er in der Nacht zuvor gehabt hatte.

»Ich sah die Feinde vor den Toren Jerusalems, mein Gebieter. Dort stand ein junger Mann, der den Stein der Altane mithilfe eines Steinhammers und eines Pflocks vom alten Stiftszelt abtrug. Sein Gesicht war bedeckt, sodass ich es nicht sehen konnte. Aber er trug die Kleidung Eures Volkes. Ich fürchte, jemand aus Euren eigenen Reihen verschwört sich gegen Euch.«

Salomon schnaubte. »Das ist Unsinn. Meine Männer sind mir treu ergeben. Ich gab ihnen alles, was sie sich nur wünschten … gerechten Lohn, Ansehen, Ehre. Manchen gab ich sogar eine meine Töchter zur Frau. Warum sollte sich einer von ihnen gegen mich wenden?«

Zadok tadelte ihn streng. »Vielleicht vertraut Ihr ihnen zu sehr. Vielleicht wurdet Ihr zu selbstgefällig und könnt nicht erkennen, was um Euch herum zerbricht.«

»Ihr wagt es, so mit dem König zu sprechen, der von Gott selbst auf Israels Thron gesetzt wurde? Die Gunst des Allmächtigen gehört mir immerdar. Dies war das Versprechen des Herrn an meinen Vater.« Er hob die Stimme. »Wenn sich jemand gegen mich auflehnt, so lasst ihn kommen. Ich werde ihn mit dem Stab der göttlichen Macht zerquetschen und zusehen, wie er um Gnade winselt. Niemand stellt die Herrschaft König Salomons infrage.«

Basemat schauderte ob der Genauigkeit von Zadoks Traum. Kurz darauf war Jerobeam als Widersacher des Königs in Erscheinung getreten. War er auch in der Tat niedergeschlagen worden, so erhob er sich wieder und schwang den Stab und den Hammer des Herrn. Wäre Salomon nicht so hochmütig gewesen, sich für unbezwingbar zu halten, wäre das Ergebnis vielleicht ein anderes gewesen.

Oder vielleicht auch nicht.

Sie seufzte und schloss die Augen. So gern wollte sie vom Schlaf übermannt werden. Sie wollte nichts fühlen, wenn auch nur für einen Moment, wollte von den Fesseln ihrer Erinnerung befreit sein. Sie ließ ihre Tränen in die Fasern des alten Teppichs fließen, während sich die Worte von Jerobeams Ultimatum in ihren Verstand einbrannten.

Ihr könnt nach Ägypten geschickt werden, um dem Pharao zu dienen, oder Ihr könnt in Eurem Heimatland hingerichtet werden.

Als sie ihre Augen wieder öffnete, fühle sie sich ausgeruht und klar, obwohl sie sicher war, dass sie nicht geschlafen hatte. Sie setzte sich auf und spähte durch den Spalt des Zelteingangs. Das Firmament hatte die Farbe von *Techelet* und war von großen Wolken aus Violett und Purpur durchzogen, die sich wie ein Gebet bis zum Himmel erstreckten. Ein goldener Streifen erschien zwischen den Gipfeln der Berge im Osten und verkündete den neuen Tag.

Der Moment ihres Urteils war gekommen.

KAPITEL 4

JERUSALEM, 965 V. CHR.

Zadok, der Sohn von Achitub, stand auf dem Berg Moriah und sah auf die Stadt hinunter, die sich zu seinen Füßen erstreckte. Nachdenklich betrachtete er die Fundamente des Königspalastes, mit deren Entstehung vierzig Steinmetze, die besten in Israel und Tyros, seit einem Jahr beschäftigt waren. Es stand noch viel Arbeit bevor, aber schon jetzt waren sein Ausmaß und seine Substanz furchteinflößend.

Ein Stück entfernt befand sich die Zitadelle, die Schutzbefestigung, die zwischen den Schmuckstücken der Stadt und den quadratischen, steinernen Flachdachgebäuden stand, in denen die Menschen wohnten.

Am Fuß der Stadtmauern lag die lebensspendende Gihonquelle, die die trockene Wüste nährte und die

Bewohner des heiligsten aller Orte Israels versorgte. Es war ein prächtiger Anblick, dieses Jerusalem, das sein König erbaute. Niemals zuvor in der Geschichte der Hebräer hatte es eine Stadt von solcher Größe gegeben, eine Stadt, die Jahwe gewidmet war. Jerusalem war mehr als eine Festung und ein Machtsitz; es war auch der Ort, den der Herr zum Bau Seines Hauses auserkoren hatte, eine gewaltige Aufgabe, die allein dem Würdigsten übertragen worden war. Obwohl ihre Erfüllung mehrere Jahre und immense Mittel beanspruchen würde, war der König unerschrocken und begann den Bau mit Eifer.

Das gefiel Zadok, der Hohepriester des vereinten Königreichs von Israel und Juda unter König Salomon war und davor getreuer Priester König Davids. Als Nachkomme Eleasars, des dritten Sohnes Aarons, verfolgte Zadok seine väterliche Abstammung zurück zum Bruder des Mose und des ersten Hohepriesters des Volkes. Seine Linie war seit dem Auszug ins Gelobte Land von Gott selbst begründet und er hatte sich seiner auferlegten Pflicht vollständig verschrieben, die für ihn mehr als nur ein Geburtsrecht war: Sie war ein Privileg.

Zadok spürte die feste Berührung einer Hand auf seiner Schulter und drehte den Kopf. Den Blick auf die Stadt gerichtet stand König Salomon zu seiner Linken. Er trug eine weiße Flachsrobe mit langen Ärmeln und großzügig verziertem, mit Fransen besetztem Rock, der in der Taille von einem Ledergürtel gehalten wurde. Darüber lag ein roter Wollumhang, an der Schulter mit einer Goldnadel gesichert, die das Ebenbild eines Löwenkopfes war. Seine schulterlangen Locken, die in der Mittagssonne glänzten wie geölter Onyx, wurden von einer spitz zulaufenden, aus gelber Seide gewebten Scheitelkappe gekrönt.

Er rieb sich den kurzen schwarzen Bart, der auf seinem kantigen Kinn wuchs und seine fleischigen Lippen umschloss. »Prachtvoll, nicht wahr?« Er drehte sich zu Zadok um und sah ihn mit lächelnden Augen an. »Ich wünschte, mein Vater hätte das noch erlebt.«

»Er wäre ein stolzer Vater gewesen. Sein Sohn tut genau, was von ihm verlangt wurde.«

Salomon sah über seine Schulter hinweg zum Bauplatz am höchsten Punkt des Berges Moriah. »So viele Jahre sind vergangen, seit der Herr König David auf diesem Berg erschien und zu ihm sagte: Erbaue mir ein Haus. Es erfüllt mich mit Zufriedenheit, die Schuld meines Vaters zu tilgen und seinem Namen Ehre zu bereiten.«

Zadok gefiel das bescheidene Wesen des Königs. Obwohl Salomon erst dreiundzwanzig Jahre alt war und kaum sein fünftes Jahr auf dem Thron vollendet hatte, war er weder hitzköpfig noch prahlerisch wie die meisten seinesgleichen. Er besaß eine Bescheidenheit, die nur von wahrer Selbstsicherheit stammen konnte. Der jüngste Sohn König Davids, von seiner Frau Batseba geboren, war mit Königlichkeit gesegnet, einer gewissen Aura. Selbst bevor er zum Herrscher wurde, waren die Menschen zu ihm hingezogen und von seiner Ausstrahlung fasziniert. Es schien, als wäre er für die Rolle, die er übernommen hatte, vorherbestimmt: Gottes auserwähltes Volk in ein neues Zeitalter von Größe und Wohlstand zu führen.

Zadok sah zum Bauplatz. »Dann entwickelt sich alles gut.«

»Kommt. Geht ein Stück mit mir.«

Die beiden erklommen eine Reihe grober Steinstufen, die behelfsmäßig in den Hang gehauen worden waren, damit die Arbeiter die Vielzahl an Baumaterialien für den Tempel des Herrn einfacher transportieren konnten. Sobald dieses heiligste aller Gebäude fertiggestellt wäre, würden richtige Stufen geschaffen werden, damit jeder Israelit, selbst der älteste und gebrechlichste, die Reise zum Hause des Herrn sicher antreten konnte.

Zadok nutzte seinen Stab als Stütze. Er war achtundfünfzig Jahre alt und seine körperlichen Fähigkeiten hatten begonnen, sich zu verschlechtern. Silberne Strähnen hatten sein hüftlanges schwarzes Haar gefärbt, das er unter einem blauen Turban feststeckte, und sein grauer Bart reichte ihm bis zur Brust. Er aß wenig, denn er betrachtete Maßlosigkeit als Sünde, und das zeigte sich deutlich an seiner mageren Gestalt. Trotz seines fortschreitenden Alters besaß er die Energie eines deutlich jüngeren Mannes. Er war fest entschlossen, die Fertigstellung des Tempels zu erleben und den Herrn in seinen geheiligten Kammern zu ehren. Lange hatten er und seine Vorfahren für diesen Moment gebetet.

Am höchsten Punkt des Berges Moriah arbeiteten hunderte Männer. Die Aufseher brüllten eindringliche Anweisungen, während schwitzende Arbeiter unter der Last der Steine ächzten, die sie mithilfe von Seilzügen bewegten. Die Quader waren von den besten Steinmetzen direkt im Kalksteinbruch geschlagen und behauen worden, damit kein Hammer oder Meißel oder sonst ein Eisenwerkzeug in der Nähe des heiligen Hauses verwendet würde. Die äußeren Mauern waren dreißig Ellen hoch gebaut worden und ragten zum Himmel hinauf. Um das Hauptgebäude herum begannen mehrere Kammern und ein Vorhof, der zum Eingang hinführte, Form anzunehmen.

Zadok neigte sein Haupt vor dem im Entstehen begriffenen Gebäude und sprach ein stummes Gebet.

»Kommt, alter Freund«, sagte Salomon. »Lasst uns auf den Spuren unserer Väter wandeln.«

Der König und der Priester gingen zum Eingang und blieben vor dem Vorhof stehen. Der König sagte:

»All jene, die zum Tempel des Herrn kommen, werden durch diese Pforte schreiten. Hier werden zwei bronzene Säulen stehen, mit Abschlüssen aus geschmolzener Bronze, die Lilienmuster und Granatäpfel zieren. Ich fand den geschicktesten Kunsthandwerker im ganzen Land, einen Mann aus Naftali, der einer langen Reihe von Bildhauern entstammt. Er hat die Arbeit an den Säulen und dem Ehernen Meer schon aufgenommen.« Er wandte sich vom Eingang ab und deutete auf den leeren Platz. »Das Becken wird dort stehen. Zehn Gebote wurden uns vom Herrn auferlegt, und so wird es zehn Ellen messen, von Rand zu Rand. Es wird auf den Rücken von zwölf Ochsen ruhen, von denen jeder für einen der Stämme Israels steht und die im Kreis angeordnet werden, den Blick gen Himmel gerichtet. Und es wird mit dem lebendigen Wasser der Quelle gefüllt sein.«

»Eine herrliche Art der *Mikwe*«, sagte Zadok. Das rituelle Bad, das dazu gedacht war, die Priester spirituell zu reinigen, bevor sie den Tempel betraten, war von großer Bedeutung für den Glauben der Hebräer. Obwohl Zadoks eigener Geschmack viel schlichter war, bewunderte er den Einfallsreichtum des jungen Königs, um ihren Gott in der denkbar erhabensten Weise zu ehren.

Salomon drehte sich wieder um und ging auf das Gebäude zu. In der Türöffnung blieb er stehen. »Seht den

Ort, der das Heiligste des Hauses sein wird. Es wird in Symmetrie errichtet, zwanzig Ellen zu beiden Seiten, und wird sich zehn Ellen über die Erde erheben. Sein Boden und seine Decke und jede Wand werden goldüberzogen sein und unter dem Gold werden Zedernbretter liegen, die uns Hiram, König von Tyros, versprach, der ein Freund meines Vaters war.

Und wenn es vollendet ist, wird die Lade, die das Bündnis zwischen unserem Herrn und unserem Volk enthält, aus dem alten Stiftszelt geholt und hergebracht werden, und ebenso all die Schätze, die mein Vater ansammelte.« Er sah Zadok an. »Ihr werdet die Lade in diesen Tempel tragen, Zadok, alter Freund, und Ihr werdet dem Allerheiligsten für den Rest Eurer Tage vorstehen. Dies ist Euer Auftrag und Eure Bestimmung.«

Der Priester verneigte sich vor dem König. »Mein Gebieter, ich gelobe, das Allerheiligste zu schützen und auch die Gesetzestafeln darin, wie es meine Väter vor mir taten.«

»Das würde meinen Vater freuen. Ihr wart ihm und mir ein treuer Diener.«

Zadok hatte König David verehrt. Seit Davids Jugendzeit in Hebron, wo er zum König von Juda gesalbt wurde, war Zadok ihm als hochrangiger Priester treu gewesen, an zweiter Stelle direkt nach Abjatar aus dem Hause Eli. Während Abjatar David im Alter hinterging und den verräterischen Prinzen Adonija in seiner Absicht, den Thron zu besteigen, unterstützte, blieb Zadok unbeirrt und stand hinter Prinz Salomon, der Gottes Auserwählter war.

Auf seinem Sterbebett hatte David schließlich den Unterschied zwischen den beiden Priestern erkannt: Einer handelte aus Eigennutz, der andere aus göttlicher Führung heraus. Er entließ Abjatar aus seinen Pflichten und ernannte Zadok zum Hohepriester. Seither hatte er in dieser Funktion gedient; sein Amt war von Salomon bestätigt worden, der Zadok ungemein dankbar dafür war, dass er ihm geholfen hatte, den Thron Israels zu besteigen.

An jenem Tag, an dem Salomon durch Zadoks eigene Hand am Gihon zum König geweiht worden war, hatte er begonnen, die Vision seines Vaters zu erfüllen und all das in die Tat umzusetzen, was David nicht gekonnt hatte oder was ihm verboten gewesen war. Salomons erste Aufgabe bestand darin, die Feinde seines Vaters zu zerschmettern und ebenso jene, die Schande über sein Haus gebracht hatten: Joab, der Heerführer, der zu Friedenszeiten unschuldiges Blut vergossen hatte, und Simei aus dem Hause Saul, der David verflucht, aber später um Vergebung gebeten hatte.

Den Tod dieser Männer anzuordnen hatte Salomons Eintritt ins Mannesalter gekennzeichnet. Zadok hatte während dieser Vollstreckungen bei dem achtzehnjährigen König gestanden und zugesehen, wie er sich von einem Reh auf unsicheren Beinen in einen starken Bock verwandelt hatte.

Es hatte ihn all seine Kraft gekostet, den Tod des eigenen Bruders anzuordnen.

An dem Tag, an dem Salomon zum König wurde, kam einer der Wachmänner aufgeregt zu Zadok gelaufen und sagte: »Adonija hat das Stiftszelt betreten. Er versteckt sich aus Furcht um sein Leben hinter dem Altar. Er glaubt, der König will ihn töten lassen.«

Zadok nickte dem Wachmann dankend zu. »Ich werde mit dem König sprechen.«

Der Priester eilte zum Thronsaal, wo Salomon alleine saß, die dünnen Gliedmaßen ungelenk über Davids Herrschersitz geschwungen, als versuche er, ihn sich zu eigen zu machen. Zadok verneigte sich vor ihm. »Mein Gebieter, ich bringe Kunde von Eurem Bruder.«

Salomon richtete sich auf. »Sprecht.«

»Adonija, Sohn der Haggith, hat die Hörner des Altars gepackt und erhofft Eure Gnade, mein Gebieter. Wie lautet Euer Befehl?«

Der König sah in die Ferne, als wäge er seine Entscheidung ab. »Er hat gegen meinen Vater gesündigt.«

»Das hat er, mein Gebieter.«

»Der Thron mag rechtmäßig ihm gehört haben, aber er rief sich als König aus, ohne den Segen meines Vaters zu erbitten. Das ist eine Schande.«

»Das ist es, mein Gebieter.«

Salomon stützte das Kinn auf seine Faust. »Er weiß um seine Verstöße und rannte zum Altar. Also erkennt er seine Schuld an.« Für mehrere Atemzüge verfiel er in Stille. »Was würde mein Vater tun, Zadok?«

»Ich rate Euch, Euer eigenes Herz zu fragen und das Urteil das Eure sein zu lassen. Ihr seid nun König. Und König zu sein, bedeutet schwere Entscheidungen zu treffen.«

»Nun gut.« Der frisch gesalbte Monarch überlegte eine Weile, bevor er sprach. »Ich entscheide mich, ihn am Leben zu lassen. Verlässt er aber den rechten Weg, so wird er sterben. Überbringt ihm diese Anordnung und sagt ihm, es steht ihm frei, nach Hause zu gehen.«

Dies war Zadoks erster Blick in Salomons Herz. Wenn auch das Haar auf seinem Gesicht noch weich war, so besaß er die Weisheit, einem Mann eine zweite Chance zu gewähren und ihm die Gelegenheit zu geben, seinen Charakter zu beweisen. Manchmal erfuhren schlechte Männer einen Gesinnungswandel und beschritten danach einen redlichen Pfad, aber weitaus öfter gestalteten sie ihren eigenen Untergang. Zadok war sicher, dass Adonija Salomons Erlass als Schwäche verstehen und sich sein eigenes, tiefes Grab schaufeln würde.

Und so geschah es.

Ende Herbst desselben Jahres, nachdem David seinen letzten Atemzug getan hatte, bat Batseba um eine Audienz bei ihrem Sohn. Zadok geleitete sie in den Thronsaal und wartete in den Schatten, während sie ihre Bitte vorbrachte.

Salomon erhob sich vom Thron und trat hinab, um seine Mutter zu begrüßen. Er ergriff ihre Hände und verneigte sich. »Meine liebe Mutter, was führt Euch in den Richtsaal?«

»Mein Gebieter, König Salomon, ich muss Euch um etwas bitten.«

Der König führte sie zu einem Stuhl rechts von seinem Thron. Die beiden setzten sich und sahen einander an. »Sagt, Mutter, worum bittet Ihr?«

»Es ist keine Bitte um meinetwillen. Ich komme als Botin für Euren Bruder Adonija. Er schickt mich heute hierher.«

Seine Züge verhärteten sich. »Adonija, der nicht einmal Euer Sohn ist. Warum kam er zu Euch?«

Batseba schlug die Augen nieder. »Er glaubt, Ihr werdet mir nichts verwehren.«

»Nie verwehrte ich Euch etwas, das ist wahr. Aber jedes Ersuchen muss nach seinem eigenen Wert bemessen werden. Ich verspreche nicht, diese Bitte zu gewähren, aber fragt mich dennoch.«

»Adonija möchte sich eine Frau nehmen. Er bittet um die Hand von Abisag von Sunem.«

Salomon umfasste die Armstützen des Thrones und lehnte sich langsam zurück. Sein Gesicht war ausdruckslos, doch in seinen Augen loderte gekränkte Ehre. »Ist es wahr? Glaubt er wirklich, er verdiene jene Jungfrau, die sich um meinen Vater kümmerte, als dieser im Sterben lag, während Adonija …«, er spie den Namen förmlich aus, »… während er mit den Männern des Hofes feierte und seinen eigenen Namen verherrlichte? Seine Bitte ist eine schwere Beleidigung gegen meinen Vater, gegen mich und gegen das Königreich.« Er stand auf. »Ich hätte ihn nie am Leben lassen sollen.«

»Mein Gebieter … was soll ich ihm sagen?«

»Sagt ihm gar nichts. Ich muss darüber nachdenken. Bei Sonnenuntergang werde ich Euch meine Antwort überbringen.« Er reichte ihr die Hand, um ihr aus dem Stuhl zu helfen. »Guten Tag, Mutter.«

Batsebas goldene Armbänder funkelten, als sie aus dem Raum eilte. Salomon schlang sich seinen Umhang um die Schultern und ging nach ihr hinaus.

In der Stunde vor Sonnenuntergang erhielt Zadok Nachricht, dass der König ihn auf Gibeon treffen wolle. Der Priester begab sich eiligst zum Berg. Dort fand er Salomon unter einem Olivenbaum sitzend, die Arme um die Knie geschlungen und den Blick auf die Stadt gerichtet. Er drehte sich nicht um, als Zadok ihm sich von hinten näherte.

»Ich sprach mit dem Herrn«, sagte Salomon.

Zadok ließ sich mit einiger Mühe neben dem König nieder. Er sagte nichts.

Salomon sprach mit sanfter, gleichmäßiger Stimme. »Während ich hier saß und meine Entscheidung abwog, kam der Schlaf über meine Augen und ich lehnte mich gegen diesen alten Baumstumpf. In meinen Träumen sah ich ein helles Licht und hörte eine donnernde Stimme sagen: *Was wünschst du dir, Salomon?* Aus Angst, geblendet zu werden, sah ich weg. Ich wusste nicht, was ich sagen sollte. Und die Stimme fuhr fort: *Dein Vater, David, war mein treuer Diener. Ich tue dies um seinetwillen. Nun wünsche, was du begehrst, und ich werde es erfüllen.*

Da erkannte ich, dass es die Stimme des Herrn war, und ich warf mich auf die Erde und lag mit dem Gesicht zu Boden vor ihm. Und ich sagte: *Oh Herr, geliebter Gott Israels, ich bin nur ein Kind. Wie kann ich über Dein Volk richten, das Du auserwählt hast, wenn ich so wenig von der Welt verstehe? Wenn ich um Eines bitte, oh Herr, dann ist es ein kluges Herz, um den Unterschied zwischen Gut und Böse zu erkennen, damit ich Dein Volk mit Gerechtigkeit und Barmherzigkeit führen kann, aber auch mit strenger Hand handeln gegen jene, die gegen Dich sündigen.*

Und der Herr sagte: *Bittest du nicht um Ehre und Überfluss und ein langes Leben?* Und ich antwortete: *Was nützen diese Dinge, wenn keine Wahrhaftigkeit im Herzen wohnt?* Dann schwand das Licht und an seine Stelle trat eine fürchterliche Dunkelheit und ich dachte, ich hätte den Herrn verärgert.« Er drehte sich Zadok zu.

»Fürchtet die Dunkelheit nicht, Salomon«, sagte der Priester. »Das Göttliche nimmt viele Formen an. Allen Dingen wohnt Zweischneidigkeit inne.«

Der junge König nickte. »Das weiß ich jetzt, denn der Herr sagte: *Du sollst bekommen, wonach du fragtest, und mehr dazu. Siehe, ich schenke dir Weisheit, wie sie nie zuvor im Herzen eines Sterblichen gewohnt hat. Und wenngleich du es nicht verlangtest, so sollst du unermesslichen Reichtum erhalten, Erfolg über deine Feinde und Frieden in deinem Königreich bis ans Ende deiner Zeit. Du sollst dich abheben von allen, die vor dir kamen, und allen, die dir nachfolgen werden.«*

»Dieses Schicksal steht geschrieben«, sagte Zadok. »Der Herr hat Euch auserwählt. Erinnert Ihr Euch daran, was Euer Vater sagte, bevor er starb?«

Eine steife Brise fegte über den Berggipfel und zerzauste Salomons schwarze Locken. Er schlang seinen

Umhang enger um sich. »Er sagte: *Mein Sohn, ich beschreite den Weg alles Irdischen. Die Zeit ist gekommen, in der Ihr stark sein und unser Volk führen müsst. Vor allen Dingen müsst Ihr Euch an die Gebräuche des Herrn halten, wie sie in Moses Geboten geschrieben stehen. Wenn Ihr Euch an die Vorschriften des Herrn haltet und sein Urteil fürchtet, werdet Ihr vor Feinden beschützt werden und unser Land Israel wird gedeihen. Hört das Versprechen des Herrn an mich: Wenn deine Kinder und deren Kinder auf dem rechtschaffenen Pfad wandeln und vor mich treten mit reinem Geist und Herzen, so wird dein Königreich für immer bestehen. Dies ist Euer Erbe, Salomon; wendet Euch nicht davon ab.*«

Zadok hatte neben König David gestanden, als dieser zum letzten Mal mit seinem Sohn gesprochen hatte. Es freute ihn, dass Salomon die Worte ernst genommen hatte, denn er würde ihr Gewicht zeitlebens tragen müssen. »Der Herr beschenkt jene, die er begünstigt, großzügig. Aber eine solche Gunst kommt nicht ohne Preis. Ihr müsst Jahwe an erste Stelle setzen, vor Eure irdischen Wünsche. Hört auf den Rat dieses alten Mannes: Weicht nicht vom Weg ab, oder Euch wird alles genommen.«

Still sah Salomon zum fernen Horizont. Sein Ausdruck war strahlend, doch eine vage Traurigkeit weilte in seinem Blick.

Zadok wusste, was er dachte. »Was geschieht mit Adonija, mein Gebieter? Habt Ihr über sein Schicksal nachgedacht?«

»Das habe ich«, sagte er leise. »Indem er Abisag heiraten will, die aus allen jungen Frauen des Landes für die heilige Pflicht ausgewählt wurde, sich um den König von Israel zu kümmern, sendet mein Bruder mir eine eindeutige Nachricht. Obwohl er weiß, dass sie rein bleiben muss, um die ihr auferlegte, wichtige Aufgabe ehrenhaft zu erfüllen, verlangt er, ihre Jungfräulichkeit zu beflecken. Das kann ich nicht dulden. Ich schickte Nachricht an Benaja, den Heerführer, dass Adonija noch heute sterben muss.«

In Salomons Stimme schwang keinerlei Unsicherheit. Zadok bewunderte seine Entschlossenheit. Es konnte nicht leicht gewesen sein, den Tod eines Mannes anzuordnen, der sein Blut teilte. »Euer Bruder hatte die Möglichkeit, zu leben. Trotz seiner Sünden gabt Ihr ihm seine Freiheit; er musste lediglich dem Pfad der Tugend folgen.«

»Adonija wählte sein eigenes Schicksal.« Salomon sprang auf und hielt dem alten Mann die Hand hin. »Kommt, Zadok. Wir wollen das Unausweichliche nicht hinauszögern.«

Während die Sonne den bewölkten Himmel über Jerusalem mit Schattierungen von Kupfer und Perlen bemalte, stiegen Salomon und Zadok von der Anhöhe hinunter. Bis sie die Stadt erreicht hatten, war der Tag geschwunden – und mit ihm die Unerfahrenheit eines jungen Mannes.

Von diesem Moment an blickte Salomon nie mehr zurück, sondern konzentrierte sich auf seine auferlegte Aufgabe. Jetzt, fünf Jahre später, standen sie vor der Steinhülle, die zum Tempel des Herrn und zur Erfüllung eines Versprechens werden würde.

»Mein Gebieter.«

Salomon drehte sich um.

Mit geneigtem Kopf und einer Hand auf dem Herzen stand der Aufseher des Tempelbauvorhabens einige Schritte hinter dem König.

»Worum geht es, Itai?«

»Mein Gebieter, ein junger Mann wünscht Euch zu sehen. Er kam zu Fuß aus dem Bergland Ephraim, um nach Arbeit zu fragen.«

»Solche Angelegenheiten musst du mir nicht vortragen, Itai. Es obliegt dir, die Arbeiter zu beurteilen und einzustellen.« Salomon wandte sich zum Gehen.

»Mein Gebieter, er besteht darauf. Er sagt, sein Vater hätte im Dienst Eures Vaters gestanden.«

Der König wirkte ungehalten. »Viele Männer widmeten König David ihr Leben. Das lässt mich nicht in ihrer Schuld stehen.«

»Er brachte Euch dies.« Itai streckte eine Hand aus. Darin lag ein Dreieck verblichener, tiefblauer Wolle mit ausgefransten Rändern.

Salomon runzelte die Stirn, als er das Stoffstück sah. Er nahm es aus Itais Hand und drehte die Wolle zwischen seinen Fingern hin und her. »Bring ihn zu mir.«

Der Aufseher verneigte sich und eilte davon.

Salomon studierte die Wolle, indem er sie umdrehte und gegen das Licht hielt.

Itai kehrte mit einem Mann zurück, der aussah, als sei er ungefähr in Salomons Alter. Er trug die knielange Tunika eines einfachen Mannes und einen eng sitzenden, weiß und blau geflochtenen Turban auf dem Kopf. Die groben Kanten seines Gesichts wirkten übertrieben: Seine Nase war gerade und spitz wie der Meißel der Steinmetze; seine Brauen standen hervor; seine Wangen waren unter vorstehenden Knochen hohl. Er war von dünner Statur, wirkte aber nicht schwach. Zadok schrieb das weniger seiner Konstitution zu als dem raubtierartigen Blick in seinen Augen.

»Das ist er, mein Gebieter«, sagte Itai. »Er nennt sich Jerobeam, Sohn von Nebat, dem Ephraimiter.«

Jerobeam kniete vor dem König nieder und verneigte sich so tief, dass seine Stirn die staubige Erde berührte.

»Erhebe dich, Jerobeam.« Salomons Stimme dröhnte über den Berg.

Er tat wie geheißen und stand aufrecht, die Augen auf den König gerichtet.

Salomon hielt den Stoff in die Höhe. »Was bedeutet das?«

»Mein Herr König, es ist ein Stück des Umhangs von König Saul, der Euren Vater jagte. Es wurde vom Schwert Davids in der Höhle bei En Gedi abgetrennt.«

»Wie kam es in deinen Besitz?«

»Mein Vater war mit David in der Höhle. Er war einer der Männer, die ihm während seiner Rebellenjahre folgten und ihn zum König geweiht sehen wollten. In En Gedi fiel Eurem Vater der Feind direkt in die Hände, aber er entschied sich, ihn nicht zu töten. Stattdessen trennte er eine Ecke von Sauls Umhang mit einem Schwert ab, das genauso leicht hätte verwendet werden können, um ein Leben auszulöschen. Sogar Saul, der hasserfüllt war, begriff, wie bewundernswert Davids Handlungen waren. An jenem Tag hätte es in En Gedi zu einem blutigen Kampf kommen können.« Er deutete auf den Stoff. »Deswegen aber zog sich König Saul zurück und besiegelte Davids Schicksal.

»Euer Vater warf das Umhangstück weg, aber mein Vater sah etwas darin und hob es auf. Lange Jahre behielt er es als Erinnerung daran, wie es um die Sittlichkeit eines Mannes beschaffen sein sollte.« Jerobeam legte eine Hand auf sein Herz. »Nun gehört es Euch.«

Ein kleines Lächeln zeigte sich auf Salomons Lippen. Ohne seinen Blick von dem forschen Mann zu nehmen, reichte er Zadok den Stoff. »Was willst du, Jerobeam von Ephraim?«

»Arbeit, mein Gebieter. Ich besitze einen kräftigen Körper und einen starken Geist. Bevor er starb, vor einem Jahr, befahl mein Vater mir, zu Fuß von Zareda nach Jerusalem zu gehen, um zu helfen, das Haus des Herrn zu errichten.« Er deutete auf die Tempelkonstruktion. »Ihr müsst mich nicht bezahlen. Die Ehre wäre Lohn genug.«

»Es ist eine lange Reise von Zareda«, sagte Salomon. »Und es wäre eine lange Reise zurück.«

»Ich bin darauf vorbereitet, sie anzutreten, wenn Ihr mich fortschickt. Aber ich bitte Euch, es nicht zu tun.«

Der König wandte sich seinem Vorarbeiter zu. »Itai. Benötigst du Steinträger?«

»Ja, mein Gebieter.«

»Zeige Jerobeam, was er tun muss.«

Jerobeam ließ sich auf ein Knie nieder und neigte den Kopf. »Habt Dank, mein Gebieter. Ich werde Euch nicht enttäuschen.«

»Es ist keine leichte Aufgabe. Du wirst hart arbeiten.« Salomon schwang ein Ende seines Umhangs über seine Schulter. »So beweist sich ein Mann.« Er ging davon.

Kaum in der Lage, mit dem hurtigen jungen König

Schritt zu halten, folgte Zadok ihm. Er dachte über Salomons Gerechtigkeitssinn nach, seinen Hang dazu, den Menschen sein Vertrauen und seine Großzügigkeit im Voraus zu schenken, damit sie diese anschließend verdienen oder sie verlieren konnten. Jenen, die sich als würdig erwiesen, erging es gut; für die anderen gab es keine Nachsicht. Diese aus Menschlichkeit geborene Anpassungsfähigkeit, im Zusammenspiel mit unerschütterlicher Stärke, wenn die Situation es erforderte, hatte ihm die Gunst aller eingebracht, von Königen bis zu Bettlern.

Über seine Schulter hinweg sagte Salomon: »Wir müssen uns beeilen, Zadok. Heute Nacht tafeln wir zu Ehren von König Hiram von Tyros. Seine Karawane wird jeden Moment eintreffen.«

»Ja, mein Gebieter.« Zadoks Stimme war schwerfällig.

Der König blieb stehen und wartete, bis der alte Mann zu ihm aufgeschlossen hatte. Es schien beinahe so, als hätte er das Alter seines Priesters vergessen.

Zadok blieb vor ihm stehen und stützte sich mit beiden Händen auf seinen Gehstock.

Salomon legte ihm eine Hand auf die Schulter. »Ich will, dass Ihr und Benaja heute zu meiner Rechten sitzt. Und sorgt dafür, dass meine Mutter und der Prophet Nathan Ehrengäste sind.«

Der Priester nickte.

»Hiram war Israel immer ein guter Freund – erst meinem Vater und nun mir. Das Festmahl heute Abend ist von äußerster Wichtigkeit. *Wir müssen unseren Bund mit Tyros vertiefen.*« Er kniff die Augen zusammen und sah zur Stadt. »Jerusalem wird die großartigste Stadt im Osten sein. Es wird von den Gläubigen verehrt und von seinen Feinden gefürchtet werden. Das ist der Wille des Herrn; ich führe ihn nur aus.« Er wandte sich wieder Zadok zu. »Heute Abend werden viele Verhandlungen stattfinden. Ich werde Eure Erfahrung und Weisheit brauchen, Zadok, alter Freund. Ich möchte, dass Ihr mir ins Ohr flüstert.«

»Das habe ich immer und werde ich immer, mein Gebieter.« Es wärmte ihn, diese Worte auszusprechen. Er war seinem König bedingungslos treu ergeben.

Salomon drückte Zadoks Schulter mit fester Hand und sagte nichts mehr. Er drehte sich um und ging auf den Palast zu.

Zadok richtete sich auf und machte sich für den langen Weg nach unten bereit. Er überdachte die Worte des Königs: Wir müssen unseren Bund mit Tyros vertiefen. Fremde Länder und deren Herrscher spielten eine wesentliche Rolle für Salomons Regentschaft und waren für die Erweiterung seines Königreichs entscheidend. Zadok verspürte einen leichten Stich in der Magengrube. Jahwes Gesetz warnte davor, sich mit Nichthebräern zusammenzuschließen, denn sie könnten dafür sorgen, dass sich die Herzen der Kinder Israels fremden Göttern öffneten.

Salomon wandelte auf einem schmalen Grat.

KAPITEL 5

Im Bankettsaal war eine Zederntafel aufgestellt, die sich von einem Ende der Halle bis zum anderen erstreckte. Zu jedem Gedeck gehörte eine glasierte Keramikschüssel mit einer Prägung des Löwenemblems, das zum Kennzeichen des Königs geworden war. Tonbecher waren neben den Schüsseln aufgestellt und warteten darauf, mit Wein gefüllt zu werden. In der Mitte des Tisches standen Gefäße voller Früchte und auf Tellern mit Standringen stapelten sich pralle Feigen.

An der Tafel standen lange Bänke und mindestens zwanzig Stühle, und alle Plätze waren von Mitgliedern vom Hofe Salomons besetzt: Befehlshaber und Soldaten der Armee, mächtige Kriegshelden, Statthalter, Richter, Brüder und Verwandte, geehrte Untergebene, Propheten. Der König und sein Ehrengast waren noch nicht da.

Gespräche, dem Summen von Bienen gleich, füllten jeden Winkel des Raums. Zadok nahm seinen Platz an der Mitte der Tafel ein, neben dem hochlehnigen Stuhl aus geschnitztem Holz, der für Salomon reserviert war. Er nickte Benaja zu, dem kräftigen Armeeführer, dessen Ausstrahlung so ruhig und friedlich war, dass die Vorstellung von der tödlichen Natur seines Schwerts schwerfiel.

Kaum hatte sich Zadok auf seinem Stuhl niedergelassen, erschien ein Diener im Eingang und blies in eine längliche Messingtrompete. Nach fünf kurzen und einem langen Stoß waren alle aufgestanden. Im Raum war es so reglos und still wie in einem Grab.

»Ihre Hoheiten, König Salomon von Israel und König Hiram von Tyros«, verkündete der Diener.

Salomon betrat den Raum zuerst. Er trug ein langes Gewand von der Farbe des Mittelmeers zur Sommerzeit, das in der Taille von einem aus Metall und Leder geflochtenen Gürtel gehalten wurde. Ein violettfarbener Umhang mit fransenverziertem, elfenbeinfarbenem Futter war vornehm um seinen Körper geschwungen und wurde an einer Schulter von einer runden, edelsteinverzierten Spange gesichert. Die zwölf Spitzen seiner goldenen Krone erstreckten sich von seinem Kopf wie die Strahlen der Sonne.

Gleichzeitig legten alle Bankettgäste die rechte Hand ans Herz und verneigten sich vor ihrem König.

Salomon drehte sich zum Eingang und streckte eine Hand zur Begrüßung seines Gastes aus. Hiram betrat den Raum und die beiden Könige verneigten sich voreinander. Hirams Gewand war exotisch, außergewöhnlich und sicher vom ausgiebigen Handel beeinflusst, den sein Staat mit Ägypten und den Ländern im Osten trieb. Er trug eine Brokatrobe aus tyrischer Purpurseide mit goldenen Stickereien an Saum, Halsausschnitt und Trompetenärmeln. Sein juwelenbesetzter, goldener Kopfschmuck verlängerte seinen Kopf um eine Spanne und wog seinen Mangel an Körpergröße auf. Er war prächtig in seinem Glanz, obwohl er älter geworden war, seit Zadok ihn während Davids Regierungszeit zum letzten Mal gesehen hatte: Jetzt sah sein voller, schwarzer Bart aus, als wäre er mit Mehl bestäubt worden.

Die beiden Männer schritten an Salomons niederknienden Untertanen vorbei zu ihrem Platz an der Tafel. Salomon setzte sich links neben Zadok und hieß alle sich setzen. Diener mit Platten voller gegrilltem Fleisch und Schläuchen voller Wein betraten den Saal durch einen Nebeneingang.

Nachdem der Wein eingeschenkt worden war, hob Salomon seinen Becher. »Heute tafeln wir zu Ehren Hirams, des geachteten Königs von Tyros. Esst und trinkt nach Herzenslust, Freunde. Preiset den Herrn für unsere Fülle.«

Er trank geräuschvoll und wandte sich an Hiram. »Wie war Eure Reise, alter Freund?«

»Leider wird sie mit jedem vergehenden Jahr länger.« Er lachte herzlich. »Aber es war es wert, sie auf mich zu nehmen, um selbst zu sehen, was der Sohn des großen David mit seinem Königreich erreicht hat. Der Bau des Tempels scheint prächtig voranzugehen. Das hätte Eurem Vater gewiss gefallen.«

»Wir sind stolz auf unseren Fortschritt«, sagte Salomon. »Dank Euch und Eurer Großzügigkeit, zu einem nicht unerheblichen Teil. Die Zedernstämme, die Ihr uns auf dem Seeweg schicktet, sind die schönsten, die meine Augen je erblickten.«

»Ich hieß die besten Arbeiter im gesamten Libanon das Holz schlagen. So versprach ich es Eurem Vater gegen Ende seines Lebens. Er kam zu mir und sagte: *Hiram, ich strebe danach, die schönsten und besten Materialien anzusammeln, damit mein Sohn und Erbe ein Haus für den Gott Israels bauen kann. Mein Sohn ist nur ein Kind; was weiß er von solchen Dingen? Ich möchte, dass Ihr mir Euer bestes Holz schickt, von Zeder und Tanne und Sandelholzbaum, sodass ich es Salomon zur Verfügung stellen kann. Im Gegenzug werde ich Euch alle Nahrung geben, die Ihr für Euer Haus und die Häuser Eurer Diener verlangt.*«

Salomon griff nach einer Dattel und biss hinein. »Ich befahl meinen Männern, Eure Kamele mit Weizen, Öl und Honig zu beladen. Wenn Ihr mehr wünscht, so schickt mir Nachricht, und ich werde es bereitstellen.«

»Eure Freundlichkeit überwältigt mich.«

»Es ist nicht der Rede wert.«

Hiram nagte an einer Lammrippe, bis nur noch der Knochen übrig war. Als er fertig war, tauchte er seine Finger in eine mit Rosenwasser gefüllte Tonschale. »Sagt mir, Salomon, was kann ich außerdem für Euch tun?«

Salomon lehnte sich zurück und warf Zadok einen verstohlenen Blick zu.

Der Priester nickte leicht, um anzudeuten, dass die Frucht zum Pflücken reif war.

»Da gibt es etwas«, sagte der junge König.

Hiram beugte sich vor. »Nennt es mir.«

»Gold.« Er zögerte. »Ich benötige tausend Talente Gold von höchster Qualität, um das Zedernholz damit zu überziehen, das das Allerheiligste vom Boden zur Decke auskleiden wird, und um die Cherubim herzustellen, die die Bundeslade schützen werden, und für die Kette, die sich vor dem Altar befinden wird. Was es auch kostet, das Haus des Herrn aufs Äußerste zu verherrlichen, ich werde das Opfer bringen.«

»Ihr verlangt sehr viel. Tyros – nein, der ganze Libanon – besitzt nicht so viel Gold.«

»Ich spreche nicht von Eurem eigenen Vorrat, sondern von Eurer Fähigkeit, es zu beschaffen. Ihr besitzt eine Schiffsflotte … und Eure Männer kennen das Meer, wie meine es nicht tun. Ich kann einhundert Diener schicken, um zusammen mit Euren Seeleuten zur Quelle des feinsten Goldes zu segeln: nach Ophir.«

»Ophir ist sehr weit weg, mein Herr Salomon. Die Reise dorthin und wieder zurück wird wenigstens drei Jahre dauern. Und die Gewässer sind sehr tückisch.«

Salomon legte eine Hand auf die Schulter seines Verbündeten. »Wagen wir es nicht, werden wir nichts erreichen. Dort gibt es genügend Schätze für unser beider Königreiche. Ich sage, wir sollten Anspruch darauf erheben.«

Hiram presste die Lippen zusammen und wurde still.

Zadok beugte sich zum Ohr des Königs und flüsterte: »Bietet ihm Städte in Galiläa an.«

Salomon sog scharf den Atem ein. Zadok fügte hinzu: »Zwanzig davon.«

Überrascht wandte sich der König an seinen Priester. Zadok bestätigte seine Äußerung mit einem Nicken und hoffte, Salomon würde die Vernunft dahinter erkennen: Das bergige Gebiet Galiläas, wenngleich schön und fruchtbar, wäre einem seefahrenden Volk fremd. Hiram wäre von der Größenordnung des Geschenks beeindruckt genug, um es als Gegenleistung für seine Dienste zu akzeptieren. Später, wenn er feststellte, dass er nicht in der Lage war, es sich zunutze zu machen, würde Salomon ihm anbieten, es nutzbar zu machen – zu einem Preis.

Salomon drehte sich überaus langsam zu seinem Gast zurück. »Selbstverständlich erwarte ich keine Gefälligkeit. Ich habe die Absicht, dafür zu bezahlen. Ihr wart ein guter Freund, mein Herr Hiram. Ich wünsche, Euch mit Grund und Boden in meinem eigenen Staat zu entlohnen. Erweist Ihr mir die Ehre, sie anzunehmen, so will ich Euch zwanzig Städte im Land Galiläa übertragen, in den Bergen Naftalis, sehr nahe Eures Königreichs.«

Hiram richtete sich auf. »Das ist ein großzügiges Angebot von Euch, mein Herr.«

»So sagt, dass Ihr es annehmt.«

Der tyrische König nahm einen großen Schluck Wein und stellte den leeren Becher nachdrücklich auf die Tafel. »Ja. Ich werde Euer Geschenk annehmen. Meine Flotte wird in zwei Wochen nach Ophir in See stechen. Macht Eure Männer bereit.«

»Ihr werdet hundert meiner Besten bekommen.«

Die beiden Könige fassten die Schultern des jeweils anderen und legten ihre Stirnen aneinander.

Als Hiram sich löste, huschte ein Ausdruck der Sorge über sein Gesicht.

»Was habt Ihr, Bruder?«, fragte Salomon.

Er hielt seinen Becher in die Höhe und ein Diener eilte mit dem Weinschlauch zu ihm. »Es stellt sich die Frage nach Ägypten. Die Ägypter beherrschten lange Zeit den Handel mit Ophir. Wie Ihr wisst, haben Sie einen unersättlichen Appetit auf Gold. Es wird schwer werden, über eine so große Menge zu verhandeln, wie Ihr sie benötigt. Der Pharao teilt seine Rohstoffe ungern.«

»Überlasst den Pharao mir. Nehmt Eure Vorbereitungen auf und ich werde dafür sorgen, dass wir in Ophir gut empfangen werden.« Salomon gab einem seiner Diener ein Zeichen. »Musik!«

Zwei junge Männer, von denen einer eine Leier und der andere eine Harfe trug, betraten den Bankettsaal und setzten sich im direkten Sichtfeld von Salomon und seinem Ehrengast auf niedrige Schemel. Der Harfist zupfte die Saiten und erschuf einen süßen, engelsgleichen Klang. Zadok schloss die Augen und lauschte dem melodischen Gebet an den Himmel. Jede einzelne Note klang in seinem tiefsten Innern nach. Er sandte stumme Worte der Dankbarkeit für die erfolgreichen Verhandlungen, die Israel letzten Endes größeren Reichtum einbrächten und Jahwe Ehre bereiteten. Alle Anzeichen sprachen dafür, dass Gottes Versprechen an sein Volk durch den Sohn Davids erfüllt werden würde. Tränen bildeten sich hinter seinen Lidern, als ihn immense Freude und Dankbarkeit dafür erfüllten, dass er den Anbruch des bedeutendsten Zeitalters in der Geschichte der Hebräer erleben durfte.

Der Leierspieler fiel mit einer trauervollen Kadenz ein, die sich in ein schnelles Schlagen auflöste, das geradezu spielerisch war. Die Stimmung im Saal hob sich augenblicklich. Zadok blickte links neben sich. Der junge König war wie gebannt, wie es oft geschah, wenn Musik gespielt wurde. Sie war ein Geschenk seines Vaters, diese Liebe zur Melodie. »Wenn ich Leier spiele, bin ich Gott am nächsten«, hatte König David immer gesagt. David hatte das Instrument beherrscht und in seinen Händen war es zum Werkzeug der Anrufung des Göttlichen und der Bezwingung der Gottlosen geworden.

Als der erste Psalm endete, erwiderte Salomon Zadoks Blick. »Der Leierspieler muss mit uns kommen.«

Der Priester glaubte, die Antwort zu kennen, fragte aber dennoch. »Wohin, mein Gebieter?«

»Morgen reiten wir nach Zoan und zum Palast von Psusennes II. Wir werden dem Pharao Gaben aus Gold, Silber, Wein, Olivenöl und goldenem Honig bringen.«

»Mein Gebieter, es ist meine Pflicht, Euch zu warnen. Die Beziehungen zwischen Israel und Ägypten sind angespannt …«

Salomon hob die Hand. »Es wird Zeit für Veränderungen. Was wir jetzt brauchen, sind Verbündete, keine Feinde. Ägypten ist schwach. Seinem Herrscher mangelt es an Weitsicht. Der Handel ist beinahe zum

Erliegen gekommen und der Reichtum des Staates ist versiegt. Der Pharao kann nicht einmal ein Wassernetz für sein Volk errichten.« Er beugte sich vor und sprach leise. »Er gibt das gesamte Geld des Staates für Gold für Totenmasken aus, um sich und seine Verwandten zu verherrlichen, zum Nachteil des Landes. Im Austausch für etwas dieses Goldes haben wir Ägypten allerhand zu bieten.«

Zadok zögerte. Salomons politische Ziele hatten nie so weit in die Ferne gereicht, und er fragte sich, ob diese Entscheidung vernünftig war. Seiner Meinung nach konnte man den Ägyptern nicht trauen. Sie schwankten wie Schilf im Wind. Und ihre Haltung zum Volk Israel war nicht wohlwollend, wenngleich es auch unausgesprochen blieb: Seit der Zeit des Exodus, als die Hebräer auf der Suche nach ihrem Gelobten Land der Sklaverei entkamen, betrachteten die Ägypter sie als minderwertige Rasse. Aber über seinen Instinkt hinaus besaß Zadok kein Argument, das gut genug war, den Plan des Königs zu zerschlagen.

Die Musiker stimmten eine fröhliche Melodie an, die von Zuversicht und erfüllten Träumen zu sprechen schien.

Als hätte er die Gedanken seines Priesters gelesen, sagte Salomon: »Vertraut mir, Zadok. Diese Reise wird alles verändern.«

KAPITEL 6

Die Karawane des Königs erreichte Zoan – oder Tanis, wie es die Händler nannten – am dritten Tag des letzten Monats der Großen Flut. Die Sandhügel im Außenbereich der Stadt öffneten sich wie rote Schlünde und wichen einem fruchtbaren Tal im Bauch der Wüste. Das trockene Land stand voller Palmen und Obstgärten, die vom Hochwasser des Nils genährt wurden, der sich auf seinem Weg zum Meer zu einem Delta ausbreitete.

Zadok saß auf seinem Kamel und sah zu Salomon, der eine schmale, von Kopf bis Fuß in Weiß gehüllte Figur war. Seine jugendliche Kraft zeigte sich in seiner Reithaltung, die trotz der Distanz, welche die königliche Karawane aus zweihundert Kamelen und Eseln und beinahe ebenso vielen Männern zurückgelegt hatte, nicht erschlafft war. Wie es für Könige Brauch war, hätte Salomon die zwölftägige Reise im Inneren einer mit

Fransen besetzten Seidensänfte auf dem Rücken der Lasttiere verbringen können. Er hatte es vorgezogen, wie ein gewöhnlicher Mann zu reiten. Die Strecke zwischen Kanaan und Ägypten war voller Plünderer und Diebe, hatte er gesagt, und so war es klug, seinen Status verborgen zu halten.

Selbst die für Psusennes II. gedachten Geschenke waren schlicht verpackt. In schwarzes Sackleinen aus Ziegenhaar gewickelt, die Art, die zur Lagerung von Getreide verwendet wurde oder für die Behausungen der Wüstenbewohner, befanden sich Schätze, die eines Königs würdig waren: vierzig Talente vom feinsten, importierten Silber und Gold, irdene Töpfe voller dickflüssigem Thymianhonig aus dem Morgenland, Olivenöl und Krüge voller schwarzer Oliven von den Hainen außerhalb Jerusalems und genug Wein, um den königlichen Haushalt während der gesamten Zeit des Sprießens zu wärmen.

Als sie die Stadt durch einen Tunnel aus Palmen betraten, hielt Zadok sein Kamel an und gönnte sich einen Augenblick der Stille, um das sich vor ihm entfaltende Panorama der Hauptstadt Unterägyptens zu betrachten, welche die Pharaonen der einundzwanzigsten Dynastie den aufgeweichten Ufern des Nils abgerungen hatten. Zoan war eine ausladende Oase, deren Bäume sich unter Bündeln von Früchten bogen – Datteln, Maulbeeren,

Granatäpfel. Der Geruch nasser Erde war überall, ein süßer Duft, der an Fruchtbarkeit und Erneuerung erinnerte.

Über ihnen kreisten Schwalben, deren gegabelte Schwänze den kühlen Wind zerteilten, der vom Mittelmeer, dem Meer jenseits des Flusslands, herüberwehte. Ein Wiedehopfpaar, dessen Kronen aus goldenen Federn ausgebreitet waren, flitzte durch die Feigenbäume und steckte die langen Schnäbel in die Hohlräume der Baumstämme, um die schmackhaftesten Käfer heraus zu scheuchen. Das musikalische *hu-hu-hu* ihres Liedes hing in der Luft wie ein Willkommensgruß.

Obwohl sich der Winter noch nicht über das Land gelegt hatte, hing der Himmel tief und voller schiefergrauer Wolken. Die Kühle des Herbstatems fuhr in Zadoks alte Knochen und ließ ihn zittern. Er holte eine Wolldecke aus seiner Satteltasche und legte sie sich über den Schoß.

Salomon schloss zu ihm auf. »Dies ist es, alter Freund. Das Land, aus welchem unser Volk vor so langer Zeit der Sklaverei entkam.« Er zeigte auf den Fluss in der Ferne. »Das Nildelta. Dort wurden die Kinder Israels auf höchst unzumutbare Art und Weise geknechtet; sie förderten Lehm aus dem Fluss, um Ziegel für die Häuser der Ägypter herzustellen.« Sein Kiefer verspannte sich. »Für jede Ungerechtigkeit kommt der Tag der Vergeltung.«

Zadok wusste, dass er sich auf die zehn Plagen bezog, die über Zoan hinweggefegt waren, eine Reihe von Warnungen des Herrn an den regierenden Pharao. Erst als die zehnte Plage hereinbrach und alle erstgeborenen Ägypter starben, war der Pharao in die Knie gezwungen und entließ die Hebräer endlich aus der Sklaverei. Aus ebendieser Stadt zogen sie aus und machten sich auf den Weg zurück nach Kanaan, der Heimat ihrer Vorväter. Zadok stellte sich vor, wie die Scharen durch genau diese Allee aus Dattelpalmen schritten, die Köpfe gesenkt und die Rücken wund gepeitscht, und ihm wurde die Ironie dessen bewusst, dass zum ersten Mal seit dem Exodus eine königlich-israelitische Karawane die Stadt betrat.

Der König trieb sein Kamel mit einer aus Ziegenhaar geflochtenen Gerte an und der Priester folgte ihm. Während sie sich auf die Flussufer zubewegten, wurde ein großes Tempelgebäude sichtbar. Eine hohe Mauer aus behauenen Steinen umgab das Gelände, sodass nur die Spitzen der Pylonen von ebener Erde aus zu sehen waren. Zadok vermutete die Absicht der Baumeister darin, den Tempel und die Gottesverehrung in seinem Inneren geheimnisumwoben zu halten.

Brüche in der Mauer, die so dick wie sechs nebeneinanderstehende Kamele war, erlaubten einige Blicke hinein. Eine Öffnung enthüllte eine Prozessionsstraße zum

Tempel, die von zwei Reihen aus Obelisken und Statuen, die vergangene Könige verherrlichten, gesäumt war. Am Ende des Weges lag der Tempelvorhof, eingegrenzt von vier hohen Säulen mit Abschlüssen, die wie Palmwedel geformt waren, und zwanzig kleineren, die ringsherum kanneliert waren und von filigranen Gravuren gekrönt wurden, die Büschel von Papyrusstauden zeigten.

Es war unmöglich, in den Tempel selbst hineinzusehen – gewiss war das Absicht –, aber jenseits seiner geschlossenen Fassade musste es einen Hof geben, denn eine kolossale Statue ragte dahinter empor. Ramses II., derjenige, den die Ägypter »den Großen Vorfahr« nannten und den die Israeliten seiner brutalen Vorstöße in das Morgenland wegen schmähten, hielt stumme Wache über den Tempel und ganz Zoan. Sein Steinbildnis war eine Erinnerung an die längst vergangene Glanzzeit des Reiches.

Als die Karawane die Ufer des Nils erreichte, hielt sie unter einem Blätterdach von Maulbeer-Feigen an. Jenseits des Flusses lag der Königspalast, auf einem menschengemachten Steinberg errichtet. Die Pylonen der Pharaonenresidenz erhoben sich etwa fünfzig Ellen hoch und ihre Fahnenmasten erstreckten sich noch höher, während Banner die Luft zwischen Himmel und Erde aufpeitschten.

Die Reiter hatten ihre Befehle bereits erhalten: Das königliche Gefolge würde sein Lager in Sichtweite des Palastes am Flussufer aufschlagen. Nur der König und seine ranghöchsten Bediensteten würden von Psusennes persönlichem Boot abgeholt und über den Fluss gebracht werden, wo sie für Staatsbesuch reservierte Unterkünfte beziehen würden.

Die Männer des Pharao warteten am Ufer auf ihre Fahrgäste. Sie waren schon vor Wochen über die königliche Ankunft unterrichtet worden, als Salomon sein Gegenüber benachrichtigt und um Audienz zu Handelsgesprächen gebeten hatte.

»Ägypten wird den König Israels mit Trompeten und Flöten willkommen heißen«, hatte Psusennes in einer Nachricht geantwortet.

Zadok misstraute dem Überschwang des Pharao und bezweifelte, dass eine jahrhundertelange Feindseligkeit so einfach vergessen werden konnte. Er behielt seine Bedenken für sich, damit er Salomon nicht am Vorabend entscheidender Verhandlungen entmutigte.

Die Ägypter hatten sich in zwei Reihen aufgestellt, die einen mit prächtig gefärbten Teppichen ausgelegten Gang flankierten. Sie trugen weiße, baumwollene, knielange Lendentücher mit Messerfalten und Gürtel aus gewirkter Wolle. Ihre Oberkörper waren nackt und glatt, von der Farbe gehärteten Lehms. Die einzigen

Schmuckstücke an ihren Körpern waren je ein Paar Messingarmbänder, die um ihren Oberarmmuskel geschlungen waren. Ihre Augen waren kholumrandet und überzeichnet; dennoch waren ihre Blicke leer, beinahe geistlos.

Sie standen stramm und schwangen grüne Papyrusstauden, als Salomon und seine Männer zum Flussufer hinabgingen und weiter zum Boot, einem eindrucksvollen Schiff aus Ebenholz mit Goldverzierungen. Zwölf Ruder, ebenfalls aus Ebenholz, ragten zu jeder Seite heraus und ein rechteckiges Segel hing von einem Mast, der dem Stamm einer Dattelpalme abgefordert worden war. Drei junge, weiß gekleidete Frauen musizierten mit Lauten, Harfen und Gesang so zerbrechlich wie dem einer Lerche, für die Passagiere, als diese an Bord kamen.

Gegen Ende der Schwemme erreichte der Nil seinen Höchststand. Das Wasser, das unter dem düsteren Himmel die Farbe eines Taubenflügels annahm, hatte die Hälfte des Wasserstandsmessers überstiegen, einer abgestuften Konstruktion, die an den Steinberg angrenzte, auf dem der Palast erbaut war. Es würde ein gutes Jahr für die Ägypter werden, die sich auf die jährliche Flut verließen, um ihre Feldfrüchte zu bewässern.

Wenigstens wäre der Pharao guter Laune, dachte Zadok. Er lehnte sich auf einem vergoldeten Stuhl zurück und lauschte der hell klingenden, beschwingten Melodie der Mädchen, die mit dem rhythmischen Rauschen der Ruder beim Durchschneiden des Flusses um seine Aufmerksamkeit buhlten. So beschaulich die Umgebung auch war, konnte er doch keinen Frieden finden. Er schwor sich, trotz des freundlichen Empfangs nicht unachtsam zu werden.

Das Boot legte an der Landzunge an, die den Palast und seine Nebengebäude beheimatete. Um die gottähnliche Präsenz des Pharao zu unterstreichen, stand keine andere Wohnstätte in der Nähe. Das königliche Anwesen wurde von einem Dickicht aus Palmen, das ein Amphitheater um den dem Königshof gewidmeten Landfinger bildete, von der gewöhnlichen Existenz abgeschirmt.

Salomon und sein Gefolge stiegen die Stufen hinauf, die zum Eingangshof führten. Die niedrigen Lehmziegelmauern des dem Nil gegenüberliegenden Vorhofs, dessen Form an ein Taukreuz erinnerte, waren frisch in einem strahlenden Weiß gestrichen, das die Augen selbst an einem nebligen Herbsttag blendete. Inmitten des Hofs befand sich eine Reihe rechteckiger Lotusteiche, gesäumt von Dattelpalmen, die aufrecht standen wie Fahnenmasten und vorbildlich gepflegt waren. Den Hof säumten Wandelgärten, umgeben von Sommertamariskenbüscheln, deren Blätter sich unter dem

Einfluss der Kälte gelb verfärbt hatten, und überschattet von riesigen Maulbeer-Feigen und Weiden. Im Zentrum waren vielerlei Blumen gepflanzt, die Zadoks Augen fremd waren. Eine sanfte, vom Fluss kommende Brise brachte den Duft von süßem Anis aus den Kräuterbeeten rings um die Gehwege mit sich. Der idyllische Ort war Eden ähnlicher als alles andere, das Zadok je im unteren Himmel erblickt hatte, aber er wusste mit aller Überzeugung, dass darin eine schädliche Verführung lag, die er noch nicht benennen konnte.

Die Stunden schritten voran und eine trübsinnige Dämmerung kam über Zadok. Die Wolken waren nun aufgebrochen und enthüllten einen fliederfarbenen Himmel mit einem Mondfetzen, der im Nichts trieb. Die Feuchtigkeit war so hoch, dass es schien, als atme man einen feinen Nebel ein.

Zadok stützte sich auf seinen Stab und wartete am Rand der offenen Terrasse, die am höchsten Punkt des Palastberges stand. Bald würde der Bankettsaal voller wichtiger Ägypter sein, die kamen, um seinem Gebieter Respekt zu zollen. Salomon hatte Psusennes vor den Festivitäten allein getroffen. Es war ein inoffizielles Treffen gewesen, bei dem keine Geschäfte besprochen werden sollten. Wie es das königliche Protokoll verlangte, würden die beiden die Versammlung gemeinsam betreten, ein sinnbildlicher Akt ihres bevorstehenden Bündnisses.

Er spürte jemandes Anwesenheit hinter sich und drehte sich mit einiger Anstrengung um. Benaja, der Heerführer, stand da wie eine Statue, steif und ausdruckslos. Wenngleich er auf dem Schlachtfeld zum Leben erwachte, war Benaja in gesellschaftlichen Situationen unbeholfen. Er war als Leibwache des Königs hier, weil die Pflicht es verlangte, aber es war offensichtlich, dass er lieber an vorderster Front mit seinen Helden laut rülpsen und lachen würde.

»Was gibt es Neues, Benaja?«, fragte Zadok.

»Ich traf den Oberbefehlshaber des Pharao; man nennt ihn Scheschonq.« Der Hauptmann strich sich über den kurzen schwarzen Bart und spähte zum Nil.

Seine Worte sind so wenige, wie seine Schwerthiebe viele sind, dachte Zadok. Er versuchte, ihn zu ermuntern. »Dieser Scheschonq … ist er seines Postens würdig?«

Benaja legte eine Hand auf seine Hüftschärpe, an der ein kleines aber tödliches Messer befestigt war. »Er hat eine Vorliebe fürs Blutvergießen. Und eine gewisse Verachtung für Hebräer.«

»Er ist Libyer, nicht wahr?«

Er nickte. »Sohn des Häuptlings der Meschwesch, der Zeltbewohner und Krieger der Wüstenländer.

Außerdem der Neffe Osorkons des Älteren, der vor Psusennes und dessen Vorgänger in Ägypten regierte.«

»Königliche Abstammung. Und dennoch ein Fremder.«

»Er sieht aus wie ein Ägypter und denkt wie einer. Und er will wie einer kämpfen, auch wenn er unter Psusennes nicht viele Gelegenheiten dazu hat. Er hat kein Geheimnis aus seinem Wunsch gemacht, nach Osten bis Kanaan und ins Transjordanland vorzustoßen, aber der Pharao hat mehr Interesse an sinnlichen Freuden als an Eroberungen.« Benajas rundliche, gebräunte Züge verhärteten sich. »In meinen Augen ist Scheschonq eine Bedrohung.«

»So lange der Pharao lebt, glaube ich das nicht«, sagte Zadok. »Psusennes ist zu bequem und zufrieden, um einen Feldzug zu wagen.«

»Es verlangt ihm aber auch nach Anerkennung. Wenn er in seinem eigenen Land nicht genug findet …«

Zadok legte eine Hand auf die Schulter des Hauptmanns. »Deshalb sind wir hier, Benaja. Um jegliche Angriffspläne durch das Schmieden eines Bündnisses zu zerstreuen. Wenn Psusennes auf friedlichem Weg bekommen kann, was er will, wird es keinen Anlass zu einem Blutvergießen geben.«

Die Trompete des Pharao erklang. Es war an der Zeit, hineinzugehen. Zadok warf einen Blick in Richtung des Bankettsaals, der sich mit zum Feiern herausgeputzten

Ägyptern füllte, und drehte sich wieder zu Benaja um. »Ich weiß, dass ein Hauptmann stets auf der Hut sein muss. Aber wir sind hier, um Frieden zu stiften. Das wollen wir nicht vergessen.«

Die beiden begaben sich in die Haupthalle und standen inmitten der Menschenmenge, die sich versammelt hatte, um den königlichen Besuch zu feiern. Es mussten zwei Schock kholumrandeter Augenpaare im Saal sein, die alle auf die massiven, vergoldeten Holztüren gerichtet waren, welche die Pforte für die Prozession sein würden. Die Gäste trugen makelloses weißes Leinen und schwarze Perücken in so ähnlichen Schnitten, dass es schwerfiel, sie voneinander zu unterscheiden. Manche der Frauen hatten ihre Perücken geflochten und mit glasiertem Kopfschmuck und Parfumkegeln gekrönt, die einen angenehmen Myrrheduft verströmten, der den Geruch ihres Schweißes überdeckte. Das Geschmeide war überwältigend. Es gab genug Gold und wertvolle Edelsteine, um einen Tempel zu zieren, und doch trugen diese Menschen sie zu ihrem eigenen Schmuck. Zadok, der mit seiner in Falten gelegten grauen Robe und seinem blauen Umhang herausstach wie ein Bettler unter Edelleuten, schauderte bei dieser Zurschaustellung von Übermaß.

Die schweren Türen, in die ägyptische Gottheiten und Symbole geschnitzt waren, öffneten sich knarrend und zwei Trompetenspieler marschierten in den Saal, während ihre Instrumente kurze, fantasievolle Töne ausstießen. Hinter ihnen kamen Flötenspieler, die mit schrillen aber fröhlichen Noten einfielen, und Trommler, die auf Rahmentrommeln schlugen. Ein Mädchen mit bloßen Brüsten lief rückwärts und säumte den Weg des Königs mit Lotusblüten.

Der Pharao erschien auf einem vergoldeten Stuhl mit purpurnen Kissen, auf dem Rücken von acht männlichen Dienern mit nackten Oberkörpern und rasierten Köpfen. Die Menschen, die den Weg des Pharao flankierten, verneigten sich gleichzeitig.

Er war ein unvergesslicher Anblick. Sein haarloser Oberkörper schimmerte im Fackellicht, denn er war mit parfümierten Ölen eingerieben worden, die den Geruch von Bittermandel verströmten. Seine Brustplatte war wie die ausgestreckten Flügel eines Adlers geformt und dahinein waren Steine groß wie Fäuste in der Form von Skarabäen gearbeitet. Er hielt einen Flegel in einer Hand und einen Stab in der anderen: die Symbole seiner königlichen Herrschaft. Um einen hohen, zugespitzten Kopfschmuck aus Silber und Bronze lag eine zusammengerollte Schlange mit Augen aus Lapislazuli, die zu seinen eigenen passten, die grau mit tiefblauen Flecken waren.

Salomon trat nach ihm ein. Wenngleich er nicht auf ägyptische Art Reichtum und Macht zur Schau stellte, so war der König von Israel doch prächtig in seiner Jugend, etwas, das Psusennes, obwohl neu auf dem Thron, nicht mehr besaß. Salomon sah in den Saal und erwiderte Zadoks Blick lange. Der Priester verneigte sich tief vor seinem König.

Den Majestäten folgten die Damen des Hofes: Psusennes Mutter, Neschons von Theben, gefolgt von der Großen Königlichen Gemahlin und ihren beiden Töchtern. Sobald die Hoheiten zu einer Plattform gebracht worden waren, die dazu diente, sie von ihren Untertanen zu trennen, verteilten sich die übrigen Menschen auf Sitzgelegenheiten im ganzen Raum. Die Diener betraten den Saal mit großen Tablets voller Früchten auf den Schultern, die sie auf niedrigen Tische neben jedem Platz verteilten, und Tonkrügen voller Bier.

Zadok aß wenig des Angebotenen. Die Gäste um ihn herum unterhielten sich mit leisem Gemurmel und hielten ihre Becher in die Höhe, damit die Diener ihnen nachschenkten. Die jungen Frauen, die beisammen saßen, fütterten einander mit ihren hennagefärbten Fingerspitzen kleine Happen und kicherten, während ihre Blicke durch den Raum schweiften. Es roch nach Myrrhe und Moschus.

Er fühlte sich unwohl, nicht nur, weil ihm die ägyptische Kultur so fremd war, sondern auch, weil er von

Salomon getrennt war. Seit Beginn der Herrschaft des Königs war Zadok immer an seiner Seite gewesen, hatte ihn beraten und seinen Geist geschult. Salomon von seinem Volk abgesondert zu sehen, allein mit dem gierigen ägyptischen Pharao, der ihm ins Ohr flüsterte, ließ ihn schaudern.

Nach einer endlos scheinenden Weile konnte Zadok nicht länger im stickigen Saal sitzen und Fröhlichkeit vortäuschen. Er griff sich an die Brust und schnappte nach frischer Luft, doch lediglich der Geruch von geschmortem Hammelfleisch und gegrillten Wasservögeln füllte seine Nase. Er erhob sich und ging so schnell er es vermochte zur Terrasse.

Der Nil war schwarz wie vergossene Tinte und sein Wasser hob und senkte sich sanft wie ein Seufzen. Zadok sah zum Himmel und erblickte Myriaden von Sternen, von denen er keinen wiedererkannte. Irgendwo dort oben, dachte er, befand sich der helle Stern, der allzeit wie ein Versprechen über Jerusalem stand und den Weg der Hebräer selbst in der dunkelsten Nacht erhellte.

»Zadok.« Salomons tiefe Stimme war ein beruhigender Klang. »Geht es Euch gut?«

Der Priester drehte sich um. »Mein Gebieter, Ihr solltet nicht hier sein. Ihr dürft nicht von der Seite des Pharao weichen. So ist es Brauch.«

»Ich erbat die Erlaubnis unseres Gastgebers, nach Euch zu sehen. Als Ihr zum Gehen aufstandet, sahet Ihr blass und krank aus.«

»Sorgt Euch nicht um mich, mein Gebieter. Ich brauchte nur frische Luft.«

»Nun gut.« Salomon zögerte und sah auf den Fluss hinaus. »Ich weiß, dass Euch dieser Ort fremd ist. Mir auch. Aber wir müssen ihn noch ein paar Tage ertragen, bis wir ein Abkommen schließen. Wenn alles nach meinem Plan verläuft, wird es ein lohnenswertes Opfer sein.«

»Ja, mein Gebieter.« Zadoks Stimme klang zögerlicher als er beabsichtigte.

Der König lächelte. Seine Miene war so gelassen, dass sie engelsgleich wirkte. Seine Schönheit wurde Zadok deutlicher bewusst als je zuvor. Die gemeißelten Knochen seines Gesichts wurden vom fahlen Fackellicht umrissen und seine honigfarbene Haut schimmerte wie polierter Bernstein. Seine glänzendschwarzen Locken ergossen sich wild um sein Gesicht und rahmten haselnussfarbene Augen ein. Die goldene, zwölfzackige Krone, die auf seinem Kopf saß, wirkte wie eine natürliche Verlängerung, als wäre er damit geboren worden.

»Kommt, Zadok«, sagte Salomon. »Es ist unhöflich, den Pharao warten zu lassen.«

Zadok folgte dem König hinein, stets zehn Schritte hinter ihm, wie es die Sitte verlangte. Salomons

Purpurumhang bauschte sich hinter ihm auf, als er mit seinem königlichen Gang voranschritt. Mit jedem Schritt schwoll der weite Wollstoff an wie eine Flagge im Wind. Salomon schien über den Steinboden zu schweben.

Einige Schritte vor dem Eingang zum Bankettsaal fiel der Umhang in sich zusammen, als Salomon abrupt stehen blieb. Zadok näherte sich, um zu sehen, was geschehen war, und erblickte eine junge Frau, die dem König gegenüberstand.

Sie schien von der Zufallsbegegnung so überrascht wie er. Ihre Augen, von der Farbe des Nils um Mitternacht und von einer Spur schwarzen Khols umrandet, die sich bis zu ihren Schläfen erstreckte, verrieten ihre Verunsicherung. Sie war ein nobles Geschöpf, eindeutig ein Mitglied der Oberschicht. Glänzendes, rabenschwarzes Haar, von einem Silberband mit darin eingelassenem bunten Glas im Zaum gehalten, hing ihr bis auf die Schulterblätter herab. Ihre braune Haut, makellos und straff, funkelte unter durchsichtigem weißen Leinen, das kunstvoll um ein Unterkleid gewickelt war. Um ihren Hals lag ein goldener Kragen mit Stäben, die an Sonnenstrahlen erinnerten, und an ihren Füßen steckten mit Federn verzierte Ledersandalen.

Sie trug keinen Parfumkegel und roch dennoch nach Rosen und Myrrhe, mit einem Hauch von Zimt.

Offensichtlich von ihrer Schönheit angetan, starrte Salomon sie an.

Wie eine verängstigte Katze schlug sie die Augen nieder und huschte in den Arkadengang aus Steinsäulen davon.

Der Blick des Königs folgte ihr, bis sie gänzlich verschwunden war.

»Mein Gebieter«, sagte Zadok.

Lange herrschte Stille. Er wiederholte: »Mein Gebieter?«

»Eine Lilie unter Dornen.« Salomon sog die Luft ein, die noch immer nach ihrer Gegenwart duftete. »Ich muss wissen, wer sie ist.«

KAPITEL 7

Drei Tage vergingen, bevor Psusennes bereit war, eine Audienz zu gewähren. Es gab vieles, worum er sich kümmern musste, hatte er gesagt, da die Schwemme sich zurückzuziehen begann und eine neue Erntezeit für das ägyptische Volk angebrochen war.

In der Zwischenzeit wurden Salomon und seine Männer gut versorgt. Alle zwei Stunden kamen Diener in die Gastunterkünfte und brachten Krüge voller Granatapfelwein und große Platten voller Essen: mit Kreuzkümmel gewürztes Ziegenfleisch, Fisch aus dem Nil, in Tonöfen geröstete Tauben, Brotlaibe mit Koriandersamen, Feigen, Datteln, Pflaumen und Melonen. Musik war allgegenwärtig, denn Harfisten waren im Hof platziert und angewiesen worden, Tag und Nacht zu spielen.

Am Morgen des Treffens mit dem Pharao ging Zadok hinaus, um den Tagesanbruch zu begrüßen. Die feuchte Luft ölte seine alternden Knochen und verlieh seinem Schritt ein gewisses Maß an Flinkheit, und so unternahm er einen langen Spaziergang durch die Gärten. Das Lied der Wiedehopfe begleitete ihn, während er auf den feuchtroten Pfaden wandelte, die sich durch die Pflaumengärten schlängelten. Der Schlamm durchweichte den Saum seiner Tunika und fühlte sich an seinen nackten Füßen kalt an. Er ging oft ohne Schuhwerk; es brachte ihn der Erde näher und versetzte ihn in andächtige Stimmung.

Während das erste Licht die grauen Wolken durchbrach, dachte er an Salomon. Seit der Nacht des Festmahls war der König nachdenklich gewesen. Auf Zadoks Frage hin hatte er gesagt, er sammle seine Sinne für den Tag der Verhandlung. Doch ein Priester wusste immer, was im Herzen eines Menschen vorging.

Er hoffte, das unwiderstehliche Verlangen nach dem fremden Mädchen wäre nur eine vorübergehende Fantasie. Zadok hegte ein dumpfes Gefühl der Beunruhigung, erlaubte ihm aber nicht, sich zu festigen. Er wollte glauben, dass Salomons geschulter Verstand ihm gesagt hatte, dass sie eine exotische Fremde war, nichts weiter.

Dort war er. Unter einem Pflaumenbaum kniete der König der aufgehenden Sonne zugewandt und betete. Zadok beschrieb einen weiten Bogen, damit er seine Ruhe nicht störte, und blieb hinter ihm stehen.

Salomon streckte eine Hand aus. »Kommt, Zadok.«

Der Priester setzte sich neben ihn. Er sah zum bewölkten Himmel und den Lichtfingern, die ihn durchbohrten. »Immer, wenn ich glaube, ich wäre zu weit von zu Hause fortgewandert«, sagte Zadok, »betrachte ich die Morgendämmerung und erinnere mich an die Allgegenwart des Herrn.«

»Wenn wir nur alle verstünden, dass wir unter demselben Himmel leben, von derselben Sonne gewärmt werden, gäbe es nicht so viel Zwiespalt«, sagte Salomon.

»Nicht jeder Mann ist so weise wie Ihr, mein Gebieter.«

Salomon spähte zum Licht. »Ich habe nachgedacht, Zadok. Die Zeit ist gekommen, mir ein Weib zu nehmen.«

»Fürwahr, mein Gebieter. Sobald wir zurückgekehrt sind, werden Eure Männer Israels schönste und sanftherzigste Jungfrauen suchen, unter denen ihr nach Herzenslust wählen könnt.«

»Das Mädchen vom Festmahl … fandet Ihr heraus, wer sie war, wie ich Euch gebeten hatte?«

Zadok spürte einen Stich in den Eingeweiden. »Sie ist die Tochter des Pharao und einer seiner Nebenfrauen. Ihr Name ist Nikali Taschere.«

»Eine Prinzessin.«

»Von niederem Rang. Sie besitzt keinen Anspruch auf den Thron.«

»Steht sie in der Gunst ihres Vaters?«

»Das weiß ich nicht.« Er sah Salomon prüfend an. »Gerüchten zufolge hat Scheschonq, der Hauptmann der Armee, ein Auge auf sie geworfen.«

Salomons Mundwinkel verzogen sich zu einem Lächeln. »Ist das so?«

»Mein Gebieter, welche Gedanken durchwandern Euren Geist? Gewiss beabsichtigt Ihr nicht …«

Salomon hielt eine Hand in die Höhe. »Lasst mich, Zadok. Ich suche den Rat des Herrn. Mehr werde ich nicht sagen.« Er stand auf. »Ich werde mich jetzt vorbereiten. Wir treffen Psusennes nach der Morgenmahlzeit.«

Zadok biss sich auf die Lippe. »Ja, mein Gebieter.«

Er sah dem König nach und seufzte. Wenn Salomon einmal einen Entschluss gefasst hatte, dann hieße, ihn davon abzubringen, das Wasser des Nils aufzuhalten; so viel hatte er gelernt.

Der Thron des Pharao stand am Ende eines langen, schmalen Ganges, der zu beiden Seiten von dichten Papyrussäulen gesäumt wurde, die in strahlenden Schattierungen von Purpur und Indigo bemalt und mit Blattgold verziert waren. An den Wänden prangten

Bilder des Palastlebens: die Krönung des Pharao durch den Sonnengott Re, unter Bäumen im Überfluss sitzende königliche Untertanen, die reife Erde der Nilufer bestellende Sklaven.

Salomon und sein Gefolge betraten den Thronsaal in förmlichem Zug. Zuerst kamen Männer, die Geschenke auf einem Podest auf ihren Schultern trugen. Sie blieben vor dem Pharao stehen und zeigten ihm die Fülle an Nahrungsmitteln und Wein aus dem Morgenland und Silber und Gold aus Salomons persönlichem Besitz. Der ägyptische Herrscher nickte zustimmend und schickte die Männer fort. Dann bedeutete er Salomon, auf dem Stuhl neben seinem Platz zu nehmen.

Psusennes war in vollem Hofornat gekleidet. Sein Kopf war von einem tiefblau gestreiften Tuch bedeckt, das in der Stirn von einem goldenen Band gehalten wurde. Ein falscher schwarzer Bart, zu einem engen Zopf geflochten, ragte von seinem Kinn. Um den Hals trug er eine Kette in Form eines geflügelten Skarabäus, der eine Sonnenscheibe aus poliertem Bernstein hielt. Zwei Goldmanschetten mit eingesetztem Lapislazuli lagen um seine Handgelenke.

Er war in Begleitung einer Leopardin mit wilden grünen Augen und mörderischem Blick. Als er sich setzte, hing ihm sein dicker Bauch über die mit einer Binde aus einem Löwenfell, das in zwei Klauen endete, gegürtete Hüfte. Die Katze rollte sich zu seinen Füßen zusammen.

»Salomon, verehrter König von Israel.« Seine Stimme war überraschend hoch. »Was bringt Euch heute hierher?«

»Psusennes, Herr und Wächter über das gewaltige ägyptische Reich, ich komme in Frieden. Unsere Länder können einander zu großem Vorteil gereichen.«

Der Pharao betastete die Spitze seines falschen Barts. »Und wie lautet Euer Vorschlag?«

»Ich beobachtete den Bau Eures Wassernetzes, das den Fluss mit dem Meer verbindet – ein ehrgeiziges Unterfangen, bedenkt man das launische Verhalten des Nils.«

»Unser Fortschritt ist langsam. Wir können nur arbeiten, wenn der Fluss seinen Tiefststand erreicht, denn das Wasser ist ein Hindernis.«

»Hättet Ihr die doppelte Arbeiterschaft, ginge es schneller voran. Es scheint, Ihr benötigt mehr Männer. Erfahrene Männer.«

»Wir lassen jeden fähigen Mann in Unterägypten an dieser Unternehmung arbeiten.«

Salomon lehnte sich auf seinem Stuhl zurück und klopfte die Finger aneinander. »Wir errichteten ein ausgeklügeltes Wassersystem in Jerusalem und meine Männer kennen die Herausforderungen eines solchen Unternehmens. Ich kann Euch meine besten Entwickler sowie sechshundert Männer schicken, um neben Euren zu arbeiten. Ihr müsst sie nicht entlohnen, denn sie werden in Israels Dienst stehen; Ihr bietet ihnen lediglich Schutz und Nahrung.« Er hielt inne und prüfte Psusennes Blick. »Doch bedenkt, dass sie Gäste in Eurem Land sind, keine Sklaven. Sie müssen gut behandelt werden. Wir dürfen die Fehler unserer Vorväter nicht wiederholen.«

Der Pharao zog eine mit schwarzem Khol nachgezogene Augenbraue in die Höhe. »Eure Großzügigkeit überwältigt mich. Nun gut. Ihr habt mein Wort, dass Eure Männer gerecht und ehrenhaft behandelt werden.« Er beugte sich vor. »Sagt mir, Salomon, was ist es, das Ihr im Gegenzug verlangt?«

Salomon lächelte. »Die Kunde mag sich verbreitet haben, dass sich ein großer Tempel am höchsten Platz Jerusalems erhebt. Dies ist das Haus, von dem ich meinem Vater versprach, ich würde es zu Ehren unseres Gottes errichten, und ich beabsichtige, mein Versprechen zu halten. So wahr Er mir helfe: Es wird das schönste Gebäude in ganz Israel und dem Nahen Osten sein. Ich hoffe, Ihr werdet mir die Ehre erweisen und es besuchen, wenn es vollendet ist.«

»Gewiss. Doch was hat das mit Ägypten zu tun?«

»Um den Tempel fertigzustellen, brauche ich etwas, das zu beschaffen Ihr, mein Herr Psusennes, mir helfen könnt.«

»Nennt es mir.«

»Der geheiligste Teil dieses Hauses wird vom Boden bis zum Dach mit reinem Gold überzogen sein – mit so viel davon, dass wir jenseits unserer Grenzen suchen müssen, um es zu finden. Ich richtete meinen Blick auf Ophir, denn ich brauche tausend Talente, um die Arbeit zu beenden.«

Die schiefergrauen Augen des Pharao weiteten sich. »Eintausend Talente! Das ist mehr als alles Gold in allen Grabmalen der Großen Könige Ägyptens.« Er musterte Salomon. »Der König Israels hat eine Vorliebe für Pracht.«

Zadok hörte die Beleidigung in Psusennes Worten. Die Ägypter hielten die Israeliten seit langer Zeit für minderwertig. Trotz des freundlichen Klimas ihres Treffens und dem beidseitigen Verlangen nach Zusammenarbeit drang das tiefverankerte Vorurteil an die Oberfläche wie Milch aus einem alten, abgenutzten Schlauch tröpfelt. Er beobachtete Salomons Reaktion. Der König blinzelte langsam, änderte seinen Ausdruck aber nicht. Zadok wusste, dass er weise genug war, es dabei bewenden zu lassen und sich ganz der vorliegenden Aufgabe zu widmen.

»Meine Männer segeln mit den Tyrern nach Ophir«, sagte Salomon. »Ihr Auftrag ist es, mit einem Schiff voller Gold zurückzukehren. Doch leider ist der größte Teil dieses Goldes Ägypten versprochen.«

»Und Ihr wünscht, dass ich meinen Anspruch auf diesen Vorrat aufgebe? Den Anspruch, den zu festigen mich und meine Vorfahren lange Jahre kostete?« Er lachte.

»Ich könnte den Ophirern den doppelten Preis anbieten und ihre Ergebenheit auf die Probe stellen. Aber es ist nicht meine Art, solch hinterlistige Mittel anzuwenden. Ich bevorzuge es, meine Geschäfte von Mann zu Mann zu führen.« Er beugte sich vor und streckte eine geöffnete Hand aus. »Also werde ich stattdessen Euch diesen Preis bezahlen. Ich möchte, dass Ihr mir einen Teil Eures Vorrats gewinnbringend veräußert.«

Psusennes schluckte schwer. Das Angebot machte ihn sprachlos.

»Überdies bin ich bereit, auf Abgaben auf den Handel zwischen unseren beiden Ländern zu verzichten, solange Frieden herrscht. Israel wird keine Abgaben auf Ägyptens Vieh, Nahrungsmittel, Töpferwaren oder Gewürze erheben – und selbstverständlich erwarten wir dasselbe Entgegenkommen.«

Der Pharao verschränkte die Arme vor der Brust. Das Gold seiner Manschette funkelte, als ein Lichtstrahl durch einen Fensterschacht hereindrang. »Ihr seid ein kluger Mann, Salomon. Es gab noch keinen Herrscher wie Euch auf kanaanäischem Boden. Für Israel bricht ein neuer Tag an.«

»Ein neuer Tag bricht an für den Frieden zwischen alten Feinden. Nehmt Ihr mein Angebot an?«

Psusennes lächelte schief. »Ich nehme es an. Ich werde meinen Schreibern befehlen, einen Vertrag aufzuzeichnen, und er wird Zeugnis für alle Augen sein.«

Zadok atmete aus. Es war vollbracht. Es war ein kostspieliges Bündnis, aber der Zweck würde die Mittel heiligen. In einem Klima von Frieden und offenem Handel könnte sich Israel auch auf Ägyptens Unterstützung an militärischer Front verlassen, sollte es von Nachbarländern angegriffen werden. In den ständig kriegerischen Gebieten des Nahen Ostens war diese Aussicht so glänzend wie alles Gold in Ophir. Kurz fing er Salomons Blick und nickte zustimmend.

»Als Zeichen des Vertrages«, fuhr der Pharao fort, »schenke ich Euch Gaben aus wertvollen Edelsteinen und Gold, die Ihr in Euer Königreich mitnehmen könnt. Und vierzig meiner besten Pferde außerdem.«

»Ihr seid überaus gnädig, mein Herr«, sagte Salomon. »Doch der einzige Weg, unseren Bund zu besiegeln, ist durch Heirat.«

Zadok erschrak. Das war nicht Teil des Vorhabens gewesen.

Der Pharao schüttelte den Kopf. »Ägyptische Königstöchter werden niemals Fremden versprochen. Nicht einmal Königen.«

»Eure Töchter mit Eurer Königin müssen ägyptischen Adel heiraten; das weiß ich. Ich bitte um eine, die nicht nach dem Thron strebt. Die Tochter einer Nebenfrau.«

Psusennes sah den verwegenen König stumm an.

Salomon fuhr fort. »Die Schönheit von Nikali Tasche-re ist unerreicht. Ich wünsche, sie zu meiner Königin zu machen. Ihr wird es an nichts fehlen. Und Ihr, mein Herr Psusennes, werdet Euch bis ans Ende Eurer Tage eines entscheidenden Verbündeten im Nahen Osten gewiss sein. Israel und Ägypten werden nicht nur durch einen Beschluss geeint, sondern auch durch Blut.«

Zadok schloss die Augen und senkte den Kopf. Salomon war zu weit gegangen; er wusste genau, dass der Herr eine solche Verbindung ablehnte. *Heiratet nicht fremde Frauen,* hatte Jahwe sein Volk Israel gewarnt, *denn sie werden eure Herzen hinwenden zu fremden Göttern.* Zadok betrachtete Nikali als besonders gefährlich in dieser Hinsicht. Salomon mochte behaupten, er versuche schlicht, ein politisches Bündnis zu untermauern, doch die nackte Wahrheit war, dass er sie auf eine Weise begehrte, die ihm des Nachts den Schlaf raubte. Wie weit würde er gehen, um eine solche Frau zufriedenzustellen?

»Soll ich Euren Wunsch erfüllen«, sagte Psusennes, »so habe ich Bedingungen. Zuerst darf meiner Tochter niemals abverlangt werden, Euren Gott zu verehren. Es muss ihr freistehen, ihre Bräuche auszuüben und auf ihre Weise zu beten. Zweitens muss sie ihren eigenen Palast mit allen Annehmlichkeiten besitzen und von ihrer eigenen Dienerschaft aus Ägypten umsorgt werden, die sie aus dem Mutterland begleiten wird. Drittens müssen alle Kinder, die sie zur Welt bringt, die ägyptische Sprache lernen und im Erbe ihrer Mutter und ihres Vaters unterrichtet werden. Nichts davon steht frei.«

Salomon zögerte nicht. »Ich nehme Eure Bedingungen an. Jede Einzelne.«

»Dann soll es geschehen. Sie wird morgen früh bereit sein, mit Eurer Karawane abzureisen. Wir werden diesen Bund heute Abend feiern.« Er stand auf und verneigte sich. Salomon tat es ihm gleich. »Geht in Frieden, mein hebräischer Bruder.«

Zadok folgte seinem König aus dem Raum und in den Hof. Er kniff die Augen zusammen, als das Sonnenlicht auf sie eindrang.

Über die Schulter hinweg sagte Salomon: »Ich weiß, Ihr billigt nicht, was ich tat, aber die Zeit wird die Klugheit meines Handelns beweisen.«

Zadok hielt sich nicht zurück. »Ihr habt den Bund mit dem Herrn missachtet. Er wird nicht erfreut sein.«

Der König blieb stehen und schwang herum. »Blasphemie! Glaubt Ihr, ich hätte nicht den Rat des Herrn gesucht? Glaubt Ihr, ich würde das tun, wenn der Herr, unser Gott, es nicht erlaubt hätte? Merkt Euch dies, Zadok: Ich bin Jahwes Auserwählter. Ich spreche mit ihm auf einer tieferen Ebene, als Ihr es Euch vorstellen könnt.«

Zadok hielt stand. »Ihr befahrt dunkle Gewässer, mein Gebieter.«

»Kein Wort mehr davon.« Er holte tief Luft und sprach ruhig weiter. »Ich will nicht mit Euch streiten, Zadok. Geht nun und macht Euch bereit, denn heute Abend feiern wir meine Vermählung.«

Der Priester wandte den Blick ab, als sein König sich umdrehte und über den Hof schritt. Vor seinem geistigen Auge tauchten Bilder von Feuer auf … brennende Dörfer, panische Frauen und Kinder, schwarzer Rauch, der aufstieg wie eine Höllenbestie. Es war Jahwes Zorn, und er kam auf sie zu.

KAPITEL 8

Trotz der späten Stunde trödelte Nikali im Bad. Das Festmahl würde jeden Moment beginnen, aber sie hatte keine Eile, dort hinzugehen.

Sie ließ ihre Hand langsam über das warme Wasser gleiten und beobachtete die Wellen, die sie erzeugte. Sie schloss die Augen und atmete den Hauch von Weihrauch und Myrrhe ein, der von der sanften Bewegung freigesetzt wurde. Es war der Duft ihres Seins, das Aroma, das sie mit unbeschwerten Tagen im Palast und sinnlichen Nächten an den Nilufern in Verbindung zu bringen begonnen hatte.

Nun war er gekommen: der Tag ihres Verlöbnisses. Er war nicht, wie sie es sich als Mädchen vorgestellt oder als Frau ersonnen hatte. Ihre eigenen Pläne, bis zu diesem Tag sicher in ihrem Geist verwahrt, zerfielen wie Lehmziegel im *Chamsin*.

Die Frau eines Königs. Sie wiederholte den Satz innerlich und hoffte, er würde an Bedeutung gewinnen. Obwohl es das war, was sie immer gewollt hatte, und sie hart gearbeitet hatte, um es trotz ihres unbedeutenden Ranges in der Thronfolge zu bekommen, verursachte ihr der Gedanke, einen König über Sklaven zu heiraten, Übelkeit. Es war blanke Ironie. All die Jahre, in denen sie sich für den Mann, von dem sie sicher war, er würde der Nachfolger ihres Vaters werden, begehrenswert gemacht hatte, waren nun vergebens. Die Möglichkeit, zur Königin Ägyptens gekrönt zu werden, war ihr entrissen worden.

»Meine Gebieterin.« Die leise Stimme ihrer Badefrau war wie eine Glocke in der gequälten Stille. »Es wird Zeit.«

Nikali schloss die Augen und seufzte. *Es wird Zeit.* Sie stand auf und beobachtete, wie das Wasser an ihrem dunklen Körper hinab floss. Sie erlaubte der Dienerin, sie in ein Leinentuch zu wickeln und sie für das Duftritual zu einer Marmorplatte zu führen.

Das Mädchen löste das Leinen von Nikalis Schultern und hängte es über den Marmor. Noch feucht vom Bad legte sich Nikali darauf, die nackte Kehrseite ihrer Dienerin zugewandt. Sie spüre die Samthände des Mädchens, die mit langen, rhythmischen Strichen einen Trank aus zerdrückten Rosenblüten, Zimt und Myrrhe, mit seltenem Balanites-Öl vermischt, in ihre Haut rieben. Das gewürzte Blumenaroma, vom Hofduftmeister nach ihren Vorgaben hergestellt, war charakteristisch für sie geworden: erlesen, mit einem Hauch von Schärfe.

Als das Ritual beendet war, schlüpfte Nikali in einen frischen Leinenumhang und ging ins angrenzende Ankleidezimmer, wo ihre Kammerfrau, Irisi, die Garderobe für diesen Abend herausgelegt hatte: ein bodenlanges, eng anliegendes, korallenfarbenes Kleid, das mit einem Honigwabenmuster bestickt war, ein durchsichtiger Faltenumhang in derselben Farbe und eine lange, blaue Schärpe für ihre schmale Taille.

Irisi verneigte sich. »Meine Gebieterin.«

Nikali legte sanft die Hand unter Irisis Kinn und drückte ihren Kopf nach oben. Als sich ihre Blicke trafen, lächelte Nikali. Wenngleich eine höfische Regel, war das Verneigen zwischen Freunden nicht nötig. Nikali stellte sich an einen hell erleuchteten Platz zwischen zwei Öllampen und ließ ihren Umhang zu Boden fallen. Sie holte tief Luft, als die Kammerfrau ihr ein Lendentuch zwischen den Beinen befestigte.

»Hast du überbracht, worum ich dich bat?« Ihre Stimme verriet ihre Anspannung.

Irisi sah mit strahlendbraunen Augen auf. Wenngleich sie zehn Jahre älter war als Nikali, hatte sie einen jugendlichen Blick und das Gemüt einer Schwalbe, mit einer dazu passenden zierlichen Figur. »Es ist getan, meine Gebieterin. Auf einen viereckigen Papyrus geschrieben, wie Ihr wünschtet, und in seine Hand übergeben.«

Sie atmete aus. »Welch ein Glück, dass meine Kammerfrau auch die beste Schreiberin in Unterägypten ist.«

Irisi half Nikali, in ihr Kleid zu schlüpfen, und richtete die Nähte nach den Kurven ihres Körpers aus. Das Leinen lag so eng an ihr wie eine zweite Haut. Sie hob die Arme und ermöglichte es Irisi, die blaue Schärpe aus Rosshaar zweimal um ihre Taille zu schlingen und sie so zu verknoten, dass die losen Enden bis zu ihren Knöcheln herab hingen.

»Seine Antwort kam gerade vor einem Augenblick«, sagte Irisi.

»So schnell?«

»Ein verliebter Mann verschwendet keine Zeit.«

Sie setzte sich auf einen Stuhl neben ihrer Kosmetiktruhe. Ihr Herz raste. »Foltere mich nicht mit einer solchen Erwartung. Ich muss wissen, was er sagte.«

Irisi lächelte schief, als sie die Kosmetiktruhe öffnete und etwas Galenit- und Malachitpuder auf ihre Palette gab. Sie griff in ihren Ausschnitt und zog eine Papyrusrolle heraus. »Lest selbst.«

Nikali riss ihr das Papier aus den Händen und rollte es auf. Sie las laut. »›Meine Liebste, mein Herz weint beim Gedanken an Euer Fortgehen. Ohne Euch wird das Leben sein wie eine Rose ohne Duft. Ich muss Euch ein letztes Mal sehen, bevor Ihr geht. *Erwartet mein Zeichen.*‹« Sie drückte die Nachricht an ihre Brust und seufzte. »Ach, Irisi. Wie kann mein Vater nur so grausam sein?«

Mithilfe eines Elfenbeinstabs trug Irisi Galenit rings um Nikalis Augen auf. »Männer verfolgen ihre eigenen Absichten, meine Gebieterin. Von welcher Bedeutung ist die Liebe, wenn ein Großreich auf dem Spiel steht? Welche Bedeutung hat die Leidenschaft einer Frau, wenn Straßen gebaut und Flüsse nutzbar gemacht werden müssen?« Sie grinste. »Wir sind das Druckmittel, das ihnen hilft, ihr Spiel zu gewinnen.«

Nikali schloss die Augen, damit Irisi die Paste aus zerstoßenem Malachit auf ihre Lider auftragen konnte. »Wie kommt es, dass du so klug bist?«

»Ich habe länger gelebt als ihr. Ich habe den Verrat eines Mannes aus erster Hand erfahren. Sie können einander nicht die Treue halten, geschweige denn ihren Frauen.«

Nikali verstand die Anspielung. Vor zehn Jahren, am Vorabend von Irisis neunzehntem Geburtstag, hatte Irisi die Ermordung ihres Ehemannes, dem königlichen Schreiber Ptah, erlebt. Sie hatte ihre Geschichte mit solch anschaulichen Details erzählt, dass es Nikali vorkam, als wäre auch sie dort gewesen, als Pharao Siamuns Söldner ein Messer in Ptahs Kehle rammte, weil er ein Dokument gefälscht hatte, das die Eroberungen des Pharao beschrieb. Laut Irisi hatte Ptah dies auf Siamuns Geheiß getan und war aus dem Weg geräumt worden, damit niemand die Wahrheit erführe.

Sie öffnete die Augen und die Lippen zum Auftragen der roten Ockerpaste. Irisi verwischte die Paste leicht und trat einen Schritt zurück. »Meine Gebieterin, Ihr seht traumhaft aus. Ich hoffe, dieser König weiß, welcher Schatz ihm geschenkt wurde.«

»Er ist ein Wilder. Er weiß gar nichts.« Sie warf die glänzendschwarzen Strähnen ihrer Perücke zurück. »Ich schätze, wir müssen dieses Theater hinter uns bringen. Mein Schmuck.«

Irisi legte Goldmanschetten um Nikalis Handgelenke und eine filigrane Kette aus gefärbtem Glas um ihren Hals. Als letzten Schliff band sie ihr eine Schleife ins Haar, die sie mit einer Skarabäusnadel aus Lapislazuli am Scheitel befestigte.

»Fertig«, sagte sie.

Nikali zog sich den Umhang über die Schultern. Sie drückte die Hände ihrer Freundin und bedachte sie mit einem Blick der Verbundenheit. »Warte heute Nacht nicht auf mich.«

Rehgleich eilte sie aus dem Zimmer.

Alle Gesichter, sogar die wohlbekanntesten, schienen Nikali fremd. Es war, als hätte sie zu viel Wein getrunken, und sähe sie durch den verzerrten Filter des Rauches. Sie hatten sich versammelt, um ihr zu gratulieren, um das neue Bündnis zu feiern. Und doch konnte sie spüren, wie die Blicke ihr Dolche des Mitleids zuwarfen, selbst während die Lippen ihr Glück wünschten. Heuchler, allesamt.

Sie warf ihrem Vater, der rechts von ihr saß, einen Blick aus den Augenwinkeln zu. Er hatte sich mit Essen und Getränken vollgestopft und wirkte recht zufrieden auf seinem juwelenverzierten Adlerthron. Und warum auch nicht? Er besaß alles, was er wollte: einen starken Verbündeten im Nahen Osten, einen unbehinderten Weg nach Mesopotamien, Silber und Gold, um seine Truhen zu füllen, und frei verfügbare fremde Männer, um seine Stadt zu bauen.

Es war unwichtig, dass er ihr Glück verspielt hatte.

Der Pharao stand auf und hob die Hände. Die Menge verstummte. »Heute feiern wir die Verlobung zweier junger Menschen und den Bund zwischen zwei Ländern. Ägypten und Israel werden bald in königlichem Blut vereint sein.« Er drehe sich zu Nikali und reichte ihr seine linke Hand. »Meine wunderschöne Tochter Nikali Taschere wurde von Salomon, König von Israel, auserkoren, seine Königin zu werden.« Er reichte

Salomon seine rechte Hand. »Möge Amun-Re dieser Verbindung seine Gunst schenken.« Unter dem Jubel der Menge führte er die beiden Handflächen zusammen.

Nikalis Knie wurden schwach, als sie Salomon zum ersten Mal berührte und in seine Augen sah. Seine Hand war weich und geschmeidig, als hätte er noch keinen Kampf erlebt und niemals eine Waffe geführt. In den mandelförmigen Augen, die ihren Blick mit einer unerwarteten Intensität erwiderten, lag kein Hauch von Zweifel. Dies war ein Mann, der wusste, was er wollte – und der gewohnt war, es zu bekommen. Aber man konnte nicht um alles so feilschen wie um einen Gewürzberg.

Sie löste sich von seinem Blick und schlug den ihren nieder. Für ihn mochte das sittsam wirken. Für sie war es ein Akt des Ungehorsams.

»Lasst Musik erklingen«, rief Psusennes.

Die Musikanten zupften ihre besaiteten Instrumente und füllten den Raum mit den luftigen Klängen von Harfen und Zithern, während sich alle wieder hinsetzten.

Der Pharao beugte sich hinab und sagte kaum lauter als flüsternd zu Nikali: »Bald schon werdet Ihr eine Königin sein, meine Tochter. Nehmt Eure Rolle ernst, denn vieles hängt davon ab. Ein erfolgreiches und friedliches Bündnis zwischen zwei Ländern ist daran geknüpft, dass Ihr eine gute und pflichtbewusste Gemahlin seid … und Mutter.«

Sie atmete bebend aus. Der Gedanke daran, ein Kind mit ihm zu haben …

»Ihr dürft Ägypten nicht enttäuschen«, fuhr er fort. »Versteht Ihr das?«

Sie spürte, wie die Farbe aus ihrem Gesicht wich. »Ja, Vater.«

Er schenkte ihr ein oberflächliches Lächeln und lehnte sich auf seinem Stuhl zurück.

In der Hoffnung, die Augen ihres Geliebten zu finden, warf Nikali einige verstohlene Blicke durch den Raum. Sie wusste, dass er hier war, in der Menge; bei einem Fest wie diesem zu fehlen wäre ein ungeheurer Verstoß gegen das Protokoll. Und doch hatte sie ihn noch nicht gesehen, seit die Feierlichkeiten begonnen hatten. Sie stellte sich vor, wie es sich angefühlt haben musste, sie mit dem Mann zu sehen, den sie heiraten würde. Seine Kriegernatur reagierte auf weit geringere Beleidigungen gereizt. Angesichts der Unvermeidbarkeit dieser Heirat, die sich ihrer beider Kontrolle entzog, musste er vor Wut kochen.

Aus den Augenwinkeln nahm sie jemanden zwischen den Säulen am Rand des Saals wahr. Langsam drehte sie den Kopf und wurde mit seinem Anblick belohnt. Er stand in den Schatten der Steinarkade. Eine seiner Hände lag auf der Keule, die an seiner Hüfte hing. Sein Blick begegnete kurz dem ihren und Erregung durchflutete ihren Körper wie ein reißender Fluss. Ihr Herz schlug so laut, dass sie sicher war, ihr Vater könne es hören. Sie wandte sich ab und setzte ganz bewusst einen gleichmütigen Ausdruck auf, eine Disziplinübung, in welcher sie recht gut geworden war. Als sie ein paar Sekunden später zur gewölbten Passage zurücksah, war er fort.

Erwartet mein Zeichen.

Sie spürte, wie sich ihre Wangen röteten. Die Gedanken an seine Umarmung waren wilde Hengste, die nicht gezähmt werden konnten. Sie bedeutete einem der Diener, ihr mit einem Palmwedel zuzufächeln. Die Luft beruhigte sie und ermöglichte es ihrem Verstand, ihren Weggang auszuarbeiten.

Der Pharao war in ein Gespräch mit Salomon vertieft, seine Zunge vom frei fließenden Wein gelöst. Der israelitische Herrscher hörte mehr zu, als dass er redete, wahrscheinlich, weil es ihm nicht gelang, ein Wort zwischen Psusennes enormen Monolog zu bringen. Sie war überzeugt, dass ihrem Vater ihre Unruhe entgangen war. Bei Salomon konnte sie nicht sicher sein. Die Augen des jungen Königs ruhten nie lange an einer Stelle. Er beobachtete alles auf eine ruhige Weise, die sie sich unbehaglich fühlen ließ. Sie bevorzugte es, wenn mächtige Männer den Frauen keine Beachtung schenkten und sie der Pflege ihrer eigenen Netze überließen.

Abwesend betrachtete sie die Menge. Wie leer ihre Blicke waren! Die Tiefe ihrer Anteilnahme reichte nur bis zu Gerüchten und Genuss. Sie bemitleidete sie dafür, nicht verliebt zu sein. Ihr eigenes Anliegen war weit erhabener und rechtfertigte daher ihre Abwesenheit, sagte sie sich.

Nikali legte sich eine Hand auf den Bauch und krümmte sich auf ihrem Stuhl. Gemurmel durchfuhr die Menge, als zwei Hofdamen zu ihr eilten.

»Sie ist nervenschwach«, hörte sie ihren Vater sagen. »Die weibliche Verfassung ist so veranlagt.«

Sie richtete sich langsam auf. »Vater, ich fühle mich krank. Erteilt Ihr mir die Erlaubnis, mich zurückzuziehen?«

Psusennes nickte und winkte sie fort. Sie verneigte sich vor ihm und ihrem zukünftigen Gatten, dessen Blick sie vermied, und ließ sich von den Dienern aus dem Saal geleiten.

Irisi war in Nikalis Schlafgemach, wo sie die Kleidung und persönlichen Gegenstände für die Reise des nächsten Tages bereitlegte. Auf dem Bett lag ein aus Leinen und Seide gewebter Schal, den Nikalis Mutter und weibliche Verwandte für ihren Hochzeitstag gefertigt hatten. Das Zimmer war mit weißen Rosen und Lotusblumen, Papyrusstauden und Kornblumen überfüllt. Letztere, aus dem Nahen Osten hergebracht, symbolisierten den Bund zwischen den beiden Kulturen.

»Gebieterin«, sagte Irisi überrascht. »Es ist noch so früh.«

Nikali lief zu ihr. Die beiden Frauen ergriffen die Ellbogen der jeweils anderen und legten die Stirnen aneinander. »Er wartet auf mich, Irisi. Ich muss zu ihm gehen.«

»Es ist riskant …«

»Du musst mir helfen.« Sie nahm ihre Perücke ab und drehte Irisi den Rücken zu. Über die Schulter hinweg sagte sie: »Ziehe mir Kleider und Schmuck aus und tausche sie mit deinen. Dann bemale mein Gesicht wie deines und gib mir deine Perücke.«

»Gebieterin …«

»Rasch. Seine Stimme in meinem Ohr gleicht süßer Qual. Ich bin krank vor Liebe.«

Sie konnte Irisis zitternde Hände spüren, als diese ihre Halskette öffnete und ein Kleidungsstück nach dem anderen entfernte. Ihr Herz warf sich gegen ihre Rippen wie ein gefangenes Tier, das um die Freiheit kämpfte. Ihr Plan war voller Gefahren, aber es war ihre letzte Gelegenheit – und nichts konnte sie davon abhalten, sie zu ergreifen.

Dankbar für die tiefblaue Nacht, die sie verborgen hielt, stahl sich Nikali die Stufen des Palasthügels hinunter und tauchte in die Schatten der Stadt, die jenseits des Palmendickichts lag. Atemlos sah sie immer wieder über ihre Schulter, um sich zu vergewissern, dass ihr niemand folgte.

Sein Haus lag dem Palast am nächsten, was seinen Status als Beschützer des Pharao und dessen großer Stadt kennzeichnete. Sie drückte die Tür ein Stück weit auf und schlüpfte hindurch. Als er sie sah, erschrak er. Es freute sie, dass ihre Verkleidung so wirkungsvoll war, dass nicht einmal er sie erkannte.

»Scheschonq«, flüsterte sie. »Ich bin es.«

Er hob eine Öllampe und ging langsam auf sie zu. Er hielt ihr das Licht neben das Gesicht und sah in ihre Augen. Ein goldener Schein umgab ihn, der seinen glattgeschorenen Kopf und die ausgeprägten Muskeln seines nackten Oberkörpers und seiner Arme beleuchtete. Er stellte die Lampe auf ein Regal und strich ihr mit den Fingerrücken über die Wange. Ein schwaches Wimmern drang über ihre Lippen.

»Ich sollte nicht hier sein«, sagte sie. »Wenn sie uns finden, werdet Ihr aus dem Königreich verbannt und all Eure Träume werden zu Staub zerfallen.«

»Mein Traum steht vor mir.« Seine Stimme war fest und erhaben, wie eine seltene Perle. Er fiel auf ein Knie und nahm ihre Hände in seine. »Für diese Nacht würde ich tausend Aussichten auf den Thron opfern.« Behutsam zog er ihre Hände nach unten.

Nikali kniete sich vor Scheschonq. Ihre Gesichter waren eine Hand breit voneinander entfernt. Gefühle schnürten ihr die Kehle zu. Sie konnte nichts anderes tun, als das zimtfarbene Gesicht anzustarren, das so perfekt proportioniert war, dass es schien, als wäre es von einem Steinmetz gehauen, und die kholumrandeten Ebenholzaugen, die schräg standen, wie die einer Katze, und mit der Wildheit eines Dschungeltieres brannten; ein Feuer, das auf ein ungestümes Wesen hindeutete und sie gleichermaßen erschreckte und in Erregung versetzte.

»Solch eine wunderschöne, seltene Blume.« Er atmete tief ein. »Euer Duft könnte tausend Bienen verlocken und doch gehört Ihr nur mir.«

Sie führte seine rechte Hand an ihren Busen. »Mein Herz schlägt nur für Euch. Erinnert Euch daran, selbst wenn wir getrennt sind.«

Sein Ausdruck verhärtete sich und er sprach mit zusammengebissenen Zähnen. »Ich verfluche diesen König, der Euch mir stiehlt.«

Sie berührte leicht seine Wange und ließ ihre Fingerspitzen über seine Unterlippe und an seinem Hals hinunterwandern. Sie sah, wie der große Befehlshaber der

Armee, der Mann, der seine Feinde mit bloßen Händen zerquetscht und tausende Krieger in die Schlacht geführt hatte, ihrer Berührung erlag. Die Macht, die sie über ihn besaß, durchflutete ihren Körper.

»Der König von Israel wird mein Herz niemals kennen. Er kann nicht nehmen, was ich ihm nicht gebe. Eure Seele und meine sind für immer verbunden, jetzt und im Jenseits.«

Er rückte näher. Sein Atem war warm und süß. »Und wenn es all meine Zeit und all meine Kraft kostet, eines Tages werde ich Euch zurückholen. Das verspreche ich.«

Sie wusste, dass es ihm ernst war. Scheschonq war ein einfacher Mann weniger Worte, die jedoch so mächtig waren wie ein Eisenspeer. Das war seinen Vorfahren eigen, den großen Anführern der Meschwesch, die die Wüste zwischen Libyen und Ägypten durchwanderten. Das Blut von Nomadenkriegern pulsierte durch seine Adern und machte ihn unempfindlich für Entbehrungen und wild darauf, diejenigen, die seine Ehre anfochten, vor ihm auf die Knie zu zwingen.

»Kommt zu mir als König«, sagte sie. »Dieser Pfad liegt vor Euch. Lasst Euch nicht von ihm abbringen.« Sie beugte sich an sein Ohr und flüsterte: »Selbst bis ins hohe Alter werde ich auf Euch warten.«

Seine starke Hand umfasste ihre Taille und wanderte an ihrer Wirbelsäule bis zu ihren nackten Schulterblättern hinauf. Seine Berührung ließ sie beben. Sie küsste die Seite seines Halses und sein Ohr. Als ein leises Stöhnen seinen Mund verließ, streifte sie die Haut mit ihren Zähnen.

Er drehte sein Gesicht zu ihrem und ihre Lippen berührten sich. Nikali sank in seine Arme, zum Zeichen, dass sie ihm gehörte, mit Leib und Seele. Ihr Herzschlag hämmerte wild in ihren Schläfen und Ohren und beraubte sie aller nüchternen Gedanken. Selbst wenn sie für diesen Augenblick mit ihrem Leben bezahlen müsste, dann war sie dazu bereit.

Sie öffnete die Lippen und ließ ihn ihre Zunge kosten. Sein Atem hob und senkte sich wie Wellen auf stürmischer See. Sie flüsterte in seinen Mund hinein: »Pflanzt Euren Samen in mich.«

Er stand auf und hob sie mit einer raschen Bewegung in beide Arme. Er löschte das Lampenlicht mit den Fingern und trug sie in die Dunkelheit.

KAPITEL 9

Die Steine von Nikalis Verlobungshaus engten sie ein und erstickten sie mit dem Gestank von feuchter Erde und Tierdung. Es war das Haus von Salomons Mutter, Batseba, das seit ihrem Dahinscheiden im vorherigen Jahr leer stand und nun der Frau zugeteilt worden war, die bald die Gemahlin des Königs sein würde.

Nikali war seit fast drei Wochen hier und wartete in Abgeschiedenheit, während Salomon den Hochzeitsbaldachin im Haus seines Vaters vorbereitete. Obwohl sie verlobt waren, hatten sie sich nicht gesehen oder miteinander gesprochen, seit das Gefolge des Königs mitsamt seiner Beute nach Israel zurückgekehrt war. Das war ihr nur recht. Sie machte sich nichts daraus, durch Jerusalem zu stolzieren, dieser abscheulichen Stadt der judäischen Könige, oder sich von den Hebräern begaffen zu lassen, während sie einander zuflüsterten: »Da geht die Fremde, die König Salomon erkauft hat.«

Sie sah auf ihren nackten Arm hinab und strich mit ihren Fingerspitzen darüber. Ihre Haut war weich wie die Federn einer Taube, dunkel wie der rote Lehm ihres geliebten Nils. Sie war so anders als diese Menschen, die den Wein hinunterstürzten und ihr Fleisch zerrissen wie die Tiere. Ungehobelte Schweine. Für den Rest ihrer Tage unter ihnen leben zu müssen kam ihr wie eine Bestrafung vor, selbst wenn sie sie Königin nennen würden.

Er würde sie nun jeden Moment holen. In der Nacht zuvor hatte sie von Salomons Botschafter, Asarja, einem Sohn Zadoks, des Priesters, Nachricht erhalten, dass der König für die Trauungszeremonie bereit war. Sie sollte sich baden und parfümieren, ihre besten weißen Kleider anziehen, ihren Kopf verschleiern und warten. Sie würde von seinem unmittelbaren Kommen durch den Klang des Horns erfahren.

Sie holte tief Luft. Wie konnte sie sieben Tage lang bei diesem Mann liegen, wenn sie wusste, dass ihr Liebster sich jenseits des Schilfmeeres nach ihr verzehrte? Die Entfernung zwischen ihr und Scheschonq schien unmöglich überbrückbar. Sie war erst vor einigen Wochen aus Ägypten abgereist, doch ihr früheres Leben erschien ihr schon jetzt wie verblichene Schriftzeichen auf einem vergessenen Papyrus.

Würde er sich an sein Versprechen erinnern?

»Herrin Nikali.« Irisi betrat das Schlafgemach mit einem Tablett voller Juwelen.

Nikali zeigte ein schwaches Lächeln. Irisis Gesicht war ein Segen an diesem götterverlassenen Ort.

Irisi näherte sich und setzte sich neben sie aufs Bett. »Asarja sagt, der König wird Euch bei Sonnenuntergang abholen. Der Zeitpunkt rückt näher.« Behutsam hielt sie Nikalis Hände in den ihren und betrachtete sie von Kopf bis Fuß. »Ihr seid wie der heilige Lotus aus den Wassern des Nun, so süß duftend und liebreizend.«

Nikali seufzte. »Ich bin schweren Herzens.«

»Ihr müsst stark sein, Gebieterin. Dies ist Euer Schicksal. Die Götter wollten es so und Ihr müsst es annehmen.«

Nikali drückte ihre Hände. »Du bist so klug, meine liebste und treuste Freundin. Deine bloße Anwesenheit spendet mir Trost.«

Das tiefe, feierliche Wehklagen des Schofars erklang in der Ferne und machte die ganze Stadt auf die stattfindende Zeremonie aufmerksam. Ein heftiges Klopfen erklang von der anderen Seite der Tür, dann Asarjas Stimme: »Der Bräutigam kommt. Seid bereit.«

Nikali sprang vom Bett auf und schlang sich die Arme um den Oberkörper. Eine Welle der Übelkeit überkam sie. Sie riss den Kopf hin und her auf der Suche nach einem Ausweg, wenn sie auch wusste, dass es keinen gab.

Irisi erhob sich. »Beruhigt Eure Nervosität, Gebieterin. In Kürze werdet ihr zur Königin gekrönt werden. Ihr werdet das Leben führen, von dem so viele Frauen träumen.« Vom Tablett mit dem Schmuck wählte sie zwei Goldmanschetten mit Skarabäen aus Mondstein.

Nikali streckte die Arme aus und Irisi befestigte die Manschetten. »Ich kann es nicht tun, Irisi. Ich kann nicht bei ihm liegen.«

Irisi sah ihr tief in die Augen. »Ihr müsst. Es ist Eure Pflicht Ägypten gegenüber. Die Art Eures Verhaltens wird den Ruhm Eurer Vorväter entweder vergrößern oder verringern.«

Ein bitteres Lächeln legte sich auf ihre Lippen. Irisi hatte recht.

Der schnelle Rhythmus von hundert Trommeln erklang, von einem unbeschwerten Flötenlied begleitet, als sich die Hochzeitsgesellschaft Batsebas Haus näherte. Nikali stellte sich vor, wie der Mann, dessen Gesicht sie nur zweimal erblickt hatte, der eine andere Sprache sprach und an einen fremden Gott glaubte, der anders aussah und roch wie ihr Volk, sie an der Hand ins königliche Hochzeitsgemach führte. Furcht wühlte ihren Bauch mit der Raserei eines Wasserstrudels auf und sie beugte sich würgend über ein Gefäß.

Die Musik kam näher. Die Singstimmen der Diener waren jetzt in Hörweite. Sie hob die Hände an die Ohren, um dem abstoßenden Klang zu entfliehen. Sie wollte weinen, doch keine Tränen kamen.

Irisis weiche Hände richteten sie auf und wischten ihren Mund und ihre Stirn mit Leinenflor ab. Irisi sagte nichts – kein Wort des Urteils oder des Zuspruchs –, während sie neue Ockerpaste auf Nikalis Lippen auftrug.

Wieder ein lautes Klopfen.

Irisi hielt den Schleier hoch, einen durchsichtigen Seidenstoff, der mit winzigen, aus rotem und weißem Faden gestickten Blumen verziert und von filigranen, goldenen Fransen gesäumt war. Sie zog ihn über Nikalis Kopf und ließ ihn bis zum Boden herabhängen.

Vollständig von dem zarten Seidenschleier verhüllt, fühlte sich Nikali sicher. Er war ein Vorhang, der sie von dem Geschehen trennte, das sich um sie herum abspielte, eine Barriere zwischen ihr und ihm, ein Symbol ihrer Unnahbarkeit. In ihrem Heimatland wurden nur die Toten auf solche Weise verhüllt.

Die Tür öffnete sich knarrend und Irisi zog sich in die Schatten des Zimmers zurück. Nikali stand allein da, die Fäuste geballt, um ihre zitternden Gliedmaßen unter Kontrolle zu bringen.

Asarja trat in den Eingang. »Seht, der Bräutigam ist gekommen. Geht hinaus und empfangt ihn.«

Nikali holte tief Luft; ihr letzter Atemzug als freie Frau. Mit erhobenem Kopf tat sie, wie geheißen.

Als sie in die Herbstnacht hinaustrat, küsste eine kühle Brise ihre Wangen und brachte den Geruch von geschmolzenem Bienenwachs mit sich. Ganz Jerusalem war herausgekommen, um dieses Ereignis zu bezeugen, und die Menschen drängten sich auf dem Weg zwischen Batsebas Haus und dem Palast König Davids und verteilten sich über den gesamten Hügel. Sie hielten Laternen mit Kerzen, deren flackernde Lichter wie eintausend vom Himmel gefallene Sterne schienen, und sangen eine fröhliche Melodie, deren Worte Nikali nicht verstehen konnte. Sie verrenkten sich die Hälse, um einen Blick auf das Objekt von Salomons Zuneigung zu erhaschen.

Am Ende eines schmalen Durchgangs durch den Schwarm gaffender Israeliten stand der Bräutigam mit zwei weißen Pferden, denen Girlanden aus weißen Lilien um die Hälse hingen. Er betrat die Treppe vor dem Haus seiner Mutter und betrachtete seine Braut. Er trug eine lange, weiße Tunika, über der ein weißer Leinenmantel mit weiten Ärmeln hing, der in der Taille von einem Silbergürtel gehalten wurde. Eine Krone mit zwölf goldenen, nach dem Himmel greifenden Fingern lag um die weichen, schwarzen Locken, die ihm auf die Schultern hinabfielen.

Er gab einem seiner Diener ein Zeichen, woraufhin dieser augenblicklich das Brautgeschenk auf einem Zederntablett mit Einlegearbeiten aus Perlmutt brachte. Salomon hob die goldene Krone auf, eine kleinere und zierlichere Version seiner eigenen, und setzte sie ihr auf den verschleierten Kopf. Er sagte etwas auf Hebräisch, von dem sie ungefähr verstand, dass es *Willkommen in meinem Haus* hieß.

Von ihrem hauchzarten Schutz ermutigt sah sie ihm in die Augen. Kugeln von der Farbe des Nilschlamms nach der Flut betrachteten sie mit der Gier eines Raubtiers. Die Intensität seines Blicks hielt sie gefangen. Sie zwang sich, wegzusehen, um nicht in seinen Bann gezogen zu werden. Sie zitterte.

Er ging die Stufen hinab und sie folgte ihm. Er trat vor die Pferde und streichelte den Hals des einen. Dann drehte er sich zu seiner Braut um und hob sie, so mühelos, als wäre sie eine Feder, aus der Hüfte auf den nackten Rücken des Tieres. Er bestieg das andere Pferd und führte den Weg durch die Menge der Zeugen an.

Nikalis Augen huschten von Gesicht zu Gesicht. Wie geschmolzenes Kupfer im Laternenlicht glühend, schienen sie wie Geister aus der Unterwelt, die ihre Schritte verfolgten und sie verspotteten. Ihre Blicke waren wie Peitschen, ihr zahnloses Lächeln wie Sporen, die sie in die Umarmung ihres Königs trieben, damit sie eine von ihnen werden konnte, geistlos und unfein und nach zu viel Wein stinkend.

Der Palast König Davids stand am Ende des ansteigenden Weges. Seine beiden Flügel waren wie offene Arme. Fackeln umgaben einen Zeltbaldachin beim Eingang und besiegelten ihr Schicksal mit Feuer. Das rhythmische Klappern der Pferdehufe auf dem Kopfsteinpflaster, das Geräusch ihrer vergänglichen Freiheit, wurde langsamer, bis es ganz verstummte. Sie stieß einen bebenden Seufzer aus, den nur sie selbst hören konnte.

Salomon stieg ab und ging zu Nikali, um ihr die Hand zu reichen. Gemeinsam gingen sie zum Hochzeitsbaldachin und blieben vor der jubelnden Menge stehen. Trompeten erklangen, dann Trommeln und Flöten. Sie kam sich vor wie eine Betrügerin, weil sie sich als glückliche Braut gab, während sie in Wirklichkeit nichts an diesem Moment ihr Eigen nennen wollte. Sie wollte in die kalten Arme der Nacht fliehen, von ihrem dunklen Schoß verschluckt werden.

Er wandte sich ihr zu. Sie glaubte, er sagte: »Meine Rose, betretet das Haus meines Vaters.« Sie sagte nichts, als er sie auf seine Arme hob und sie in die Kammer brachte, die er für sie vorbereitet hatte. Sie waren allein, von einem Trauzeugen auf der anderen Seite der Tür abgesehen, der auf das schicksalhafte Klopfen warten würde, das verkündete, dass die Vereinigung vollzogen worden war.

Selbst für ihren zynischen Blick war das Zimmer reizend. Es war voller Lilien, weißer als Alabaster und in so großer Zahl, dass es an ein Frühlingstal erinnerte. Ihr süßer Duft erfüllte die Luft, sodass kein Atemzug sich ihm entziehen konnte. Auf den Teppichen stehend, die den Boden von Wand zu Wand auskleideten, warfen Laternen ihr friedliches Licht auf die Quadersteine und verstärkten deren Textur. In der Mitte des Raumes befand sich eine mit violetter Seide bedeckte und einer Bahn weißen Leinens geschmückte Bettstatt. Kissen aus demselben Stoff, vielleicht zwanzig davon, umgaben das Bett wie ein Bollwerk. Silberfüßige Tabletts und rotgeschlickerte Keramikschüsseln enthielten Trauben, Feigen, Granatäpfel und Aprikosen, einen Brotlaib und eine Honigwabe, die vor ihrer goldenen Gabe triefte. Ein Weinschlauch und zwei silberne Kelche standen auf einem niedrigen Tisch daneben.

Salomon kniete sich vor Nikali und griff nach dem Rand ihres Schleiers, um ihn hochzurollen, während er aufstand. Er hob ihn von ihrem Gesicht und ließ ihn zu Boden fallen.

Ohne etwas, das sie von ihm trennte, konnte sie das schmucklose Grün seiner Augen sehen, während er ihre

Schönheit in sich aufnahm. Instinktiv trat sie einen Schritt zurück.

»Fürchtet Euch nicht«, sagte er in ihrer eigenen Sprache und ging auf sie zu.

Es verwirrte sie, Ägyptisch aus diesem Mund kommen zu hören. Kopfschüttelnd schob sie sich rückwärts. Der Gedanke an seine Berührung stieß sie ab. Es war unausweichlich, aber sie würde sich ihm nicht kampflos beugen.

Er folgte ihr. »Warum flieht Ihr vor mir? Ich möchte Euch nur lieben.«

»Nein. Ich bin noch nicht bereit.«

»Das ist das erste Mal, dass ich Euch sprechen höre. Eure Stimme ist wie Honig, der aus dem Leib einer Feige tropft.«

Sie ging rückwärts, bis ihre Schultern gegen eine Wand strichen. Sie stieß ein leises Keuchen aus.

Er holte auf und legte eine Hand auf ihre Taille, um sie festzuhalten, während er die andere Hand zu ihrer Schulter hob. Er schob seine Finger unter einen ihrer Kleidträger und zog ihn über ihren Arm hinunter, bis er eine Brust enthüllte. Er küsste ihre Schulter mit fleischigen, feuchten Lippen. Bilder von Scheschonq blitzen vor ihrem geistigen Auge auf und in ihrer Kehle bildete sich ein Kloß. Sie schob Salomon fort und schlüpfte aus seinem Griff, lief zur anderen Seite des Raumes.

Während er sie verfolgte, zog er seinen Hochzeitsmantel aus und warf ihn zu Boden. Er öffnete seine Tunika. Seine Brust war nur leicht mit schwarzem Haar bedeckt. »Ich werde Euch nicht verletzen, meine Taube. Ich verspüre nichts als Zuneigung für Euch.«

Sie schlang die Arme um sich und bedeckte ihre nackte Brust. »Bleibt fort.«

Er blieb stehen. »Ihr zittert. Warum fürchtet Ihr mich so?«

Sie wollte ihm eine lange Liste an Gründen entgegenschleudern, erinnerte sich aber an die Worte ihres Vaters: *Ein erfolgreiches und friedliches Bündnis zwischen zwei Ländern ist daran geknüpft, dass Ihr eine gute und pflichtbewusste Gemahlin seid.* Ohne nachzudenken, ließ sie eine Hand auf ihren Unterleib sinken. »Bitte. Ich brauche mehr Zeit.«

Salomons Augen wanderten langsam an ihrem Körper hinunter. Sein gieriger Blick war von einem prüfenden ersetzt worden. »Nun gut. Ich werde Euch Zeit gewähren. Ich werde meine Reise in die nördliche Feste Megiddo vorziehen. Morgen reise ich ab.«

Sie atmete aus.

»Ich werde eine Weile weg sein, Frau.« Er hielt inne. Sein Blick durchbohrte sie. »Neun Monate.«

Das Blut strömte aus Nikalis Gesicht. Ihre Augen weiteten sich, als die Erkenntnis sie traf: Er wusste es oder vermutete es zumindest. Sie malte sich die Folgen aus, wenn sie tatsächlich Scheschonqs Kind in sich trüge. Ganz Jerusalem würde wissen, dass die königliche Ehe nicht vollzogen worden war, denn sie warteten auf das vielsagende Klopfen, das, würde Salomon von der Verführung absehen und nach Megiddo aufbrechen, nicht kommen würde. Würde ihr Bauch in Salomons Abwesenheit mit einem Kind anschwellen, wüssten alle von ihrer Untreue. Aus Jerusalem in Schande verbannt, würde sie niemals wieder im Haus ihres Vaters aufgenommen werden. Sie stand am schmalen Rand eines Abgrunds und der Fall zu beiden Seiten war tief.

Der beklemmende Duft der Lilien nahm ihr den Atem. Sie waren überall, wohin sie auch sah, und verschlangen sie mit ihren großen weißen Mäulern.

Er hob Mantel und Gürtel auf und schenkte ihr ein siegreiches Lächeln. »Bis dahin, meine Taube.« Er drehte sich um und ging zur Tür.

Sie biss die Zähne zusammen, um einen Aufschrei der Verzweiflung zu unterdrücken. Sie war es nicht gewohnt, in die Ecke gedrängt zu werden. Sie rief ihm nach: »Wartet.«

Er drehte sich langsam um. Sein Gesicht war ausdruckslos.

Mit zitternden Händen schob sie ihren anderen Kleidträger hinunter. Barbusig stand sie einen Augenblick lang vor ihm, ehe sie ihr Kleid über ihre Hüften und zu Boden fallen ließ. Sie band das Tuch los, das um ihre Lenden gebunden war, und ließ es aus ihrer Hand gleiten. Unter seiner Tunika konnte sie erkennen, wie sehr sie ihn bewegt hatte.

»Kommt und nehmt in Besitz, was Ihr kauftet«, sagte sie ohne sich zu bemühen, ihren Groll zu verbergen.

Er kam zu ihr und blieb so nah bei ihr stehen, dass sie seinen Atem auf ihren Wangen spüren konnte. »Ich kann sehen, dass Ihr eine Löwin seid, die gezähmt werden muss.« Er deutete auf das Bett. »Legt Euch nieder.«

Sie tat, wie er befahl, auch wenn sie dabei ihre Tränen unterdrücken musste.

Salomon stand über ihr und zog seine Tunika und sein Lendentuch aus. Er gewährte ihr nicht einmal den Anstand der Dunkelheit. Ohne das Licht könnte sie so tun, als geschähe nichts davon, als wäre es schlicht ein vorübergehender Traum. Aber nein. Er würde sie zwingen, seine Nacktheit anzusehen, zuzusehen, wie er Anspruch auf ihren Körper erhob, den Ausdruck der Ekstase zu bezeugen, während er sich Befriedigung verschaffte.

Er kniete sich neben sie. Sie konnte die Hitze spüren, die von seinem Körper ausging.

Er hob einen Granatapfel vom Silbertablett auf und riss ihn entzwei. Das Blut der Frucht lief ihm über die

Unterarme. »Euer Vergnügen ist mein Vergnügen«, flüsterte er.

Er legte eine Hälfte weg und bohrte seine Finger in die andere, um eine Handvoll der roten Samen herauszuholen. Er streute sie über ihren Körper.

Jeder einzelne Kern fühlte sich wie ein kalter Regentropfen an, als er auf ihr landete, zuerst an der Einkerbung ihres Schlüsselbeins, dann zwischen ihren Brüsten, dann auf ihrem Bauch und Nabel. Die feinen Härchen auf ihrer Haut richteten sich auf, als sie über seine Absicht nachdachte.

Er beugte sich über sie. Sein Haar strich über ihren Hals, als seine Lippen ihre Kehle erkundeten. Sein Bart kratzte ihre Haut, dann kostete seine warme Zunge den Kern in der Vertiefung am Ende ihres Halses.

Nikali bebte. Sie hasste ihn dafür. Es wäre weit einfacher gewesen, ihr Schicksal hinzunehmen, wenn er die Kerzen gelöscht und den Akt schnell vollbracht hätte, ohne sie der Intensität seiner Leidenschaft auszusetzen.

Seine Lippen bewegten sich langsam über ihr Brustbein und verschlangen Kerne auf dem Weg hinab. Er verweilte bei ihren Brüsten. *Verflucht soll er sein!* Sie legte ihre Arme um ihn und grub ihre Fingernägel in das Fleisch zwischen seinen Schulterblättern. Sie zwang sie tiefer, bis sie Blut an ihren Fingerspitzen spürte.

Salomon stöhnte, hörte aber nicht auf. Er hob jeden Kern mit selbstbewussten Schwüngen seiner Zunge von ihrem Körper auf. Als er ihren Nabel erreichte, erbebte sie und hasste ihn dafür, ihr diese Reaktion zu entlocken, ohne dass sie sie ihm schenken wollte.

Sie konnte den Schweißschleier auf seinem Körper spüren, als er sich auf sie legte und sich auf seinen Unterarmen abstützte, bis ihre Lippen nur einen Finger breit voneinander entfernt waren und seine Locken ihr Gesicht umgaben wie ein rabenschwarzes Gefängnis. Sie erwartete seinen Kuss, doch er enthielt ihn ihr vor. Stattdessen flüsterte er: »Meine Frau, meine Königin.«

Er schob ihre Beine auseinander und drang in sie ein.

Ihr entwich ein Keuchen, lauter als beabsichtigt. Von der Vorstellung, eins mit ihm zu sein, angewidert, rückte sie ihm mit ihren Fingernägeln zu Leibe und riss sein Fleisch tiefer auf. Sie löste die Hände von seinem Rücken und erschrak darüber, wie viel seines Blutes sie vergossen hatte. Ihre Handflächen waren damit beschmiert.

Sie lauschte seinem schnellen, gleichmäßigen Atem und spürte warme Schweißtropfen auf ihre Haut fallen. Um der Realität zu entfliehen, schloss sie die Augen. Sie erlaubte sich, in einen Tagtraum hineinzugleiten; sie stellte sich vor, sie läge unter dem neuen Mond am Ufer des Nils, dunkles Wasser plätschere gegen ihre nackte Haut und der Mann über ihr sei ein anderer Gemahl.

KAPITEL 10

DAVIDSSTADT, 964 V. CHR.

Jedes Mal, wenn Zadoks Stock das Pflaster berührte, hallte ein kurzes, abgehacktes Geräusch von der Decke des Wandelganges in König Davids Palast wider. Der heiße, trockene Atem des Spätsommers war über die vom Land eingeschlossene Hauptstadt gekommen und ließ seinen Schritt langsamer werden als sonst. Und doch erfüllte ihn der Sommer, trotz all seiner lungenwürgenden Hitze, mit der sorglosen Stimmung eines viel jüngeren Mannes; des Mannes, der er gewesen war, bevor Alter und Entbehrung seine Glieder verformt und ihn seiner Bewegungsfähigkeit beraubt hatten.

Er blieb stehen, um Atem zu schöpfen, und lauschte dem Lied der Zikaden. Ihr rhythmisches Zirpen, wie Getreide, das im Innern einer getrockneten Ziegenblase umhergeschüttelt wurde, war zur Sommerzeit durchdringend und verkündete den letzten Rest von Seelenruhe vor dem Jahreszeitenwechsel.

Alles war in Änderung begriffen … und nicht allein wegen der verstreichenden Zeit. Bald würde das erste Kind des Königs geboren werden. Wenn es ein Junge wäre, ein gesunder, könnte er Erbe des Königreichs werden. Zadok hatte gehofft, Salomons Erstgeborener käme nicht von seiner ägyptischen Frau, doch Gottes Plan war ein anderer. Was nun noch blieb, war die Hoffnung, das Kind würde ein Mädchen ohne Anspruch auf den Thron sein.

Zadok hielt es für wichtig, dass Salomon – vor allen Königen –, die reine Blutlinie der Hebräer fortführte. Salomon war der Auserwählte, der Eine, dem Jahwe seine heiligste Aufgabe auferlegt und dem David, sein Vater, zugetraut hatte, sein Königreich fortdauern zu lassen, das ewig über Jerusalem herrschen sollte. Würde es dafür einen würdigen Erben geben?

Auch wenn er ein Mann des Glaubens war, konnte Zadok einen schwachen Schicksalsschimmer auf den behauenen Steinen geschrieben sehen. Seit er Nikali geheiratet hatte, hatte Salomon zwei weitere Ehefrauen genommen, eine Moabiterin und eine Ammoniterin. Bei letzterer begann sich gerade ihre Schwangerschaft zu zeigen. Der König hatte außerdem die

Tochter eines phönizischen Königs als nächste Ergänzung seines Harems bestimmt und würde den Vertrag auf seiner nächsten Reise nach Sidon mit ihrem Vater entwerfen.

Gegen den Rat seines Hohepriesters bestand Salomon darauf, sich fremde Ehefrauen zu nehmen, zur Sicherheit und zum Wohlstand des Landes. Auf gewisse Weise war es klug. Auf andere Weise war es eine Schändlichkeit. Zadok wusste es besser, als den König in dieser Sache infrage zu stellen. Es war eine Auseinandersetzung, die er nicht gewinnen konnte.

Zadok erreichte die Unterkünfte der Pharaonentochter an der Spitze des Westflügels und klopfte an die Tür. Eine Pflegerin mit freundlichen Augen öffnete und verneigte sich.

»Gibt es Neuigkeiten?«, fragte er.

»Sie liegt noch in den Wehen.« Das Geräusch einer schreienden Frau kam aus dem Inneren des Zimmers.
»Ich muss zu ihr gehen.«

»Ich werde hier warten. Bringe mir Nachricht, sobald das Kind da ist.«

Die Pflegerin nickte und schloss die Tür.

Im Garten jenseits des Wandelganges stand eine Bank, aber Zadok war zu ruhelos, um sich hinzusetzen. Von Nervosität angetrieben schritt er den Gang auf und ab. Er hörte das schwache Geräusch von Nikalis Heulen durch die dicken Steinplatten. Sie folgten jetzt rascher aufeinander. Es würde jeden Moment soweit sein.

Zadok wusste, dass Salomon mit einer seiner Nebenfrauen im Weingarten war, denn es war eine Sünde, eine Gemahlin guter Hoffnung zu berühren. Er hatte Nikali seit Monaten nicht aufgesucht, aber nicht allein deshalb, weil sie schweren Leibes war. Als bekannt wurde, dass sie ein Kind erwartete, hatte Salomon Zadok seine Befürchtung anvertraut. Obwohl Salomon den Gedanken hasste, dass seine Taube ihm unrein übergeben worden war, hatte es in ihrer Hochzeitsnacht Beweise dafür gegeben, dass er nicht der Erste war. Nun fürchtete er, das Kind sei nicht das seine, und zog sich in der Folge von seiner Frau zurück.

Zadok wusste, wie sehr es ihn heimsuchte. Er vermutete, dass das ein Grund dafür war, warum er sich so schnell weitere Frauen genommen hatte; nicht nur, um seinen Samen zu verteilen, sondern auch, um Trost bei einer anderen zu finden. Nur dass dieser Trost nie kam, denn keine hatte dieselbe Macht über ihn wie Nikali Taschere.

Die Tür öffnete sich mit einem langgezogenen Knarren und die Pflegerin erschien. Sie verneigte sich wieder.

»Sprich, Frau.«

»Es ist ein Mädchen, *Kohen*.«

Zadok schloss die Augen und dankte dem Herrn stumm. »Benachrichtige den König. Rasch.«

Sie verbeugte sich und ging davon.

Zadok lief zur Stube des Hofschreibers am anderen Ende des Palastes. Elihoreph, über einen irdenen Krug gebeugt, sah erschrocken auf, als Zadok ohne zu klopfen eintrat. Er stand auf, ging zum Priester, umfasste dessen rechte Hand und berührte sie mit der Stirn.

»Erhebt Euch, Elihoreph. Es gibt viel zu tun.«

Der junge Mann mit den eingesunkenen Wangen und tiefliegenden Augen erwiderte Zadoks Blick. »Ich erwarte Euren Befehl.«

»Wir müssen den Pharao von Ägypten benachrichtigen. Seiner Tochter ward ein Kind geboren.«

»Ein freudiges Ereignis.«

Zadok zog beide Augenbrauen in die Höhe. »In der Tat. Handeln wir nun rasch.« Es war wichtig, keine Zeit bei der Überbringung der Nachricht an Salomons Ehevater und wichtigsten Verbündeten zu verlieren.

Elihoreph kehrte zu seinem Tisch zurück und zog ein Stück Papyrus von einem Regal. Obwohl Papyrus in Israel nicht heimisch war, war er einer der Vorzüge des mittlerweile stabilen Handels mit Ägypten. Der Schreiber glättete ihn mit den Händen, nahm einen Binsenpinsel auf und wartete.

Zadok diktierte: »Hochverehrter Psusennes, Großer Pharao über Unterägypten, Grüße erreichen Euch aus dem Hause Salomons.« Er machte eine Pause, um

Elihoreph arbeiten zu lassen. Das Schreiben war eine Angelegenheit von großer Sorgfalt und konnte Stunden dauern.

Nach einer endlos scheinenden Weile sah der Schreiber auf und bedeutete Zadok, fortzufahren.

»Heute frohlockt das Königreich ob der Geburt des ersten königlichen Kindes, dem Kind Eurer Tochter.« Er wartete wieder und fügte später hinzu: »Ein Mädchen, deren Name Basemat sein soll.«

Es war Tradition, dass hochgeborene Kinder vom Hohepriester des Reiches benannt wurden. Zadok hatte den Namen seiner Bedeutung wegen gewählt: süß duftend. Es war eine ungefährliche Wahl, frei von Symbolik oder erhabenen Anspielungen auf Glaube und Frömmigkeit, da die Mutter eine Ungläubige war. Außerdem hatte Salomon mit Psusennes ein Abkommen über die zweiseitige Erziehung des Kindes geschlossen, welche die Religionen beider Elternteile beinhaltete.

»Sorgt dafür, dass dies dem Pharao umgehend zugestellt wird«, sagte er dem Schreiber, der noch immer an den Buchstaben arbeitete. »Des Königs schnellste Pferde wurden für diesen Augenblick bereit gemacht.«

Er wandte sich zum Gehen, da ertönte ein Klopfen von der Holztür. »Herein.«

Die Tür öffnete sich langsam und ein Strahl Safranlicht fiel auf den Boden. Ein Bote stand auf der Schwelle.

»Der König verlangt Eure Anwesenheit in der Geburtsstube, *Kohen*. Er bittet Euch, es nicht aufzuschieben.«

Als Zadok den Raum verließ, spürte er den warmen Kuss des Spätnachmittags auf seinem Gesicht. Er schlug die Kapuze seines Gewands hoch, um seinen Kopf vor der brennenden Sonne zu schützen, und ging in Richtung des Westflügels.

Salomon wartete im Vorraum, während die Pfleger Mutter und Kind für seinen Besuch vorbereiteten. Er lächelte, als er seinen Priester sah. »Ah, Zadok. Ihr kommt gerade rechtzeitig. Wir werden sie gemeinsam begrüßen.«

»Möge sie ein langes und gesegnetes Leben haben, mein Gebieter.« Zadok studierte das Gesicht des Königs: Seine Stirn war angespannt und verriet seine Sorge. Er entschloss sich, nicht darüber zu sprechen; andere waren mit ihnen im Zimmer.

Eine Pflegerin erschien in der Tür und verneigte sich tief vor dem König. »Sie sind bereit, mein Gebieter.«

Zuerst traten zwei Wachmänner ein. »Gegrüßt sei König Salomon«, verkündeten sie im Einklang.

Salomon, in einem kurzen Gewand von der Farbe des Meeres und einem roten, um seinen Körper geschlungenen Schal, betrat den Raum. Zadok folgte ihm.

Nikali saß aufrecht im Bett. Ihr Schoß war mit einem Schaffell bedeckt. Ihr Gesicht war vollständig geschminkt und ihr gerade geschnittenes, schwarzes Haar wirkte ordentlich und glänzend. Ihr Kinn war erhoben, ihr Ausdruck frei von Gefühlen.

»Bringt mir das Kind«, sagte Salomon.

Eine Pflegerin griff in die Wiege neben dem Bett der Mutter und hob den weinenden Säugling heraus. Das Gesicht des winzigen Mädchens war hochrot, ein starker Gegensatz zu der Leinendecke um ihren Körper. Die Pflegerin reichte Salomon das Neugeborene.

Er hielt sie in der Biege seines linken Arms und betrachtete ihr Gesicht, das missmutig verzerrt war. Er hielt seinen rechten kleinen Finger an ihren Mundwinkel und hörte auf zu weinen. Sie saugte daran und sah ihn mit großen Augen an. König und Säugling betrachteten einander lange. Dann griff Salomon unter die Leinendecke der Neugeborenen und holte ihre rechte Hand heraus. Behutsam hob er die winzigen, eingerollten Finger an und entblößte die Handfläche. Er strich mit dem Daumen über ein Geburtsmal auf der Innenseite der Kinderhand, das wie ein brauner Fleck aussah.

Die feinen Härchen auf Zadoks Armen richteten sich auf.

Sowohl Salomon als auch David besaßen beide dieses Mal in der rechten Handfläche.

Während Salomon den Säugling betrachtete, verschwand die Anspannung aus seinen Zügen; an ihre Stelle trat ein sanftes Lächeln, das von einer tiefen inneren Ruhe kündete. Für Zadok bestand kein Zweifel: Salomon sah sich selbst im Gesicht des kleinen Mädchens.

Der König richtete das Wort an seinen Priester. »Zadok. Welchen Namen gebt Ihr diesem Kind?«

Zadok verneigte sich leicht. »Basemat, mein Gebieter.«

Salomon hielt das Mädchen in die Höhe und sah sie an. »Sehet meine Erstgeborene. Prinzessin Basemat. Gesegnet sei sie.« Er warf Nikali einen Blick zu. »Und gesegnet sei ihre Mutter.«

Er reichte der Pflegerin das Kind, die es an Nikali weitergab. Die Mutter öffnete ihr Kleid, um eine Brust zu entblößen, und fütterte den Säugling.

Salomon kniete neben ihrem Bett. Sie wandte sich ihm zu. In ihren dunklen Augen lag ein abwesender Blick, als wäre es ihr unmöglich, etwas zu empfinden. Er nahm ihre freie Hand und berührte sie mit seiner Stirn, sagte aber nichts. Dann stand er auf und verließ den Raum.

Zadok blieb noch etwas länger und stimmte ein Gebet an. Als er aufsah, bemerkte er, dass Nikalis Augen feucht wurden. Sie wandte sich ab.

Er ließ sie in Frieden und zog sich ins Vorzimmer zurück. Er sah sich nach Salomon um, doch dieser war längst fort.

KAPITEL 11

Im Dunkel der Nacht klopfte Nikali an die Tür zu Irisis Kammer. Seit Tagen konnte sie nicht schlafen. Sie durchwanderte die Hallen des Westflügels wie eine Untote, an Qualen gebunden.

Ihre Freundin kam zur Tür. Ihre Augen waren schlaftrunken. »Meine Gebieterin?«

Nikali sprach leise. »Ich muss dich um etwas Wichtiges bitten.«

Irisi hielt die Tür auf, während sie den Gang zu beiden Seiten nach Bewegungen absuchte. Als Nikali eingetreten war, schloss und verriegelte sie die Tür. »Was hält Euch zu solcher Stunde wach, meine Gebieterin?«

»Ich finde keine Ruhe. Es gibt etwas, das ich tun muss, und es verfolgt mich.«

Irisi entzündete eine kleine tönerne Öllampe. Ihre schwache Flamme warf einen kupfernen Glanz auf die

Schatten und ließ die Hügel und Täler ihrer Gesichtsknochen wie Wüstendünen in der Dämmerung erscheinen. »Was ist es, das nicht bis zum Morgen warten kann?«

Nikali umfasste beide Arme Irisis. »Ich brauche deine Hilfe. Ich muss Scheschonq eine Nachricht schicken. Ich kann es nicht wagen, das am Tag zu tun. Sie ist zu … verfänglich.«

Irisi runzelte die Stirn. »Ich halte das nicht für eine gute Idee.«

»Es interessiert mich nicht, was du denkst.« Nikalis Tonfall war barscher, als sie es wollte. Sie seufzte. »Tu einfach, was ich dir sage.«

Die Schreiberin ging zur Rückseite des Raums, wo sie ihre Papyri, Tinten und Schreibgeräte aufbewahrte. Sie legte alles neben dem Lampenlicht auf einen Tisch.

»Versprichst du mir, dass du niemandem etwas davon verraten wirst?«

»Meine Gebieterin, wann habe ich Euch je enttäuscht, dass Ihr das fragen müsst?«

Nikali lächelte. »Nie.«

»Ihr wirkt aufgelöst. Was versetzt Euch in diesen Zustand?«

»Es geht um das Kind.« Sie spürte, wie die Gefühle ihre Kehle zuschnürten, und schluckte schwer, um sie im Zaum zu halten. »Ich muss ihn davon in Kenntnis setzen, dass er der Vater ist.«

Irisi machte große Augen. »Meint Ihr etwa …?«

Sie nickte. »Ja. Am Abend vor unserer Abreise aus Ägypten.«

Irisi packte sich an die Brust und wrang das Leinen ihres Nachtgewands. »Oh, Gebieterin …« Sie hob eine Hand zum Mund, als versuche sie, einen Wortschwall zurückzuhalten.

»Urteile nicht über mich. Liebe siegt über Vernunft.«

»Wie könnt Ihr Euch dessen sicher sein? Er war schließlich nicht der Einzige.«

Nikali wandte den Blick ab. »Eine Frau weiß solche Dinge.«

»Gebieterin, als Eure zuverlässige Freundin ist es meine Pflicht, meine Meinung zu äußern, nicht wahr?«

»Das stimmt.«

»Scheschonq zu benachrichtigen ist ein Fehler. Was, wenn das Schreiben in die falschen Hände gerät? Das wäre folgenschwer für Euch – und für Ägypten. Männer sind schon aus geringerem Anlass in den Krieg gezogen.«

»Ich würde lieber sterben, als ihm das zu verheimlichen.« Sie drückte Irisis Hände. »Er liebt mich. Er wird mich holen – und unser Kind.«

Irisi schüttelte den Kopf. »Ihr dürft es nicht herbeisehnen, Gebieterin. Bedenkt, was Ihr da sagt: Ihr stellt Eure Sehnsucht über den Gott des Landes. Ihr seid eine einem fremden König vermählte Prinzessin. Die Heirat war ein Bündnis zwischen zwei Ländern, keine Vereinigung zweier Menschen. Um Eurer Vorfahren willen müsst Ihr das ehren. Ihr müsst Scheschonq vergessen.«

Nikali riss ihre Hände fort. Tränen traten ihr in die Augen. »Niemals.«

Irisis Ausdruck wurde finster. »Gestern kam die Nachricht aus Tanis, dass Scheschonq eine andere zum Weib nahm. Eine Frau aus seinem eigenen Stamm. Sie ist bereits guter Hoffnung. Ich wusste nicht, wie ich es Euch sagen sollte.«

Nikali erstarrte. Sie trat einen Schritt zurück. »Lügen!«

»Es ist die Wahrheit. Ich schwöre es.« Irisi öffnete eine Alabastertruhe und holte eine Schriftrolle heraus. »Seht selbst.«

Nikali überflog das Schreiben. Es begann mit Neuigkeiten über ihren Vater. Er war krank geworden, hieß es, und die Ärzte hatten die Ursache nicht gefunden. Sie suchte weiter, bis sie den Teil fand, der sie interessierte. Sie las ihn laut vor. »Scheschonq, Anführer der Armee, heiratete eine Prinzessin der Meschwesch, Karama. Ein Kind wird zur Zeit des Sprießens erwartet.«

Sie ließ die Schriftrolle aus ihren Händen fallen. Wie konnte er nur? Sie war seit drei Jahreszeiten fort und schon hatte ihr Liebster ein Leben ohne sie begonnen.

Während sie ihren eigenen Ehemann verachtete und Möglichkeiten ersann, der Gefangenschaft zu entfliehen, der er sie unterwarf, liebte Scheschonq willentlich eine andere. Es machte sie wahnsinnig, so weit von ihm entfernt zu sein und die Umstände nicht zu kennen. Hatte seine Sippe ihn gezwungen, eine der ihren zu heiraten? War es eine Art den Meschwesch eigener Initiation? Gewiss war es eine Zwangsehe; es tröstete sie, das zu denken.

Das Kind erschwerte alles. Ihr Liebster war der bevorzugte Nachfolger ihres Vaters auf dem Thron. Wenn Scheschonqs rechtmäßig Erstgeborenes ein Junge war, wäre dieses Kind sicher nächster in der Thronfolge. Nikalis uneheliches Kind, aus Scheschonqs Same gezeugt, war nur ein Mädchen und hatte als solches kein Anrecht auf den Thron. Wenn er einen Sohn auf der anderen Seite des Schilfmeeres hätte, würde Scheschonq nicht zögern, ihn zu sich zu holen und am Hof zu erziehen. Eine Tochter war etwas völlig anderes.

Wieder einmal waren Nikalis Pläne gescheitert. Wenn sie nicht Königin von Ägypten sein konnte, was immer ihr Traum gewesen war, dann wollte sie, dass ihr Kind im Land ihrer Vorfahren herrschte. Selbst das schien jetzt ein Ding der Unmöglichkeit. Nikali fühlte sich dazu verdammt, den ägyptischen Königshof, die einzige Welt, die ihr etwas bedeutete, vom Rand zu betrachten und nie mehr zu sein, als eine Außenstehende.

Wenn Basemat doch nur ein Junge wäre. Wenn sie doch nur …

Nikali nahm einen Papyrusbogen vom Tisch und hielt ihn der Schreiberin vors Gesicht. »Schreib die Nachricht.« Sie hob ihre Stimme ein wenig. »Tu es.«

Irisi nahm das Blatt und setzte sich an den Tisch.

»Gott meines Flusses«, begann Nikali. Sie benutzte einen Ausdruck, der nur ihm und ihr bekannt war, damit niemand Quelle oder Empfänger der Nachricht erahnen konnte. »Mir wurde ein Kind geboren, das Eure Augen besitzt, Eure Stärke, Euer Wesen. Kommt zu mir und fordert Euren Erben.«

Erschrocken sah Irisi auf. »Ich kann nicht tun, was Ihr verlangt. Es ist trügerisch.«

»Bitte, Irisi.« Sie kniete sich neben ihre Freundin und packte sie am Unterarm. »Es ist meine einzige Hoffnung.«

»Ihr wisst so gut wie ich, dass Basemat niemals Erbin von irgendetwas sein kann. Eure Worte werden Scheschonq Glauben machen, sein Kind wäre ein Junge. Peitscht mich aus, foltert mich, schickt mich fort, wenn Ihr müsst, aber das ist eine Lüge, die ich nicht mitverantworten kann.«

Empört verzog Nikali das Gesicht. »So plötzlich steckst du voller Sittlichkeit? Muss ich dich an den Tod deines Ehemannes erinnern? Dass du nichts gesagt hast, dass du Gerechtigkeit verschleiert hast, aus keinem besseren Grund, als um dein eigenes Leben zu schützen? Belehre du mich nicht über Lügen.«

»Was ist in Euch gefahren, dass Ihr solches Gift verspritzt?«

Sie stand auf. »Meine Geduld neigt sich dem Ende, Irisi. Noch einmal befehle ich dir, den Brief zu schreiben.«

Irisis zögerte, dann nahm sie das Schreibgerät auf. Ihre Hand zitterte, als sie sich an die Arbeit machte.

»Gut.« Nikali atmete aus. »Wir müssen sicherstellen, dass niemand den Ursprung des Briefes erkennt. Benutze dein Siegel nicht. Und niemand darf ihn sehen. Meine Leibwache wird ihn Scheschonq persönlich überbringen.«

Mit einem Blick so hart wie Eisen sah Irisi auf. »Ihr könnt Eurem Schicksal nicht entrinnen, meine Gebieterin. Was immer es ist, es wird Euch verfolgen und einholen. So wollen es die Götter; kein Mann, keine Frau, kann etwas anderes erzwingen.«

Nikali grinste. Sie war es leid geworden, darauf zu warten, dass das Schicksal ihr zulächelte. Sie würde ihr eigenes Geschick bestimmen.

Sie überließ Irisi ihrer Aufgabe und eilte aus dem Zimmer. Ihr Verstand war ein von Schlaflosigkeit und Gefühlswallungen angetriebener Strudel, aber sie war sich völlig über den nächsten Abschnitt ihres Plans im Klaren. Sie lief den Gang hinunter; ihr Umhang bauschte sich um sie. Ein Teil von ihr wollte rennen, bis ihre Beine nachgaben und die Luft aus ihrer Lunge gewichen war, wollte einen urgewaltigen Schrei ausstoßen, der den ganzen Weg bis zu ihrem Heimatland hallen würde. Sie widerstand dem Drang, denn sie hatte etwas zu erledigen.

Am Ende der Steinarkade befand sich eine Terrasse mit Stufen bis zum Garten hinunter. Sie blieb stehen und schöpfte Atem. Am fernen Horizont brach ein Lichtstreifen durch die Finsternis. Sie betrachtete die verdunkelten Baumwipfel und die in Schatten gehüllten Rebenreihen.

Er war irgendwo dort unten. Der König hatte die Angewohnheit, früh aufzustehen und vor der Dämmerung einen Spaziergang zu unternehmen, um »das Erwachen eines neuen Tages zu bezeugen«, wie er es auszudrücken pflegte. Sie glättete ihre Haare mit den Händen und begann, die Stufen hinabzusteigen.

Zuerst erreichte sie den Obstgarten. Unter dem dunklen Blätterdach eines alten Feigenbaums blieb sie stehen und rastete an seinem Stamm. Sie löste ihren Umhang und ließ ihn zur Erde fallen, sodass sie nur noch eine leichte Schlaftunika aus Baumwolle trug. Eine sanfte Brise, die den Geruch reifer Früchte mit sich trug, ging flüsternd durch die Blätter. Nikali atmete die duftende Luft ein, während die Nacht dem Tage wich.

Sie ging weiter, zwischen den Myrrhebeeten hindurch zum Weingarten. Zu dieser Jahreszeit waren die Reben von Trauben schwer. In der aufkommenden Dämmerung sahen die Früchte wie schwarze Perlen aus. Sie waren wie die Trauben Ägyptens, und doch schmeckte ihr Wein so völlig anders. Sie ließ die Finger über die prallen Kugeln gleiten, pflückte eine und führte sie zum Mund. Sie zerplatzte zwischen ihren Zähnen und Nikali empfand ihre würzige Süße als seltsam tröstlich.

»Die Reben gedeihen mit zarten Trauben.«

Beim Klang der Stimme stahl sich ein listiges Lächeln auf ihre Lippen. Eine Hand legte sich auf ihren nackten Arm und erweckte winzige Erhebungen auf ihrem Körper zum Leben. Sie drehte sich zu ihrem Gatten um.

»Doch keine ist so zart wie Ihr.« Er streichelte ihren Arm federleicht.

Im schwachen Licht wirkte er wie ein Geist. Er trug keine königliche Aufmachung – nur ein kurzes Gewand aus hauchdünner Baumwolle und keine Schuhe. Ohne Krone, die sie bändigten, fielen seine zerzausten Locken unbekümmert herab und machten die harten Konturen seines Gesichts weicher. Zum ersten Mal sah sie einen Mann, keinen Herrscher.

»Wie schön Ihr seid, meine einsame Taube«, fuhr er fehlerfrei in ihrer Muttersprache fort. »Ihr seid Vollkommenheit, die Arbeit des geschicktesten Künstlers im ganzen Land. In Euren Augen funkelt der Glanz von tausend Juwelen. Euer Hals …« Er machte einen langen, tiefen Atemzug, während er ihre Kehle mit seinen Fingerspitzen streichelte. »Er ist so anmutig wie der eines Schwans.«

»Eure Worte sind wie der zarte Morgen«, flüsterte sie, überrascht, wie einfach es war, die Worte auszusprechen. »Wie der Wind, der sich im Norden erhebt und die Wasser des Gihon kräuselt.«

Zärtlich legte er ihr die Hände um die Hüfte und zog sie an sich. Ihr Herz verlangte, dass sie sich aus seinem Griff befreite und in die Sicherheit ihrer Gemächer floh, wo sie mit ihrem Kummer und den Erinnerungen, die sie noch quälten, während sie schon in weite Ferne rückten, allein sein konnte. Doch ihr Verstand hielt diese mädchenhaften Gedanken zurück und bereitete der listigen Frau den Weg, um sich zu erheben, wie eine Alraune aus dem steinigen Boden.

Dies war der Moment ihres Wandels. Sie sollte sich davor fürchten, doch stattdessen genoss sie ihn.

Eine seiner Hände wanderte langsam ihren Oberkörper hinauf und machte an ihrem Busen halt, um ihre Brustwarze zwischen Daumen und Zeigefinger zu drehen. Ohne dass sie es ihm befahl, stieß ihr Mund ein leises Wimmern aus. Ihr Herz klopfte wild.

Salomon rückte näher. Sein Atem war warm und duftete nach Feigen. »Die Morgendämmerung kommt mit schrecklicher Wut und doch ist es meine Liebste, die das Licht bringt, das den Nachthimmel aufbricht. Euer Duft ist süßer als alle Myrrhe im Garten, Euer Haar so weich wie das der jungen Ziegen Gileads.« Er strich mit seinen Lippen über ihre Wange. »Ich möchte wissen, wonach Ihr schmeckt.« Sanft küsste er ihr Gesicht. Sein Mund näherte sich ihrem. Es war das erste Mal, dass er sie küsste. Seine Lippen waren weich und zart und sprachen von Liebe, nicht von roher Lust. Nikali entspannte sich in seinen Armen: Ein Akt der Unterwerfung, von dem sie wusste, er würde ihm gefallen. Sie saugte an seiner Oberlippe, dann schob sie ihre Zunge in seinen Mund und suchte nach einer Stelle, die ihn wehrlos machen würde.

Der König stöhnte vor Wonne und sie wusste, es gäbe nichts, das er nicht für sie tun würde.

»Schenkt mir einen Sohn«, flüsterte sie.

Salomon machte sich nicht die Mühe, nach einem Platz zu suchen, an dem sie liegen konnten. Er legte ihr die Hände um die Taille und hob sie auf, ihr Stichwort, um ihre Beine um seine Hüften zu schlingen. Sofort war er eins mit ihr, drängte sich in sie und keuchte wie ein brünstiges Tier.

Nikali ließ den Kopf zurücksinken und betrachtete den violetten Himmel. Der neue Tag war vollkommen klar und ohne Wolken. Sie fühlte sich mächtig, unaufhaltsam. Was es auch kostete, endlich würde sie ihr Schicksal einfordern.

KAPITEL 12

JERUSALEM, 975 V. CHR.

Es war der siebte Tag des Monats Etanim. Sieben Jahre hatten die Hebräer darauf gewartet und endlich war der Zeitpunkt gekommen.

Zadok stand im Morgengrauen auf und machte sich für die rituelle Säuberung, die das göttliche Gesetz an hohen Tagen, von denen dieser hier der Herausragendste war, verlangte, zum Berg Moriah auf. Er stand am Rand des *Mikwe*-Teiches, der von den lebendigen Wassern des Ein Etam hoch über Jerusalem gespeist wurde, und sprach ein stummes Gebet, in dem er den Herrn darum bat, ihn der ihm auferlegten Aufgabe für würdig zu befinden.

An diesem Tag würden Zadok und die Priester des Königreichs, zusammen mit den Führern jedes der zwölf

Stämme, die Bundeslade von ihrem Platz im Stiftszelt holen und sie zum Haus des Herrn bringen, das endlich fertiggestellt war. Es war zwingend erforderlich, dass er reinen Körpers, reinen Geistes und reiner Seele war, um Israels heiligste Männer bei einer solch gewichtigen Aufgabe anzuführen – sogar der wichtigsten ihres Lebens.

Er trat ins eisige Wasser. Sein Körper prickelte, während er sich Handbreit um Handbreit in den Teich hinabließ, bis das Wasser seine Brust erreichte. Für einen Moment genoss er die Kühle des Herbstmorgens und die anregende Frische des Wassers. Dann tauchte er unter und hielt den Atem an, so lange es seine Lunge erlaubte. Er trieb in Dunkelheit und dachte an nichts.

Sein Kopf durchbrach die Wasseroberfläche und er öffnete die Augen. Er spürte den Kuss eines Windstoßes und sah durch die bebenden Blätter der Olivenbäume hindurch zum Morgenhimmel. Sein Gewölbe war von perfektem *Techelet*, der Farbe des Himmelreichs. Unter der Berührung der Sonnenfinger wurde die Färbung zunehmend heller. Ohne eine Wolke, die den Ausblick gestört hätte, erschien der Horizont unendlich. Zadok verstand es als Zeichen: Jahwe war über die Arbeit seiner Kinder erfreut.

Zitternd trat Zadok aus dem Wasser und trocknete sich ab. Er zog die Zeremonialgewänder des Hohepriesters an, die den wichtigsten Anlässen vorbehalten waren. Zuerst schlüpfte er in eine lange, weiße Tunika aus makellosem Leinen. Darüber folgte ein Gewand vom gleichen Blau des Himmels. Die Ränder waren mit Granatäpfeln aus Stoff und winzigen Glocken eingefasst, die klingeln und die Aufmerksamkeit der Gläubigen erregen würden, wenn er ging.

Voller Ehrfurcht hob er das Efod auf, das heilige Obergewand, das von niemandem außer dem Hohepriester getragen werden durfte. Es war prächtig. Gewebt aus feinem Leinen in einem Muster aus blauen, violetten und scharlachroten Vierecken. Von Goldfäden durchzogen und in Gold gesäumt übertraf es die Schönheit der Kleidung eines jeden Königs.

Das Efod bestand aus zwei Teilen – um sowohl die Vorder- als auch die Rückseite des Körpers zu bedecken –, die von Schulterriemen zusammengehalten wurden. Diese schmückten zwei Onyxsteine, in welche die Namen der zwölf Söhne Israels graviert waren, in der Reihenfolge ihrer Geburt. Die Steine dienten als Denkmal ihrer Vorväter, deren Mühen die Identität der Israeliten geformt und ihnen ein dauerhaftes Zuhause weit fort von der grausamen Hand der Unterdrückung ermöglicht hatten.

Seine zitternden Finger berührten die Lostasche des Schiedsspruchs. Mit zwei umeinander geschlungenen

Schnüren aus purem Gold an den Onyxsteinen befestigt und eine Spanne zu allen Seiten messend, war sie aus denselben Fäden gewoben wie das Efod und mit kostbaren Edelsteinen besetzt, jeweils vier davon in drei Reihen. Auf jedem Stein stand der Name eines Sohnes Israels, damit der Priester sie an seinem Herzen tragen konnte, wenn er die heiligsten Hallen des Tempels betrat. Seine Vorfahren, so sagte man, würden ihn bei der Deutung des Urteils leiten.

In einer Tasche an der Rückseite befanden sich die beiden Urteilssteine, Urim und Tummim. Er holte sie heraus und legte sie in seine Hand. Mit den Fingern strich er über die glatte, polierte Oberfläche des schwarzen Tummim, der die Dunkelheit symbolisierte, und dann über die des weißen Urim, der für das Licht stand: die Zweiseitigkeit des menschlichen Geistes. Mit Ehrfurcht hielt er sie nah an sein Herz, bevor er sie sicher an ihrem Platz verwahrte.

Er zog sich das Efod über den Kopf und spürte dessen Gewicht auf seinen Schultern. Es wurde mit dem Vorüberziehen der Jahre und dem Wachsen der Stämme schwerer. Wo es mehr Stimmen gab, da gab es eine größere Wahrscheinlichkeit des Unfriedens. Er fürchtete diese Möglichkeit, auch wenn die Winde im Augenblick wohlwollend wehten. Unter Salomons Herrschaft war Israel in der Tat das Land, in dem Milch und Honig floss. Dem Volk mangelte es an nichts. Die Herrscher angrenzender Länder erhoben keine Hand gegen Salomon und auch er nicht gegen sie. Das Zeitalter, das er eingeleitet hatte, war beispiellos.

Aber würde es fortdauern?

Zadok befestigte die beachtliche Schärpe – ein fransenbesetztes Band von derselben Verarbeitung wie das Efod – um seine Taille und holte tief Luft. Er spürte den kühlen Boden unter seinen nackten Füßen und erinnerte sich an seinen Platz auf Erden. Sein Körper war ein Sprachrohr für das Wort Jahwes. Wenn er auch einen wichtigen Daseinszweck hatte, so besaß er doch keinen Sinn für das Ich. Er war nur ein Vermittler zwischen dem Herrn und seinem Volk Israel.

Er hob das letzte Stück seines Priestergewandes auf. Den weißen Kopfbund wickelte er zu einem Turban. Mit Bändern aus blauer Spitze befestigte er das goldene Schild mit der Aufschrift *Heiligkeit dem Herrn.* Es ruhte wie eine Krone auf seiner Stirn und kennzeichnete ihn als Träger der Schuld des Volkes – die schwerste aller Bürden – und als Instrument ihres irdischen Richtspruchs.

Er stand erhobenen Hauptes da. Die Sonne schimmerte am Osthimmel wie ein Versprechen. Die Zeit war gekommen.

Salomon war bereits beim Zelt der Begegnung, als Zadok dort ankam. Der König war großartig herausgeputzt, dem Anlass angemessen gekleidet: Er trug eine lange, weiße Tunika mit weiten Ärmeln, über der ein weißes, mit Goldfäden verziertes und mit einer fransenbesetzten Schärpe desselben Stoffs gegürtetes Seidengewand lag, sowie einen blutroten Umhang, der an den Schultern mit rubinverzierten Bändern befestigt war, die über seinen Rücken hinab bis zum Boden reichten.

Salomon verneigte sich tief vor Zadok und betrachtete ihn dann mit funkelnden Augen. »Sieben Jahre hat es gedauert, das Versprechen meines Vaters zu erfüllen. Gesegnet sei dieser Tag.«

»So sei es. Ein neuer Tag bricht an für Israel. All die Prüfungen unserer Vorväter, all die Jahre der Unterdrückung und Befreiung, sie werden heute belohnt.« Zadok legte sich eine Hand auf die Brust und berührte eine Ecke der Lostasche. »Ihr, mein Gebieter, habt uns hierhergeführt.«

Salomon sah über Zadoks Schulter. »Die Leviten kommen. Bald werden wir die Trompete der Herrlichkeit erklingen lassen.«

Zadok drehte sich um. Die Ältesten des Stammes Levi, die *Kohanim* des Königreiches, hatten begonnen, sich vor dem Zelt der Begegnung zu versammeln. Sie trugen reinweiße Leinentuniken, die in den Taillen von rotbestickten Schärpen gehalten wurden. Um ihre Köpfe waren weiße Turbane gewickelt. Viele hielten Instrumente in den Händen, denn ein Teil ihrer Rolle als Priester war es, die fröhliche Musik zu erzeugen, die noch in den hohen Himmeln gehört werden konnte.

Als alle Leviten, etwa achtzig, und die Führer aller Stämme in der Davidsstadt angekommen waren, bedeutete Salomon dem Schofarspieler, den Beginn der Feierlichkeiten zu verkünden, die sieben Tage dauern würden. Der Levit hob das Widderhorn an seine Lippen und stieß einmal lang hinein. Der Klang hallte durch die Stadt wider.

Innerhalb weniger Augenblicke verließen die Menschen ihre Häuser und nahmen ihre Plätze entlang des Weges nach Jerusalem ein, damit auch sie die kostbarsten Heiligtümer der Hebräer in ihr neues Heim geleiten konnten.

Zadok betrachtete das Stiftszelt, eine Nachbildung des ursprünglichen Heiligtums des Mose, das König David in seiner Jugend errichtet hatte, als er die Lade des Herrn von Gibeon in seine Stadt brachte. Zadok, damals an der Schwelle zum Mannesalter, war einer der Ladenträger für David gewesen, genau wie er es für seinen Sohn sein würde.

Das Stiftszelt war ein Zeltheiligtum und dem ersten, das auf die Zeit des Exodus zurückging, sehr ähnlich, nur weit weniger verschlissen. Es war mit Widderhäuten bedeckt, die sich an zwei Seiten vom Dach des Bauwerks zur Erde hin erstreckten. Vorhänge aus Ziegenhaar, blutrot, blau und violett gefärbt, verdeckten und beschützten das innere Heilige, wo die göttliche Gegenwart weilte.

Im Vorhof des Heiligtums standen das Becken der Vergebung und der Brandaltar für rituelle Opfer. Salomon stellte sich neben den Altar und richtete das Wort an die Versammelten. »Seit dem Tag, an dem unsere Väter aus Ägypten auszogen, weilten die Gesetzestafeln im Inneren eines Tempels aus Tuch. Er war ein Symbol für die Wanderungen der Hebräer, für die Suche unserer Vorfahren nach dem Gelobten Land. So wie die Lade heute ihrem ewigen Platz übergeben wird, so werden auch die Kinder Israels für immer in diesem Land wohnen.«

Der alte Sangmeister Chenanja, Oberster der Leviten seit Davids Zeiten, sang einen Vers ohne Begleitung und bedeutete den anderen Priestern dann, mit der Musik zu beginnen. Die fröhlichen Töne von Psaltern und Harfen, Trompeten und Zimbeln klangen durch die Stadt, während Chenanja jenes alte Lied sang, von dem man sagte, ihr Vorfahre Aaron habe es geschrieben.

Zadok spürte den Klang der Zimbeln in der Magengrube. Stolz erfüllte ihn bis in die Fingerspitzen und die Sohlen seiner nackten Füße. Von den Leviten-Ältesten gefolgt, denen die Aufgabe zugeteilt worden war, die Lade zu tragen, ging er zum Eingang des Zeltes. Er kniete vor dem Vorhang nieder und verneigte sich so tief, dass sein Kopf die Erde berührte, um seine Demut vor dem Herrn zu zeigen, ehe er den heiligen Schrein betrat.

In einer Reihe gingen sie am Schaubrottisch vorbei, am Räucheraltar und den goldenen Leuchtern, bis sie den Schleier erreichten, der das Allerheiligste abtrennte. Er drehte sich zu den Männern um und bedeutete ihnen, sich in einem Kreis um ihn zu versammeln. Er berührte ihre turbanbedeckten Köpfe und sie alle verneigten sich zur Mitte des Kreises hin und flüsterten ein gemeinsames Gebet.

Zadok teilte den Schleier, einen schweren Wollvorhang mit purpurnen, violettfarbenen und blauen Streifen, und betrat das Allerheiligste. Obwohl er das schon viele Male getan hatte, übermannten ihn bei diesem Anlass die Gefühle. Hauptsächlich erfüllte es ihn mit großer Freude, dass die Lade ein dauerhaftes Heim bekäme, das ihrer Wichtigkeit gebührte. Und doch konnte er eine leichte Traurigkeit nicht leugnen. An diesem Tag würde das Stiftszelt, das hunderte Jahre lang als heiliger Zufluchtsort gedient hatte, aufhören zu bestehen. Es würde zusammengefaltet und zusammen mit den heiligen Gefäßen fortgebracht werden, zum neuen Tempel, wo die Erinnerung an das, wofür es stand, langsam verblassen würde. Der Wohlstand, den Salomon hervorgebracht hatte, war herrlich, ein Wunder des Herrn, aber ein Teil Zadoks sehnte sich nach der Einfachheit der bescheidenen Anfänge ihres Volkes und nach der Genügsamkeit, die dem Mangel innewohnte.

Möglicherweise war er ein zu alter Mann, um Fortschritt wahrlich wertschätzen zu können. Oder vielleicht fürchtete er sich vor der schmalen Grenze zwischen Fülle und Überfluss, denn sie zu überschreiten würde die Herzen der Menschen mit Sicherheit verderben.

Die vier Leviten nahmen ihre Plätze an allen vier Griffen der Trage unter der Akazienholzkiste ein, in der die beiden steinernen Gebotstafeln lagen. Dies waren die wichtigsten Reliquien, von Jahwe selbst als Bündnis mit seinem Volk Israel beschrieben. Seit dem Tag, als Mose sie vom Berg Sinai heruntergebracht hatte, waren die Tafeln eine führende Kraft für die Menschen gewesen. Mehr als nur eine Beschreibung der Lebensführung waren sie eine Erinnerung daran, dass Sterbliche trotz all ihrer Machenschaften keine Macht besaßen.

Singend hoben die Leviten den geweihten Gegenstand auf und folgten Zadok aus dem Heiligtum hinaus. Als sie wieder ins Tageslicht traten, schwoll das Lied der

Priester zu einer Art Verzückung an. Zadok betrachtete die Gesichter der Versammelten und sah vollkommene Zuversicht darin, während das Alte dem Neuen wich. Trompeten bliesen in einer fieberhaften Tonhöhe und die Versammlung sang ein Lied der Hoffnung, in bereitwilliger Bejahung von Salomons Tempel und dem neuen Jerusalem, das er versinnbildlichte.

Am höchsten Punkt des Berges Moriah stand der Tempel dreißig Ellen hoch, wie es die von König David gezeichneten Pläne vorgeschrieben hatten, der seine Anweisungen von den Engeln des Himmels erhalten hatte.

Die Quader waren meisterlich behauen und reihten sich auf eine makellose Weise aneinander, die Zadoks Einschätzung menschlicher Fähigkeiten überstieg. Es schien, als wäre die Arbeit nicht von Menschenhand verrichtet worden, sondern von den Engeln selbst. Eine vergoldete Tür, mit Schnitzereien von Lilien und Palmen, bot Zugang zum Heiligtum. Zwei gewaltige Bronzesäulen mit granatapfel- und lilienverzierten Abschlüssen begrenzten den Vorhof, der zum Eingang führte. Salomon nannte eine Säule Boas, die andere Jachin, denn jede war ein Wachposten, die einen Namen verdiente. Stumm behüteten sie die Schätze des weltlichen Königreichs des Himmels.

Im Hof stand das Eherne Meer, das zweitausend Bäder für die Waschungen der Priester fasste. Salomon hatte es Jahre zuvor beschrieben: *Es wird auf den Rücken von zwölf Ochsen ruhen, von denen jeder für einen der Stämme Israels steht und die im Kreis angeordnet werden, den Blick gen Himmel gerichtet. Und es wird mit dem lebendigen Wasser der Quelle gefüllt sein.* Damals hatte Zadok es sich nicht bildlich vorstellen können und hatte es für Übertreibung gehalten. Jetzt, da er vor dem Bronzemeer stand, das fünf Ellen hoch war, staunte er erneut über die Vision des Königs.

Zusammen mit dem Meer teilte sich der Brandopferaltar den Platz im Hof. Er war aus gehauenem Stein geschaffen, mit zwölf Stufen, die zur gewaltigen Feuergrube hinauf führten. Der Altar war so gebaut worden, wie Jahwe es vor Jahrhunderten befohlen hatte, als die Kinder Israels Ägypten verließen: ein quadratischer Körper aus bronzeüberzogenem Akazienholz mit Hörnern an jeder Ecke und einem Gitter aus Bronze. Bereit, die Opfertiere zu verschlingen, die an Menschen statt sterben sollten, reichten die wirbelnden Kupferflammen des Feuers durch das Gittergeflecht hindurch.

Zadok atmete den duftenden Akazienholzrauch ein, der zum Himmel waberte, während er beobachtete, wie

Salomon die Stufen hinaufstieg, um das erste symbolische Opfer darzubringen. Die Priester stellten sich in einer Reihe von den Becken zum Altar auf und gaben die gehäuteten und gewaschenen Tiere von Hand zu Hand weiter. Der Priester, der dem Altar am nächsten stand, reichte Salomon das erste Tier, ein Schaf, das seine Blüte noch nicht erreicht hatte. Der König hielt es vor den tausenden Israeliten, die sich auf dem Berg Moriah versammelt hatten, in die Höhe und warf es ins Feuer. Der Vorgang wiederholte sich, bis die Zahl der Opferschafe sieben zählte.

Die Luft war mit dem angenehmen Geruch verbrannten Fleisches angefüllt. Als die Tiere derart vom Feuer verzehrt worden waren, dass sich das Gewebe vom Knochen löste, stieg Salomon vom Altar herab und bedeutete Zadok, dass der Augenblick gekommen war.

Die Trompeten und die Ziegenhauttrommeln erklangen, als die Leviten die Lade und die heiligen Gefäße anhoben. Mit vorsichtigen Schritten, wie um den geheiligten Boden nicht zu stören, führte Zadok den Zug an. Sein Herz schlug schnell, als er zwischen Boas und Jachin stand. Obwohl er sich auf diesen Moment vorbereitet hatte und mit reinem Herzen, Geist und Körper vor den Tempel getreten war, hielt er sich selbst nicht vollständig für würdig. Er fiel auf die Knie und küsste die Erde, und er bemühte sich nicht, die Tränen zurückzuhalten, die in seine Augen traten. Mit einem leisen Schluchzen erhob er sich und schob die schweren, vergoldeten Türen auf.

Es war das erste Mal seit der Fertigstellung, dass er das Heilige sah. Er war voller Ehrfurcht. Die Wände, die sich dreißig Ellen bis zu einer Balkendecke erhoben, waren aus Zedernholz gearbeitet und mit Mustern aus geöffneten Lilien, Palmen und Cherubim versehen worden, und mit purem Gold aus Ophir überzogen. Kein einziger Stein war im Heiligtum zu sehen und keine Metallnägel waren verwendet worden, nur Stifte aus Gold. Weicher und geschmeidiger als Stein, und außerdem edler, standen Holz und Gold für das Fügen der Seele in Gott, und nirgendwo war ihre Verwendung prachtvoller.

Wie alle Menschen hatte Salomon Fehler, aber in dieser Angelegenheit war er der Makellosigkeit so nahe gekommen, wie es ein Sterblicher nur vermochte. Dies würde für alle Zeiten sein Vermächtnis bleiben.

Zadok blieb vor dem Räucheraltar stehen, auf dem ein Gefäß mit glühenden Kohlen des Brandopfertischs stand. In seiner rechten Hand hielt er einen Tiegel mit Räucherwerk, das er in der Nacht zuvor zerstoßen hatte. Es war ein Gemisch aus vier Zutaten – Balsamharz, Weihrauch, Galbanharz und der Fußdeckel einer Schnecke aus dem Schilfmeer –, die die vier Elemente der Welt symbolisierten.

Mithilfe eines seiner Priester verteilte er das Räucherwerk über den Kohlen, als Gabe der Buße für die Sünden der Menschen. Als duftende Rauchfetzen himmelwärts schwebten, atmete er den Inbegriff Israels ein. Es war ein äußerst angenehmer Geruch, der an Holz und Gewürze mit einem Hauch von Meer zur Sommerzeit erinnerte.

Er ging zum Ende des Heiligen und stieg die Stufen zum Allerheiligen hinauf. Er schob die Falttür auf. Ein hauchzarter Leinenschleier in den drei göttlichen Farben – Purpur für die Erde, *Techelet* für den Himmel, Violett für die Vereinigung der beiden – bot einen schemenhaften Blick auf das Allerheiligste. Der fensterlose Raum war als vollkommenes Quadrat gebaut worden, zwanzig Ellen zu allen Seiten, und auf dieselbe Weise verziert wie das Heilige. In seiner Mitte standen zwei Cherubim – menschliche Gesichter auf den Körpern von Löwen und mit ausgebreiteten Flügeln, die die Wände berührten.

Zadok teilte den Schleier und war geblendet, als hätte er einen Raum voller Schätze betreten. Jede Oberfläche, vom Tannenholzboden über die Decke zu den Zedernholzwänden, war mit Gold überzogen worden, das mit einem immerwährenden Glanz strahlte.

Er hielt den Schleier zurück und die Leviten betraten das Allerheiligste, um die gesegneten Tafeln des Bundes in einer goldenen Truhe unter den Flügeln der Cherubim zu platzieren. Und Zadok sagte: »Herr, unser Gott, möge Dein Wort hier ruhen für alle Zeit und Dein Volk Israel leiten, dass ihre Seelen nicht in die Dunkelheit stürzen. Mögen die Flügel dieser Cherubim als Dein Thron dienen und die Bundeslade als Dein Schemel, während Du Urteil sprichst über dieses Volk. Komme nun und erfülle Dein Haus mit Deiner heiligen Gegenwart, auf dass es geweiht werde vor allen, die sich herbegaben, dies zu bezeugen.«

Einer nach dem anderen traten die Priester aus dem Allerheiligsten zurück und verließen den Tempel. Als der letzte von ihnen die Tür hinter sich schloss, erklang ein leises Grollen wie von weit entferntem Donner und dunkle Wolken versammelten sich am Himmel. Ein Windstoß fegte über den Berggipfel und die Wolke hing über dem Tempel wie aufgewirbelter grauer Rauch. Es gab weder Regen noch Blitze; dieser Sturm war stumm und doch wahrhaftig, ein Vorbote und ein Versprechen.

Salomon hob die Arme zum Himmel. Als der Wind sein königliches Gewand und seine rabenschwarzen Locken zerzauste, rief er der versammelten Menge zu: »Der Herr sagte, er wolle in der undurchdringlichen Dunkelheit wohnen. Jetzt, so sicher wie ich dieses Haus für seine Herrlichkeit erbaut, stieg die göttliche Gegenwart vom Himmel herab und wandelt in unserer

Mitte. Fallet auf die Knie, alle miteinander, und neigt den Kopf in Ehrfurcht, denn der Herr sieht euch und weiß, was in euren Herzen ist.«

Mit zum Himmel gereckten Armen kniete Salomon vor der Versammlung, die Zehntausende zählte, nieder. »Oh Herr, Gott von Israel, allmächtig und heilig, segne Deine Kinder, die heute vor Dich traten, um dieses Haus in Deinem Namen zu weihen. Es ist nur eine bescheidene Geste, ein Ausdruck des Bundes, den Du mit Deinem Diener David, meinem Vater, geschlossen hast. Du sagtest: *Baue mir ein Haus; doch nicht durch deine blutbefleckte Hand soll es geschehen. Lass es werden Pflicht und Erbe deines Sohnes, der aus deinen Lenden entspringt.* So wie Du befunden, oh Herr, so ist es geschehen.

Und wenn Deine Kinder vor Dich treten am Altar Deines Hauses mit reinem Herzen, richte sie an ihrer Rechtschaffenheit. Doch werden sie Dir abschwören an diesem Altar oder Dunkelheit in ihren Herzen tragen, so verdamme sie für ihre Sündhaftigkeit. Denn dieses Haus ist Dein Thronsaal im unteren Himmel, aus dem das göttliche Urteil entspringt wie die ewigen Wasser dem Gihon.

Wenn Dein Volk Israel sündigt gegen Dich, denn keiner unter uns ist ohne Sünde, wenn es von Unheil befallen ist oder vom Feind aufgegriffen und in fremden Ländern festgehalten wird, wenn dieselben Menschen vor Dir niederknien und ihre Augen auf diese heilige Stadt richten, die Du auserkoren hast, und auf dieses Haus, das ich in Deinem Namen errichtete, höre ihr Flehen, oh Herr, und erlöse sie von ihrer Schuld.

Wenn der Himmel verstummt und es keinen Regen gibt und die Tiere und Menschen Durst leiden und die Bäume welken, wenn Deine Kinder fromm hintreten vor Dich mit Tugend in ihren Herzen, und in Deinem Namen Opfer bringen an diesem Ort, schenke ihnen Wasser, das Land zu nähren, das Du ihnen zum Erbe gabst.

Denn dies ist Dein Volk, das Du aus dem Land des Nils geführt hast und von Unterdrückung und Unrecht erlöst, das Volk, zu dem Du durch Mose, Deinem Diener, sprachest und das Deine Hinterlassenschaft auf dieser Erde ist.«

Salomon stand auf und wandte sich an die Menge. »Unser Herr wankte nie in seinem Versprechen an uns, sein auserwähltes Volk, noch verließ er uns in der Stunde der Not. So sollen auch wir nicht wanken in unserem Versprechen an ihn, sondern seine Gebote und Gesetze einhalten, die er unseren Vorvätern überbrachte. Wisset, alle, die heute hier versammelt sind, und das ganze Volk Israel, dass es nur einen Gott gibt. Es gibt keinen anderen. Die sich gegen ihn wenden oder die Türen ihrer Herzen dem Zutritt falscher Götter öffnen, sollen verbannt werden in die fruchtlose Wüste der Gottlosen, und die ihn ehren, sollen wohnen in einem Tal voll duftender Lilien. Aus diesem Grund also, seid rein vor diesem Tempel wie an diesem Tag. Bringt herbei euer Vieh und lasst dessen Blut die Erde tränken und dessen Fleisch die Flamme nähren im Namen des Allmächtigen.«

Die Menge, ein Meer, das sich vom Tempelhof über den Berghang bis in die gepflasterten Straßen der Stadt erstreckte, jubelte wie mit einer einzigen Stimme. Trompeten erklangen, dann Trommeln und Zimbeln, die die freudigen Rufe der Menschen übertönten. Dann kamen sie, einer nach dem anderen, und brachten den Priestern ihre jungen Schafe und Ochsen, als Preis für die Segnung ihrer Seelen.

Zadok sah dabei zu, wie die Priester die Kehlen der Lebewesen durchschnitten und ihnen einen schnellen Tod bescherten. Die Schafe wurden ihrer Felle beraubt und die Ochsen ihrer Hörner, dann wurden sie gewissenhaft in den Becken gewaschen und zum Feueraltar hinaufgebracht. Dies dauerte an, bis die Nacht sich herabsenkte, so groß war die Zahl der Opfer.

Während der Rauch vom tanzenden Brennhaufen in die Höhe waberte, teilten sich die Sturmwolken und enthüllten einen Streifen klaren Himmels. Zadok erkannte das Zeichen. Er dachte an seinen Vater und den

Vater seines Vaters und jeden einzelnen seiner Vorväter seit der Zeit Aarons, und er erinnerte sich an die alten Geschichten. Es hieß, als die Tiere beim alten Stiftszelt geopfert wurden, fiel Feuer vom Himmel und verschlang das Opfer, und die Menschen keuchten beim Anblick des Schauspiels und warfen sich mit dem Gesicht nach unten zur Erde. Auf solche Weise – im Feuer, das vom Himmel raste, im Teilen der Wolken – zeigte der Herr seine Macht, wenn er Einigkeit zwischen den Menschen und Tugend in ihren Herzen spürte.

Aber wenn das Gegenteil eintraf, waren die Folgen verhängnisvoll. So wie es Aaron und seinem Bruder Mose nicht gestattet gewesen war, das Gelobte Land nach all den Jahren der Wanderschaft durch die Wüste zu betreten, aus keinem anderen Grund, als dass sie mit Menschenhand nahmen, was von göttlicher Macht hätte gegeben werden sollen, so wurden selbst die kleinsten Verfehlungen bestraft. Das Gesetz war eine Messerklinge und es zu befolgen eine gefährliche Gratwanderung. Es gab nicht einen Mann in der Geschichte, der es eingehalten hatte, ohne den scharfen Stich der Klinge der Gerechtigkeit gespürt zu haben.

Im Augenblick zumindest war Gott erfreut und hatte Salomon dies in der Nacht zuvor mitgeteilt. Zadok erinnerte sich an das vertrauliche Treffen mit dem König am Vorabend der Weihe.

»Der Herr sprach zu mir, Zadok«, hatte Salomon gesagt. »Er erschien mir im Traum und sagte: *Ich weihte dieses Haus, das du gebaut hast, und schrieb meinen Namen darauf und dort will ich für immer unter euch weilen.*«

»So ist er erfreut«, antwortete Zadok. »Mein Herz frohlockt bei dieser Nachricht.«

»Ja.« Salomon wandte den Blick ab. »Aber ich erhielt auch eine Warnung. Der Herr sagte: *Wandelst du rechtschaffen vor mir, wie es dein Vater David tat, soll deine Herrschaft über Israel für alle Zeit bestehen. Wie ich es deinem Vater versprach, soll kein Mann eures Hauses euch auf dem Thron Israels enttäuschen. Doch wankst du oder deine Kinder, brecht ihr meine Gebote oder dient ihr anderen Göttern, werde ich Israel niederstrecken und aus meiner Sicht verbannen dieses Haus, das ich geheiligt. Dieses Land, das ich diesem Volk geschenkt, wird öd sein und kahl und dem Feind wehrlos. Und dieses Haus, in dem ich einst wohnte, wird zu Ruinen zerfallen und die, die daran vorübergehen, schaudern und zischen machen. Und Israel, einst groß, wird zum Sprichwort und zum Spott werden unter allen Völkern.*«

»Diese Warnung darf nicht leichtgenommen werden, mein Gebieter.«

»Elf Jahre saß ich auf diesem Thron, Zadok. Zweimal kam der Herr zu mir. Ich kenne das Gewicht seiner Warnungen. Ich werde nicht wanken.«

»Das ist viel verlangt von einem Mann allein: Redlich wandeln, damit nicht ein ganzes Volk leidet.«

Salomon presste die Lippen aufeinander. »Vertraut Eurem König.«

Nun beobachtete Zadok, wie Davids Lieblingssohn Hof hielt über Zehntausende. Der unwissende Jüngling, den der Priester zum König gesalbt hatte, war zu einem Mann herangewachsen, der so stark, fähig und zuversichtlich war, dass das Volk Israels es liebte, in seinem Schatten zu verweilen. Jedes seiner Worte war Wasser für die Durstigen, jede seiner Taten ein Lichtstrahl in der Dunkelheit.

Israel, so schien es, war endlich jener Anführer gewährt worden, der es in die Zukunft führen würde, die es verdiente.

KAPITEL 13

Sieben Tage und sieben Nächte lang kamen die Israeliten zum Gipfel des Berges Moriah und zerrten ihre klagenden Tiere in den Tempelhof, wo sie dem ehrenhaftesten Tod gegenübertreten würden. Der Rauch des Opferaltars war üppig und die gesamte Stadt roch nach röstendem Tierfleisch.

Während dieser sieben Tage arbeiteten die Menschen nicht. Es war eine Zeit der Ruhe und der Besinnung, eine Zeit, um ihren Herrn Jahwe zu ehren. Jeden Tag beteten sie am Tempel und die Priester sprachen ihren Segen über die Notleidenden, Alten und Kranken aus. Zadok staunte über die Feierlichkeit und die Ernsthaftigkeit der Betenden. Es schien, als hätte der Tempel durch sein bloßes Dasein Furcht in ihren Herzen ausgelöst. Nun, da es ein prächtiges Haus gab, das die göttliche Gegenwart umschloss, wirkte Jahwe für die

Menschen greifbarer, die glaubten, er wohne inmitten der makellos gearbeiteten Quadersteine und goldbedeckten Wände. In Zadoks ganzem Leben war es immer dasselbe gewesen: Die Menschen erklärten ihre Frömmigkeit, benötigten aber insgeheim einen Beweis – ein Zeichen des Himmels –, um wirklich zu glauben.

Nächtens war jeder Bürger in den Hof von Salomons Palast eingeladen, an dessen Kammern nun schon seit Jahren gearbeitet wurde. Die Menschen kamen und gingen und hatten teil an Speise und Trank und Musik in Fülle. In der siebten Nacht, als die Tempelweihe ausklang, schlossen sich Zadok und die Leviten den Feierlichkeiten an. Der Hof, der vierzig Ellen zu einer Seite maß und zwanzig zur anderen und einen Miniaturgarten beherbergte, schwirrte von Gesprächen und Gelächter, die das unaufhörliche Lied der Psalter und Harfen übertönten. Ein Feuer in einer Steingrube in der Mitte überzog die Gesichter mit einem Schimmer wie von geschmolzener Bronze.

Als sich Zadok zur anderen Seite des Hofes bewegte, teilte sich die Menge und die Feiernden verneigten sich. Manche traten vor, um seine Hand zu küssen. Er schwang eine Hand über ihre geneigten Häupter, um ihnen seine Gunst zu erteilen.

Eine erhöhte Plattform innerhalb des von Säulen getragenen Bogenganges am Rand des Hofs war der

Bereich des Königs. Fackeln brannten in einem großen Kreis um den königlichen Platz und erschufen eine Barriere aus Feuer. Im Inneren des Flammenringes, am höchsten Punkt der Plattform, saß Salomon. Zu seiner Linken saßen seine ägyptische Frau, Nikali, und ihre älteste Tochter, Basemat, die jetzt vier Jahre alt war. Die rechte Seite des Königs stand seinen Beratern offen, die im Verlauf des Abends kamen und gingen. Im Augenblick war sie vom Heerführer besetzt.

Zadok wartete einen Moment und beobachtete aus der Ferne. Trotz des Trubels der Festlichkeiten sah Nikali losgelöst und vielleicht ein wenig betrübt aus. Drei Jahre waren seit ihrem Verlust vergangen, doch sie trauerte noch immer. Selbst ihr unnahbares ägyptisches Wesen war ihr keine Hilfe gewesen, als sie erfahren hatte, dass ihr Sohn, weniger als ein Jahr nach Basemat geboren, in ihrem Leib von der Nabelschnur erstickt worden war. Der Junge hatte eine furchtbar blaue Färbung gehabt, als er geboren wurde. Sämtliche Ärzte im Königreich hatten versucht, ihn zu retten, doch es war zu spät.

An diesem Tag hatte Nikali mehr Gefühle gezeigt, als Zadok ihr jemals zu empfinden zugetraut hätte. Durch ganz Davidsstadt war ihr Heulen geklungen, ein verzweifeltes Flehen an die Götter, die ihr Schicksal besiegelt hatten. Obwohl Zadok ihr in all den Jahren, die er sie kannte, nie vertraut hatte, war es schwer, ihre Qual nicht nachzuempfinden. Für alle Eltern war es hart, ein Kind zu verlieren, aber einen Sohn zu verlieren war ein schwerer Schlag – besonders für die Frau eines Königs.

In der Festnacht schien Salomon ihre Stimmung nicht zu bemerken, da er in ein Gespräch mit Benaja vertieft war. Als er Zadok erblickte, winkte er den Priester heran.

Während Zadok sich näherte, bemerkte er die gerunzelte Stirn des Königs unter seiner Krone. An einem Festtag sah er besorgt aus. Salomon und Benaja verneigten sich vor ihm und er erwiderte die Geste.

»Benaja berichtete mir gerade davon, dass sich alte Feinde gegen uns rühren«, sagte Salomon. »Hadad von Edom ist am Leben.«

Zadok neigte den Kopf. Hatte er das richtig verstanden? »Das kann nicht sein. Seine gesamte Familie wurde vor Jahren auf Befehl Eures Vaters getötet.«

»Ich war dabei«, sagte Benaja. »Ich sah die Verräter samt und sonders durch Joabs Schwert fallen. Wir ließen sie in ihrem Blut liegen. Sie konnten ihren Wunden nicht entkommen.«

»Und doch, durch ein Wunder, überlebte Hadad.« Salomon spähte über die Schulter hinweg zu seiner Frau und seiner Tochter. Er senkte die Stimme. »Er versteckte sich in Ägypten unter dem Schutz des Pharao Siamun. Er war damals nur ein Kind. Der Pharao erzog ihn auf ägyptische Weise und machte ihn zum Leutnant seiner

Armee. Er gab ihm sogar die Schwester der Königin zur Frau. Als Siamun starb, blieb er am Hof von Psusennes und stieg im militärischen Rang auf. All diese Jahre war mir das nicht bekannt.«

»Was wurde aus ihm?«, fragte Zadok.

»Er ließ sich erneut in Edom nieder. Man sagt, er bereitet seine Rückkehr auf den Thron vor.« Benaja legte eine Hand auf das *Chepesch*, das an seiner Hüfte hing, und wandte sich an Salomon. »Die Armee erwartet Euer Wort, mein Gebieter. Wir stürzen uns auf ihn, wenn dies Euer Befehl ist.«

Salomon strich sich über den Bart. »Nein. Er ist ein Verbündeter Ägyptens. Wir können es nicht wagen, den Pharao zu verärgern.« Er richtete seinen Blick nach links, dann zurück zu seinen Beratern. »Ich habe einen anderen Plan.«

Benaja verneigte sich. Der Absicht des Königs gewiss, starrte Zadok ihn an. Er hielt es für Torheit. »Mein Gebieter, wenn alles ans Licht kommt, verbünden sich Menschen vom gleichen Schlag miteinander. Vergesst das nicht.«

Der König winkte ab. »Ihr dürft jetzt gehen.«

Die beiden Männer traten vom Thron zurück. Zadok kannte Salomons Herz gut genug, um zu begreifen, dass er in dieser Angelegenheit still sein musste.

Nikali stand zwischen den Betten ihrer beiden Töchter, die friedlich in Nestern aus weißem Leinen schlummerten. Welch ein Glück, nichts von dem Schmerz zu wissen, der sich in Herzen barg, vom langsamen Ausbluten offener Wunden.

Tafat, ihre Jüngste, trank noch von ihrer Brust; Basemat war gerade vor zwei Wochen vier geworden, aber ihr Geburtstag war im Durcheinander der Vorbereitungen für die Weihe von Salomons Tempel untergegangen. Solche Versehen waren Nikali nicht länger wichtig. Nachdem sie ihren Sohn verloren hatte, den Jungen, von dem sie vorgehabt hatte, ihn Scheschonq eines Tages als seinen Samen und Erbe vorzustellen, fühlte sie sich, als hätte ihr jemand die Knie mit einer Eisenstange zertrümmert und sie gelähmt. Es war nicht so sehr der Verlust des Kindes – solche Dinge geschahen –, sondern vielmehr die Auslöschung der Möglichkeit, auch nur ein winziges Stück des ägyptischen Throns einzufordern. Wenn das Schicksal ihr nicht erlaubte, Königin ihres Heimatlandes zu sein, dann war sie entschlossen, ihr Los zu überwinden, indem sie einen zukünftigen Pharao gebar.

Selbst das war ihr nicht vergönnt.

Ihre Gedanken kehrten an jenen elenden Tag zurück. Ihre Geburtswehen waren mitten in der Nacht gekommen – ein sicheres Anzeichen für Schwierigkeiten – und stärker gewesen, als sie es bei ihrer Erstgeborenen erlebt hatte. Unfähig, ihr Bett zu verlassen, hatte sie nach ihrer Pflegerin gerufen. Aus Gründen, die sie noch immer nicht kannte, war diese nicht in der Nähe gewesen.

Da Nikali in ihrem eigenen Palast lebte, außerhalb der eingefriedeten Stadt, reagierte vor Tagesanbruch, als die Diener ihre Arbeit aufnahmen, niemand auf ihre gequälten Schreie. Zu diesem Zeitpunkt zitterte sie und war so erschöpft, dass sie kaum die Kraft hatte, zu pressen.

Sie würde den Schmerz der darauffolgenden Stunden niemals vergessen. Schweißüberströmt und mit dem Gefühl, ihre Lenden wären mit einem Messer durchbohrt worden, quälte sie sich, um das Kind zu gebären, dessen Schulter statt seines Kopfes zuerst erschien. Sie erinnerte sich daran, durch die zusammengebissenen Zähne geheult und die Betttücher mit den Fäusten gepackt zu haben, als die Pflegerin rief: »Presst fest, Gebieterin. Dieses Kind hat die Größe eines Wildschweins.«

Als der Kopf endlich herauskam, hörte sie die Pflegerin keuchen. Zu schwach, um zu begreifen, dass sie das Kind noch nicht hatte weinen hören, fragte Nikali nur: »Ist es ein Junge?«

Die Pflegerin beachtete die Frage nicht und rief einer der Dienerinnen zu: »Hol den Heiler! Schnell!«

Nikali fühlte sich kalt und blass. Sie wusste, dass sie viel Blut verloren hatte. Mit kaum hörbarer Stimme wiederholte sie: »Ist es ein Junge?«

Wieder keine Antwort. Der Heiler, der Levit Berechja, riss die Tür auf und machte sich nicht die Mühe, sie zu schließen. Sie begriff, dass etwas nicht in Ordnung war und wollte sich auf ihre Ellbogen aufstützen. Die Anstrengung erschöpfte sie. Das Letzte, was sie sah, bevor sie ohnmächtig wurde, war Berechja, der sich über einen entsetzlich blauen Jungen beugte.

Wäre die Pflegerin früher gekommen, hätten sie das Kind vielleicht retten können. Sie aus dem Königreich zu verbannen, war das Wenigste, das Nikali in der Folge tun konnte, aber es würde ihr ihren Sohn nicht wiederbringen.

Drei Jahre später quälte sie der Gedanke noch immer. Obwohl sie nach dem Todesfall tapfer versucht hatte, noch einen Sohn zu empfangen, wurde sie bald mit einer weiteren Tochter belohnt. Sie verfluchte ihr Unglück, dessen Grausamkeit dadurch verschlimmert wurde, dass Scheschonq längst aufgehört hatte, ihr zu schreiben.

In einem Brief aus dem Palast hatte sie gelesen, dass ihm und seiner Meschwesch-Frau ein Sohn geboren worden war – ein weiterer Schlag, und einer, von dem sie sich nicht erholen konnte. Ihr Traum war verblasst.

Sie verließ das Kinderzimmer und ging die vertrauten Schritte zu Salomons Gemächern. Sie hatte sie gezählt – sechshundertsechsundsechzig –, um sich auf dem zweimal in der Woche stattfindenden Fußmarsch, um ihrem Gatten Vergnügen zu bereiten, zu zerstreuen. Er kam nie zu ihr; es war eine Frage des Protokolls. Sie verspürte einen neuerlichen Stich der Sehnsucht, bei ihrem Volk zu sein, wo Frauen verehrt wurden und aus freien Stücken mehrere hunderte Schritte gingen, nicht aus Zwang. Sie schüttelte das Gefühl ab. Dieser Tage gestatte sie solchen Empfindungen nicht, zu verweilen. Sie hatte sich zu einem inneren Umbruch gezwungen, denn nur auf diese Weise konnte sie ihr Schicksal ertragen.

Zweihundertzweiundzwanzig.

Wie die Leoparden des flussnahen Waldes beobachtete sie von einem hochgelegenen Ast aus und wartete auf den richtigen Moment zum Sprung. Frauen wie sie vergaßen niemals. Es mochte Jahre dauern, bis sie ihre Rache nehmen konnte, aber der Tag würde zweifelsohne kommen, an dem der Räuber ihrer Freiheit bezahlen würde. Und er würde es niemals vorhersehen.

Dreihundertzwölf.

Die Erinnerung an ihren Liebsten rückte immer weiter fort. Es waren nun fast sechs Jahre vergangen, seit sie Ägypten verlassen hatte. Dachte Scheschonq an sie? Sehnte er sich noch nach dem Thron? Erinnerte er sich an sein Versprechen, das er ihr in jener Herbstnacht gegeben hatte, als der Erntemond seinen Glanz über den Nil scheinen ließ?

Sie selbst hatte auch ein Versprechen gegeben. »Der König von Israel wird mein Herz niemals kennen«, hatte sie zu ihm gesagt. Wenn auch der Gedanke an eine Wiedervereinigung mit ihrem Liebsten in hoffnungslose Ferne gerückt zu sein schien, hielt sie sich jetzt und immerdar an ihr Versprechen. Sie hatte ihren Körper hingegeben und Freundschaftlichkeit vorgetäuscht, aber nichts sonst: Es war alles eine Fassade für eine leere Schatzkammer.

Fünfhundert.

Sie fühlte sich atemlos. Sie blieb stehen und fasste sich an die Brust. Sie musste Scheschonq sehen. Gewiss würde ihr Anblick ihn erregen, wie er es in der Vergangenheit so oft getan hatte. Seine Meschwesch-Frau war ein unwesentliches Hindernis. Keine Wüstenbewohnerin konnte Nikali Tascheres Schönheit das Wasser reichen oder sich mit ihren Verführungskünsten messen. Dessen war sie sicher. Sie musste sich ihm nur anbieten und dann konnte sie ihn zurückgewinnen.

Sie musste nach Ägypten gelangen. Und sie glaubte zu wissen, wie.

Sie beschleunigte ihre Schritte. *Fünfhundertfünfundneunzig … Sechshundertundsechs.*

Die schweren Doppeltüren von Salomons Schlafgemach waren in Sicht. Sie rannte die letzten Schritte und erreichte die Schwelle des Königs atemlos. Kaum hatte sie geklopft, da öffnete er die Tür. Er hatte auf sie gewartet.

Er zog sie in seine Arme und küsste sie gierig. Während der sieben Tage der Feier hatte er auf Beischlaf verzichtet und sein Hunger war allmählich gewachsen. Sein Bart stach ihr Gesicht, während er ihren Mund verschlang.

Er drückte sie gegen die Wand. Sein Schweiß sickerte in ihre Schlaftunika. Seinem schnellen, verzweifelten Atem und seiner unnachgiebigen Ungeduld nach zu urteilen, würde der heutige Vorstoß schnell geschehen. Doch sie hatte etwas anderes im Sinn.

Sie drückte ihn sanft zurück. Ein verwirrter Ausdruck überkam seine Züge, aber mit einem schelmischen Lächeln machte sie deutlich, dass sich die Planänderung lohnen würde. Sie führte ihn zum Bett und löste seine Tunika, bis sie offen genug war, dass sie ihm leicht über die Schultern glitt.

Sie küsste seinen Hals und flüsterte: »Legt Euch nieder.«

Er legte sich nackt auf die Schafsfelle. Seine Brust hob und senkte sich wie die Wellen der tosenden See. Seine Augen waren auf sie gerichtet, als sie zu dem Tisch ging, auf welchem er einen Topf voll dickflüssigem Thymianhonig aufbewahrte. Jede Nacht vor dem Schlafengehen nahm er einen Löffel davon; er sagte, es helfe ihm, einzuschlafen. Sie neigte den Topf und ließ einen Tropfen auf ihre Fingerspitze fallen. Seinen Blick mit ihrem gefangen haltend leckte sie langsam den Finger ab, bis der gesamte kostbare Nektar verschwunden war.

Mit dem Honigtopf in der Hand ging sie zu ihm. Sie stellte das Gefäß auf ein Schafsfell und schlüpfte aus ihrer Tunika, enthüllte einen schlanken Körper, der trotz drei Geburten noch immer straff war und von einem dünnen Schweißfilm schimmerte.

»Ihr mögt König sein, doch heute Nacht befehlige ich. Vertraut Ihr mir?«

Er nickte, wenngleich eine ängstliche Erwartung in seinen Augen geschrieben stand. Offensichtlich hatte er keine Ahnung, was auf ihn zukam. Kein Israelit oder Ammoniter oder Sunamit kannte die Liebesgeheimnisse der Ägypter.

Sie hielt den Honigtopf über seinen Oberkörper und neigte ihn, sodass zwei Tropfen auf seinen Nabel fielen. Sie beugte sich hinunter und leckte sie mit der Zunge fort. Er bebte.

Mit der Reaktion zufrieden tröpfelte sie den Honig tiefer, und dann noch tiefer. Seine Augen wurden groß, als sie die goldene Flüssigkeit dort verteilte, wo sie sie haben wollte. Sie blinzelte langsam und lächelte, dann senkte sie den Kopf und schob ihr Haar beiseite, damit er zusehen konnte.

Als sie das erste Mal kostete, fuhr ein Ruck durch seinen Körper. Sie machte ununterbrochen weiter, bis sein leises Stöhnen zu Begeisterungsschreien wurde.

Es war eine Macht, die sie über Männer besaß – alle Männer. Sie setzte sie nicht oft ein, nur wenn sie sicherstellen wollte, dass die Dinge nach ihrem Kopf gehen würden.

Nikali legte sich neben Salomon und wartete, bis er sich wieder gefangen hatte.

Er streichelte ihr übers Haar. »Meine Lilie, meine Taube, mit Euren exotischen Sitten nahmt Ihr mir den Atem. Ihr ließet mich zu einen Ort aufsteigen, dessen Türen mir verschlossen waren, bis Ihr sie geöffnet habt.«

»Ein Mann, der so mächtig ist wie Ihr, verdient es, jeden Farbton der Liebe zu kennen.« Sie klang, als meinte sie es ernst.

»Morgen lasse ich den königlichen Goldschmied eine Kette mit neuen Rubinen von den Händlern des Ostens für Euch anfertigen. Sie brachten mir einen äußerst seltenen Stein, so groß wie eine Löwenpranke. Er ist der Einzige im Morgenland – nein, in ganz Mesopotamien. Ich will, dass er Euch gehört.«

»Aber mein Gebieter, ich begehre nicht noch mehr Juwelen.« Sie sah fort und seufzte.

Er stützte sich auf einen Ellbogen. »Was ist es dann, das Euch gefiele? Nennt es mir; es soll Euch gehören.«

Sie streichelte seinen Unterarm. »Mein Vater … er ist krank. Ich fürchte, er …« Sie zwang sich einen missmutigen Ausdruck ins Gesicht. »Ich möchte zu ihm gehen, mein Gebieter.«

Er hob zu reden an, wurde aber von einem raschen Klopfen unterbrochen. Er drehte sich zur Tür um.

Sie setzte sich auf und drückte ihren Körper an seinen. »Antwortet nicht.«

Er bedachte sie mit einem verwunderten Blick.

»Ihr sagtet, ich könne alles haben, das mir gefiele.« Sie küsste seine Schulter. »Ich wünsche nur zwei Dinge: die Erlaubnis, meinen erkrankten Vater zu sehen.« Ihre Lippen bewegten sich an seinem Hals hinauf zu seinem Ohr und sie flüsterte: »Und Eure Liebe jetzt in diesem Augenblick.«

Es klopfte wieder. Eine Männerstimme – sie konnte nicht sagen, wessen – rief: »Mein Gebieter. Mein Gebieter!«

Salomon schenkte ihm keine Beachtung und suchte nach ihren Lippen. Er hatte seine Wahl getroffen. Nikali bemitleidete ihn für seine Schwäche. Selbst während sie Leidenschaft vortäuschte, plante sie die Rückkehr in ihr Heimatland – und zu dem einzigen Mann, den sie liebte. Sie würde bei Sonnenaufgang abreisen.

Von der drohenden Gefahr verzehrt, lag Zadok in der Nacht wach. Hadad und seine Bande Unzufriedener waren unterwegs. Judäischen Kundschaftern in der Wüste zufolge hatten sie Edom verlassen und bewegten sich nach Norden durch die Wildnis von Zin. Es war nicht unvorstellbar, dass sie Jerusalem im Morgengrauen erreichen würden.

Er hatte versucht, Salomon zu warnen, aber seine dringliche Bitte war unbeantwortet geblieben. In all den Jahren, in denen Zadok Salomon gedient hatte, war ihm niemals eine solch schamlose Missachtung widerfahren. Was könnte wichtiger sein als die Sicherheit des Landes?

Er kannte die Antwort, hasste es aber, sie hinnehmen zu müssen. Dass der König die Liebe einer Frau über Fragen der Verteidigung stellte – über die Sicherheit seines eigenen Volkes – war unvorstellbar. Es wühlte sein Innerstes auf. Er schloss die Augen und beschwor den Herrn, ihm Gelassenheit zu schenken.

Das laute Klopfen an der Tür zerstörte den Frieden seiner Meditation. Am anderen Ende der einräumigen Hütte, die Zadok sein Zuhause nannte, ging der Atem seines Sohnes Ahimaaz gleichmäßig. Leise stand er auf und ging zur Tür.

Er sprach durch die Bretter hindurch. »Nennt Eure Absicht.«

»Ich bin es, Zadok. Lasst mich hinein.«

Der König? Inmitten der Nacht beim Haus eines Priesters? Die Abenteuerlichkeit des Gedankens ließ ihn zusammenzucken. Er öffnete die Tür. Salomon stand auf der anderen Seite seiner Schwelle, in einer einfachen grauen Tunika und in einen Bettlerumhang gehüllt. »Mein Gebieter. Dies ist höchst ungewöhnlich.«

Salomon schob sich ins Haus. Zadok schloss die Tür und tastete im Dunkeln nach der Öllampe. Sie war beinahe leer, doch er entzündete sie trotzdem und sie setzte ein schwaches Licht frei. Er sah seinen Besucher prüfend an. Trotz seiner bescheidenen Erscheinung war Salomon wachsam, selbstsicher – ganz und gar Herrscher.

Er ließ seine abgewetzte Kapuze auf die Schultern hinabrutschen und enthüllte ein zerzaustes Gewirr schwarzer Locken. Es sah ihm unähnlich, derart ungepflegt zu sein. Es war, als versuche er, sich zu verkleiden. »Wisst Ihr, warum ich herkam, Zadok?«

»Vielleicht um zu erklären, warum Ihr meine Besuche früher am Abend missachtet habt?« Zadoks Tadel war härter als beabsichtigt. »Ich war gekommen, Euch zu warnen. Hadad von Edom plant einen Angriff auf Euch.«

»Und Ihr glaubt nicht, dass ich das schon weiß?«

»Woher könnt Ihr das wissen? Wir erhielten gerade erst Nachricht, als Ihr …« Er verstummte.

»Ihr überrascht mich, Zadok. Ihr solltet größeres Vertrauen in Euren König haben.«

Zadok stützte sich auf seinen Stock und stieß einen langen Atem aus. »Vergebt mir.«

»Als die Kunde kam, dass Hadad aus Ägypten zurückgekehrt ist, entsandte ich einen geheimen Beobachter an den edomitischen Palast in Sela. Er berichtet über jede Bewegung Hadads. Ich wusste seit gestern, dass seine Männer in der Wüste Zin und auf dem Weg nach Jerusalem sind.«

»Wenn Ihr all das wisst, weshalb habt Ihr nicht umgehend gehandelt?«

»Ich habe nicht die Absicht, eine Armee zu entsenden, wenn das Eure Frage ist. Meine Taktik ist eine andere.« Salomon warf einen Blick auf den schlafenden Ahimaaz, dann senkte er seine Stimme fast bis zu einem Flüstern. »Ich weiß, was Hadad vorhat. Er will durch den alten jebusitischen Wasserschacht eindringen und die Stadt hinterrücks überfallen. Möglicherweise hält er es für ironisch, Jerusalem auf dieselbe Weise zu betreten wie mein Vater vor so langer Zeit.«

Zadok nickte. Der König war ihm einen Schritt voraus. Er hätte es wissen müssen. »So habt Ihr den Wasserschacht befestigt?«

»Benaja und seine mächtigen Krieger lagern im Schacht und lauern den Edomitern auf. Wenn Hadad und seine Männer die Stadt erreichen, voraussichtlich im Schutz der Nacht, wird sich nichts rühren. Sie werden glauben, wir hätten keine Verteidigung und sie wären im Vorteil. Sie werden nicht mit einem Gegenangriff rechnen. Doch das ist es, was sie erwartet, denn ich wies Benaja an, über die Edomiter herzufallen und keinen von ihnen am Leben zu lassen.«

»Aber mein Gebieter, wenn Benaja im Schacht ist, wer beschützt dann *Euch?*«

»Auch daran habe ich gedacht. Ich beabsichtige, Jerusalem zu verlassen.«

Zadok erschrak. »Die Stadt wird angegriffen werden und Ihr werdet … fliehen?«

»Ihr habt mich nicht recht verstanden, alter Freund. Es wird ein rascher Schlag werden. Hadad wird nicht die Gelegenheit erhalten, Jerusalem zu stürmen. Er wird am Kidron den Tod finden, weit außerhalb der Stadt.«

»Selbst dann: Warum fliehen?«

Salomon zögerte. »Es gibt etwas, um das ich mich kümmern muss.«

»Etwas Wichtigeres als das?« Zadok deutete auf die Stadt.

»Der Pharao ist schwer erkrankt; ein Lungenleiden, sagen die Briefe. Berechja besitzt die Gabe der Heilung, die Macht, Psusennes wieder gesunden zu lassen. Ich werde ihn nach Tanis bringen.«

Zadok fuhr sich mit einer Hand durchs raue, silberdurchwobene Haar. »Mein Gebieter, das ist eine Torheit. Ihr müsstet durch Zin reisen. Solange Hadad einen Angriffstrupp durch die Wildnis führt, ist der Weg nach Ägypten nicht sicher.«

»Ich werde nicht die Wüstenstraße bereisen. Meine Karawane wird der Meeresstraße folgen. Die Männer satteln gerade die Kamele. Wir werden vor Sonnenaufgang aufbrechen.«

Zadok starrte den König an. Es war offensichtlich, dass seine Entscheidung gefallen war, und dass kein Mann, nicht einmal der, dem er am meisten vertraute, ihn würde umstimmen können. Eine plötzliche Vorahnung durchbohrte seinen Bauch wie Nadelspitzen. Möglicherweise ging es nicht um Psusennes und sein lebensbedrohliches Lungenleiden.

»Die Königin … wird sie mit Euch gehen?«

»Sie geht, aber nicht mit mir. Sie reist bei Tagesanbruch ab. Eldad führt die Karawane nach Tanis.«

Sein Verdacht bestätigte sich. Entweder konnte Salomon es nicht ertragen, von Nikalis Seite zu weichen, oder er traute ihr nicht genug, um sie allein nach Tanis gehen zu lassen. Aber warum getrennt reisen?

»Ich verstehe nicht. Warum soll eine Frau nicht zusammen mit ihrem Gatten eintreffen?«

»Ich muss eine Ablenkung schaffen. Nikalis Karawane wird durch Zin reiten und voraussichtlich auf Hadad treffen. Das wird ihn verlangsamen und mir erlauben, die Stadt unbemerkt zu verlassen.«

Zadoks machte große Augen. »Aber Ihr sendet Euer Weib und Eure Männer in den Tod.«

Salomon schüttelte den Kopf. »Hadad wird Nikali kein Leid zufügen. Sie ist Ägypterin. Er schwor den Pharaonen, denen er diente, Gefolgstreue – und einer von ihnen ist ihr Vater. Er würde diesen Eid nur unter Todesqualen verletzen.«

»Ihr benutzt sie als Köder.«

Er antwortete nicht. Das musste er nicht.

»Selbst wenn Ihr Euch nicht sorgt, dass er ihr etwas antun könnte, solltet Ihr darüber besorgt sein, was sie ihm erzählen könnte. Seht in Euer Herz hinein: Habt Ihr genug Vertrauen in sie, um zu glauben, dass sie Euch nicht verraten wird?«

»Es wird spät.« Salomon schlug sich den Umhang über den Kopf. »Ich muss gehen. Die Männer erwarten mich.«

Zadok ergriff das Handgelenk des Königs, als dieser zur Tür ging. Salomon sah ihn verwundert an. »Sagt mir, Salomon.« Er verzichtete auf Ehrentitel. »Weiß sie, dass Ihr nach Tanis geht?«

Er löste sich aus seinem Griff, unterbrach aber nicht den Augenkontakt. »Nein. Sie weiß es nicht.«

Zadok verstand. Salomons Reise nach Tanis war überhaupt kein Heilungsvorhaben. Auf diese Weise stellte er sicher, dass Nikali ihn nicht betrog – oder dass er sie ertappen würde, wenn sie es täte. So besessen war er von ihr. Er wollte endlose Warnungen ausstoßen, entschied sich aber dagegen; Salomon würde es ohnehin verneinen.

Als ob er Zadoks Gedanken gelesen hatte, sagte Salomon: »Ich tue das zu ihrer Sicherheit. Sie kann nicht gezwungen werden, einzugestehen, was sie nicht weiß.«

»Wir können uns selbst von allem überzeugen. Doch der Herr weiß, was in unseren Herzen ist.«

»Mein Herz ist rein vor Gott, und so auch meine Liebe zu ihr. Zweifelt nicht daran.« Er nickte zum Bett. »Weckt Ahimaaz und sagt ihm, er soll mich bei den Toren treffen. Er wird mit uns nach Ägypten reisen.«

Salomon legte Zadok sanft die Hand auf die Schulter, wie um ihn zu beschwichtigen, und ging.

Beim Geräusch der zuschlagenden Tür setzte sich Ahimaaz pfeilgerade auf und zog ein *Chepesch* unter seinem Kissen hervor. Zadoks jüngster Sohn hatte die Kunst des Schwertes gemeistert. Salomon wusste das und wünschte ihn an seiner Seite.

»Das war der König«, sagte Zadok. »Er verlangt, dass Ihr ihn auf eine Reise begleitet.«

Ohne Worte zu vergeuden, stand Ahimaaz rasch auf und sammelte sich für die ihm zugewiesene Aufgabe.

Zadok sah aus dem Fenster und beobachtete Salomon, der auf die Tore zuschritt. Seine verhüllte Gestalt wurde kleiner und kleiner, bis sie von der Dunkelheit verschlungen wurde.

KAPITEL 14

In der vierten Nacht nach ihrer Abreise aus Jerusalem erreichte die Karawane, die Nikali Taschere nach Tanis brachte, die Wildnis von Zin. Das Kamel schüttelte seinen Reiter durch, während es versuchte, auf dem felsigen Grund festen Tritt zu finden.

Nikali zog den langen Schleier aus, der ihre Identität verbarg, und betrachtete die vorüberziehende Landschaft. Die Karawane hatte einen Durchgang zwischen zwei flachen Bergen erreicht und die Kamele schritten auf einem ausgetrockneten Flussbett vorwärts. Jeder über die Jahrhunderte von starken Winden in die Felsen gebrannte Schwung wurde vom blaugrauen Schein des Mondes verstärkt.

Die Steine hatten Geschichten zu erzählen. Durch diese Ländereien waren die Hebräer vor Hunderten von Jahren auf der Suche nach einem neuen Ort gezogen, dem sie nach dem Auszug aus Ägypten eine Existenz abringen konnten. Hier waren sie vierzig Jahre umhergewandert, wie es hieß, im Kreis, unfähig, ihren Weg zu finden. *Das geschah ihnen recht,* dachte Nikali. Wie undankbar sie für die wohltätige Aufnahme gewesen waren, die sie bei den Ägyptern gefunden hatten. Als sie an die Arbeit geschickt wurden, nannten sie es Sklaverei, während sie doch tatsächlich nur ihr tägliches Brot verdienten. So war es nun einmal mit minderwertigen Völkern: Immer wollten sie etwas haben und nichts dafür geben.

Sie lehnte sich im Zedernsattel zurück, der eigens für ihren Gebrauch von den Zimmermännern aus Salomons Königreich hergestellt worden war, und lauschte dem Chor des Knisterns, wenn der trockene Kalkstein unter dem Gewicht der beladenen Kamele zerfiel. Die Durchquerung würde einen Tag dauern, vielleicht zwei, falls die Tiere keine Büsche zur Nahrungsaufnahme fanden, und sie in die Wildnis von Sur führen: zur ägyptischen Grenze.

Ihr Herz schlug schneller. Sie betrachtete den tiefblauen Himmel, der mit Sternenstaub geschmückt war, und dachte über die Fehlerlosigkeit ihres Plans nach. Sie würde die besorgte Tochter spielen, gekommen, um ihren Vater gesund zu pflegen. Tag und Nacht würde sie sich um ihn kümmern und warten, bis sein Heerführer um Audienz bat. Wenn ein Pharao erkrankte, war es üblich, dass sich seine obersten Beamten an seinem Bett versammelten, anstatt beim Thron. Früher oder später würde Scheschonq kommen – und sie würde ihn überraschen.

Sie stellte sich den Ausdruck auf seinem Gesicht vor, wenn er ihr nach all diesen Jahren begegnete. Obwohl viele Parfums für sie gemacht worden waren, seit sie Salomons Königin geworden war, würde sie ihren alten, vertrauten Duft tragen, den einen, der Scheschonq vor Entzücken wahnsinnig machte. Sie würde sein Lieblingskleid tragen, ein einschultriges, figurbetontes, weißes Leinenkleid, mit goldenem Faden gewirkt, der funkelte wie die Sterne. Sie hatte es nicht getragen, seit sie Ägypten verlassen hatte, sondern es in einer Truhe versteckt und auf diesen Augenblick gewartet.

Sie lächelte. Es war eine Verführung, die sie auskosten würde.

Einer von Salomons Offizieren, Eldad, ritt neben sie. »Meine Gebieterin, es ist meine Pflicht, Euch davon zu unterrichten, dass zwei Wege vor uns liegen. Einer wird die Reise nach Ägypten beschleunigen, aber er könnte tückischer sein. Es heißt, es gibt Wegelagerer in diesem Teil der Wüste.«

»Und der andere Weg?«

»Er dauert einen Mond länger.«

»Sind Eure Männer bewaffnet?«

»Das sind sie, Gebieterin. Aber wir zählen nicht viele. Es ist gefährlich.«

Nikali betrachtete das Gefolge. Sie zählten zwanzig. Alle waren kräftige und wachsame Männer mit *Chepeschs* und zweischneidigen Bronzeschwertern an den Hüften. Keiner trug eine Rüstung; bei einem Angriff wäre das ein Nachteil.

»Gebieterin«, drängte Eldad. »Was sollen wir tun?«

Sie dachte kurz darüber nach. Sie sehnte sich danach, Tanis so schnell wie möglich zu erreichen, doch sie wusste auch, dass Angriffe von Wüstenbanditen tödlich enden konnten. So weit gekommen zu sein, nur um von Gesetzlosen ausgeraubt oder verletzt zu werden, oder schlimmeres, war ein Wagnis, das sie nicht eingehen wollte.

Der kurze Weg, den Eldad vorgeschlagen hatte, war als Ödland bekannt. Nikali kannte es gut. Wegen des feindseligen Geländes war es in der Vergangenheit von ägyptischen Soldaten als Versteck benutzt worden, wenn sie einen Vorstoß in kanaanäisches Land vorbereiteten. Überall lagen Felsen umher, die es erschwerten, zu erkennen, wo Gefahr lauerte.

Falls sich Banditen hinter diesen Felsen versteckten, war ein Angriff wahrscheinlich – und das würde die Karawane zweifelsohne lähmen. Aber ein solcher

Zusammenstoß war seit Jahren nicht geschehen. Die starken Beziehungen zwischen Salomons Jerusalem und dem Tanis ihres Vaters hatten die Gesetzlosigkeit eingedämmt.

Sie umfasste das Lapislazuliamulett, das zwischen ihren Brüsten hing. Es war für ihre Großmutter, ein Mitglied der thebanischen Oberschicht, in der Form eines Herzens geschliffen und später an die Frauen der nachfolgenden Generation weitergegeben worden, zum Schutz vor Zauberei. Es hieß, es symbolisiere die Quelle weltlichen Lebens und verleihe die Macht, zwischen Gut und Böse zu entscheiden. Nikali trug es stets auf langen Reisen oder wenn sie die Gunst der Götter brauchte.

Das Bild von Scheschonqs Gesicht zog vor ihrem geistigen Auge auf. Wenn alles gut ginge, würde ihr der alternative Weg einen Tag mehr mit ihrem Liebsten schenken. Sie suchte am Himmel nach dem *Ba* ihrer Vorfahren, deren Seelen dem Glauben nach die Formen von Sternen annahmen. Sie hatte auf eine Nachricht gehofft, aber die Wolken, die reglos am Himmel hingen, verhinderten den vollen Blick auf die Gestirne, in denen so oft die Antworten lagen.

Wärme strömte von der glatten Oberfläche des Talismans in ihre Handfläche. Sie verstand es als Zeichen. Sie wandte sich an Eldad. »Wir werden das Ödland durchqueren.«

Die Züge des Offiziers verhärteten sich, doch er sagte nichts. Er ritt zu den versammelten Männern und stieß eine Reihe kurzer Befehle aus, ehe er die Führung übernahm. Die Karawane reihte sich ein und folgte der angeordneten Strecke.

Nikali lehnte sich in ihrem Sattel zurück und atmete langsam aus. Sie verspürte einen Stich des Zweifels, zwang ihn aber fort. Sie war überzeugt, die richtige Wahl getroffen zu haben.

Das Heulen eines Schakals in der Ferne ließ sie aus tiefem Schlaf aufschrecken. Nikali setzte sich auf, für einen Moment ungewiss, wo sie sich befand. Sie rieb sich die Augen und die Welt rückte in ihr Blickfeld. Als sich der Nebel lichtete, der ihren Verstand umfangen hatte, hörte sie das Heulen erneut.

Ihre Nackenhaare richteten sich auf. Das war nicht der Ruf eines Schakals.

Mit aufgerissenen Augen blickte sie sich um. Weiter vorn geschah etwas, das hinter einer Wolke aus silberfarbenem Staub verborgen blieb.

»Eldad«, rief sie. Als sie keine Antwort erhielt, nahm sie die Gerte, die am Sattel festgebunden war, und schlug damit auf die Hinterläufe des Kamels. Das beladene Tier grunzte und lief schneller. Nikali lenkte es auf die Staubwolke zu.

Als sie näher an das Gefecht heranritt, hörte sie die eindringlichen Rufe von Männern und das Rasseln von Schwertern. Warmes Blut rauschte in ihre Magengrube. Wovor Eldad sie gewarnt hatte, war eingetreten.

Ein verängstigtes, reiterloses Kamel stürzte aus der Wolke und raste auf sie zu. Ehe Nikali die Gelegenheit dazu hatte, ihr Kamel aus dem Weg zu lenken, prallten die beiden Tiere gegeneinander und stürzten zu Boden. Der Aufprall presste ihr die Luft aus der Lunge.

Ihr Blickfeld war mit dem gelbbraunen Fell des Tieres angefüllt, dessen Hals ausgestreckt auf ihrer Brust lag. Sie rang nach Atem. Sie spürte, wie Hände unter ihre Achseln griffen und sie aus der Falle zogen. Die schmerzenden Rippen umklammert und würgend rollte sie sich zur Seite.

Ein Mann erschien. Zuerst sah sie seine Beine, große, haarige Klötze, die in sandalentragenden Füßen endeten, welche so staubig und harthäutig waren, dass es schien, als durchwandere er die Wüste schon seit Ewigkeiten. Sie hob den Blick und sah ihn: einen kräftigen, dunkelgesichtigen Fremden, dessen struppiger schwarzer Bart den finsteren Blick, zu dem sein Ausdruck geworden war, nicht zu verbergen vermochte.

Er betrachtete sie mit zusammengekniffenen Augen. »Ich kenne Euer Gesicht.«

Mit dem Handrücken wischte sie sich den Staub vom Mund. »Ich kann nicht dasselbe behaupten.«

Er streckte ihr eine Hand entgegen. Sie ergriff sie nicht, sondern nutzte ihre letzten Kraftreserven, um allein aufzustehen. »Wer seid Ihr?«

»Mein Name ist Hadad.« Er nickte in Richtung Osten. »Ich komme aus Edom.« Er verschränkte die Arme vor der Brust. »Und Ihr stammt vom ägyptischen Hof. Ich sah Euch dort. Ihr wart damals jünger.«

Plötzlich erinnerte sich Nikali an sein Gesicht. Konnte es möglich sein? Sie sah sich um. Die Israeliten waren entweder gefallen oder kauerten unter den Schwertern der Edomiter. Es schien, als seien diese Männer sehr bewanderte Kriegstaktiker, was mit ihrer Erinnerung übereinstimmte. Sie wandte sich an ihren Anführer. »Wann wart Ihr in Ägypten, Hadad von Edom?«

»Ich wuchs als Ägypter auf. Ich wurde von Pharao Siamun aufgenommen und an seinem Hof erzogen. Dort erlernte ich die Kunst des Schwertes und kämpfte nach Siamuns Tod für seinen Nachfolger.«

Nikalis Gedächtnis hatte sie nicht getrogen. Der Mann, an den sie sich erinnerte, war ein grüblerischer Fremder mit Gefallen am Blutvergießen und meisterlicher Herrschaft über Speer und Schwert. »Siamuns Nachfolger«, sagte sie, »ist mein Vater.«

Das Weiße in Hadads Augen funkelte und seine Nasenlöcher blähten sich auf. Er sah aus wie ein Tier in Angriffshaltung. Er machte einen Schritt auf sie zu. »Ihr seid diejenige. Diejenige, die Davids Sohn heiratete.« Als er *Davids Sohn* sagte, trat Speichel aus seinem Mund und tropfte in seinen Bart hinein.

Das Funkeln in seinen Augen jagte ihr Angst ein. Offensichtlich hegte er einen Groll gegen die Israeliten – und vielleicht auch gegen jene, die mit ihnen in Verbindung standen. »Ich heiratete Salomon auf Geheiß meines Vaters. Es war eine Ehe aus politischer Zweckmäßigkeit.«

Seine Züge entspannten sich ein wenig. Sie verstand es als Erlaubnis, weiterzusprechen. »Mein Herz gehört nach Ägypten. Dorthin reise ich heute Nacht. Ich bete, dass Ihr mich gehen lasst.«

Hadad winkte einem seiner Männer zu. Einen israelitischen Gefangenen an den Haaren mitzerrend kam der Edomiter herüber. Der schwer verletzte Israelit stolperte und fiel auf die Knie, doch der Edomiter zog ihn hoch und hielt ihm ein *Chepesch* an die Kehle.

Hadad spuckte dem Gefangenen vor die Füße. »Judäischer Abschaum.« Er wandte sich an Nikali. »Ich will sehen, wem Eure Treue wirklich gilt.«

Auf das Nicken seines Anführers hin, riss der Edomiter seinen Schwertarm zurück und setzte zum Schlag gegen die Kehle des Israelits an.

Warmes Blut spritzte Nikali ins Gesicht und befleckte ihr Kleid. Sie blinzelte schnell, während ihre Augen das Entsetzen, die Hinrichtung eines Menschen angesehen zu haben, bewältigten. Vor diesem Moment war Brutalität ein ihr fremdes Vorgehen gewesen. Sie hatte Geschichten gehört, aber niemals ganz verstanden, wie grausam Menschen sein konnten. Sie starrte den abgetrennten Kopf des Israelits an, dessen Augen noch immer offen waren und blinzelten, dessen Blut die trockene Erde der Wildnis wässerte. Sie beugte sich vornüber und würgte.

»Tötet die anderen«, hörte sie Hadad sagen. »Ihr. Prinzessin. Seht mich an.«

Langsam sah sie auf. Er hatte sich über sie gebeugt. Seine stumpfen, schwarzen Locken hingen um sein fülliges Gesicht. So sehr sie ihn auch verabscheute, so wusste sie doch, dass sie sein Spiel mitspielen musste, um am Leben zu bleiben. »Warum habt Ihr das getan?«

»Rache.« Den Mund böse verzogen sah er weg. »Vor langer Zeit kamen Davids Männer mitten in der Nacht in das Dorf meines Vaters. Ich erinnere mich noch an den Gestank des Rauchs von ihren Feuern und an ihre widerlichen Rufe: *Tötet den König.* Ein Judäer, der sich

Joab nannte, zerrte meinen Vater und meine Mutter aus ihrem Palast und stieß ihre Köpfe wieder und wieder gegen die Steine. Er schlug sie vor meinen Augen tot.« Mit wildem Blick sah er zu Nikali. »Ich war noch ein Kind!«

Sie legte sich eine Hand vor den Mund und sah zu Boden. Sie hielt es für das Beste, still zu sein.

»Joab fand mich hinter den Vorratskrügen kauernd. Niemals werde ich seine Worte vergessen: *Im Namen Davids, König von Juda, muss die Saat des edomitischen Königs sterben.* Er stach mir seinen Speer in die Seite und überließ mich dem sicheren Tod.«

Ein Mann mit blutiger Mission war zu allem fähig. Nikali wusste, dass er auch sie töten würde, wenn sie nicht Anteil nähme. »Ein Kind zu ermorden ist unvorstellbar. Es ist womöglich Gerechtigkeit der Götter, dass Ihr überlebtet.«

»Bei Tagesanbruch am nächsten Morgen fand mich eine vorüberziehende Karawane. Ich war der Einzige, der das Blutbad überlebt hatte. Sie pflegten mich gesund und verkauften mich den Ägyptern als Sklave. Der Pharao hatte Mitleid mit mir und erzog mich wie einen der Seinen. Er zeigte mir Liebe und ich war ihm treu ergeben. Aber ich wusste immer, dass ich in mein Heimatland zurückkehren würde.« Er spuckte auf die Erde. »Im Gedenken an meinen Vater schwor ich, dass ich Davids

Brut zerschmettern würde. Jetzt wird sein Sohn mit Blut für das Massaker an meinem Volk bezahlen.«

»Ich verstehe Euer Versprechen. Doch Salomon ist ein überragender Feind. Eure Gruppe Gesetzloser hat keine Aussicht auf Erfolg.«

»Unsere einzige Hoffnung ist ein Hinterhalt.« Hadad grinste. »Ich vermute, Ihr könnt uns helfen. Wenn Eure Ehe wirklich eine Zweckehe ist und Eure Treue Ägypten gilt, dann sollte es Euch kein Problem bereiten, die Israeliten zu verraten.«

Nikali schluckte schwer. Es schien, als müsse sie um ihre Freiheit feilschen. »Was wollt Ihr von mir?«

»Es gibt einen Wasserschacht, der von der Quelle in die Stadt hinein führt. David benutzte ihn, um die Jebusiter zu besiegen und Jerusalem für sich zu beanspruchen.« Er leckte sich über die Lippen. »Ich muss wissen, wo sich der Eingang befindet. Sagt es mir und es steht Euch frei, zu gehen. Meine Männer werden Euch bis zum Rand von Tanis geleiten.«

Sie richtete ihren Blick auf die Reihe *Chepesch*-schwingender Edomiter, die auf den Befehl ihres Anführers warteten. Die Leichen der Israeliten übersäten die Wildnis. Sie betrachtete den angehenden Mörder ihres Gatten. »Was, wenn ich es nicht weiß?«

Er bedachte sie mit einem wütenden Blick. »Ich denke, das tut Ihr.«

Sie wusste es. Aber Salomon auf den Tod zu verraten, seinem Feind die Tore weit zu öffnen … ganz gleich, wie sehr sie ihn verabscheute, eine solche Tat würde sie für immer heimsuchen.

Hadad sprach weiter. »Wenn Ihr euch entscheidet, nichts zu sagen, werden wir Euch hier zurücklassen. *Es ist eine lange Reise nach Ägypten, wenn man den Weg nicht kennt.*«

Die Augen traten ihr beinahe aus den Höhlen. »Aber … ich wäre so gut wie tot. Warum tötet Ihr mich nicht gleich?«

»Durch meine Hand wird kein ägyptisches Blut vergossen werden. Als ich Siamun diente, schwor ich einen Eid. Den kann ich nicht brechen.«

Ihre Entscheidung lief also darauf hinaus: Ihr Leben oder Salomons. Nikali packte ihr Herzamulett. Es fühlte sich kalt und leblos an. Sie begann zu weinen.

Hadad drehte sich zu seinen Männern um. »Auf die Pferde. Jetzt reiten wir nach Jerusalem.« Er wandte sich an Nikali. »Wir werden den Eingang zum Schacht auf andere Weise finden. Grüßt Euren Vater von mir … falls Ihr es lebend nach Tanis schafft.«

Sie sah, wie er auf sein Kamel zuging. Sein großer, kräftiger Umriss wurde vom Mondlicht silbern umrahmt. Die anderen Männer hatten sich aufgestellt und waren bereit, loszureiten.

Es ist eine lange Reise nach Ägypten, wenn man den Weg nicht kennt. Eiseskälte rieselte ihr über den Rücken. »Wartet.«

Hadad drehte sich zu ihr um.

»Es gibt eine Höhle oberhalb des Kidrontals, östlich der Davidsstadt. Mehr weiß ich nicht.«

Er nickte und ließ einen Moment verstreichen. Dann rief er seinen Männern zu: »Sair. Beor. Führt diese Frau zur Grenze von Tanis.«

Nikali atmete aus. Sie sagte sich, dass ihr Handeln dem Selbstschutz diente. Willentlich in den eigenen Tod zu gehen war die abscheulichste aller Sünden, schlimmer noch, als jemand anderes zu hintergehen. Ja. Sie hatte es tun müssen. So wollten es die Götter.

Abwesend beobachtete sie, wie Sair und Beor ihre Satteltasche vom gefallenen Kamel holten und sie an einem anderen befestigten, damit gewiss nichts im Gefecht verloren gegangen war.

Und doch war so viel verloren.

Hadad schlug sein Kamel mit der Peitsche und stieß eine Reihe derber Worte aus, während er es zum Galopp anspornte. Eine dichte Staubwolke erhob sich unter den Hufen der Tiere, als die Edomiter in Richtung Jerusalem ritten.

Als die Karawane Unterägypten und das Nildelta erreichte, spürte Nikali einen Kloß, der ihr die Kehle zuschnürte. Bis zu diesem Moment war ihr nicht bewusst gewesen, wie sehr sie ihr Heimatland vermisst hatte.

Alles drang auf ihre Sinne ein und überwältigte sie: das klare, helle Sonnenlicht, das auf dem Wasser tanzte, die Fruchtbarkeit der Obstgärten, die die Flussufer säumten, das liebliche Klagelied der heiligen Wiedehopfe, der süße Geruch reifer Feigen.

Sie sah zu den am Fluss arbeitenden Sklaven, deren schwarze, schwitzende Haut in der Sonne funkelte, während sie Schlamm für die Ziegelherstellung sammelten. Als einer sich ein wenig zu langsam bewegte, schlug ihn der ägyptische Aufseher mit einer Peitsche und fluchte. Es war nichts, das man gern sah, aber es war auch nicht unnötig, denn die Faulen würden immer langsamer werden, wenn sie sich selbst überlassen blieben.

Die Ägypter waren ein leistungsfähiges Volk und duldeten nicht weniger von den minderwertigen Völkern. Und zu Recht. Welche andere Nation hatte Pyramidengräber gebaut, die sich zum Himmel erhoben? Oder die Geheimnisse der Totenbalsamierung entdeckt, um ihre Leichen bis in alle Ewigkeiten zu erhalten? Oder war so bewandert in Kunst und Schriftkundigkeit und Musik? Ihr Volk hatte sich das Recht verdient, Respekt zu verlangen. Ihre Brust schwoll vor Stolz.

Der Palast des Pharao tauchte hinter den Reihen der Dattelpalmen auf. Es war, als wäre sie erst vor zwei Wochen fortgegangen; nichts hatte sich verändert. Mit großen Säulen und Säulenabschlüssen, Toren und Pylonen und einem Innenhof überreich an Obstgärten und Spiegelbecken erhob sich das Anwesen über dem Fluss und strahlte in der Mittagssonne in einer rosafarbenen Schattierung. Die in einer steifen Brise wehenden Fahnen hießen sie zu Hause willkommen. Gedanken an ihre sorgenfreie Kindheit im Inneren dieser Mauern drängten sich zuvorderst in ihren Verstand und sie verlor die Selbstkontrolle.

Bis sie den Rand des Nils erreicht hatten, hatte sie alle Spuren von Rührseligkeit fortgezwungen. Sie wollte nicht, dass ein Mitglied des Hofes ihre Tränen sah, denn in ihrem Land galten sie als ein Zeichen von Schwäche.

Nur sie und ihre Kammerfrauen überquerten den Fluss. Die Fremden wurden auf die Lager am sandigen Ufer verwiesen. Sie war froh, die stinkenden, schwitzenden Schweine los zu sein, wenn auch nur für wenige Tage.

Mehr hatte sie nicht – nur wenige Tage –, um Scheschonq zurückzugewinnen und den Verlauf ihres Schicksals zu ändern.

Seit einigen Tagen war der Pharao ans Bett in seinem Gemach gefesselt. Während ein Diener sie ankündigte, stand Nikali in der Tür und beobachtete die Reaktion ihres Vaters.

Psusennes drehte ihr langsam den Kopf zu und streckte eine Hand aus. Seine Stimme war schwach, als er sagte:

»Kommt her, meine Tochter.«

Sie näherte sich und kniete neben seinem Bett nieder, wie es Brauch war. Sie küsste seine Hand; es überraschte sie, wie leicht sie sich anfühlte, wie eine knochenlose Ansammlung vertrockneter, faltiger Haut.

»Ich verneige mich vor dem Herr der beiden Länder«, sagte sie und benutzte dabei den formellen Titel des Pharao, der sich auf Ober- und Unterägypten bezog. »Möge die Anwesenheit dieser einfachen Tochter den König erfreuen.« Sie erhob sich und setzte sich auf den elfenbeinintarsierten Faltstuhl, den die Diener für sie aufgestellt hatten.

Psusennes war um unverhältnismäßig viele Jahre gealtert. Seine Augen waren in dunkle Höhlen gesunken und die Haut auf seinen Wangen war schlaff und blass geworden. Unter den weißen Leinenlaken, die seinen Körper bedeckten, waren die ausgeprägten Linien seiner Knochen sichtbar. In seinem Ebenholzbett mit Füßen wie Löwenpranken und vergoldeten Abbildern der

Götter im Kopfteil liegend, sah er aus wie eine Leiche, die auf einen Bestatter wartete.

»Meine Krankheit hat mich meiner Stärke beraubt«, sagte er. »Verzeiht mir.«

»Es schmerzt mich, Euch so zu sehen, Vater. Welche Krankheit überkam Euch so schwer, dass die Ärzte Euch nicht heilen können?«

Er wedelte schwach mit der Hand. »Die wissen gar nichts. Sie sagen, meine Lungen schwinden bis zur Auflösung und es gibt kein Heilmittel dafür. Ich sage, sie sind Schwindler und wir sollten nach den Griechen schicken.« Er hustete und es war offensichtlich, dass seine Lungen voller Flüssigkeit waren. Während er sich zu atmen bemühte, verschlimmerte sich der Husten zu einem Keuchen.

Die Pflegerinnen eilten mit kräutergetränkten Umschlägen, die sie über seine Luftwege legten, ans Bett des Pharao. Nach einer Weile beruhigte er sich, war aber vom Anfall sichtbar geschwächt.

»Sagt mir, Tochter«, krächzte er. »Seid Ihr gekommen, mich zu begraben?« Sie lächelte. Selbst in seinem beeinträchtigten Zustand war er so direkt wie eh und je.

»Ich bin hier, um Euch gesund zu pflegen. Nichts sonst.«

Er wechselte das Thema. »Ich höre, Ihr und der israelitische König habt gemeinsame Kinder … einen Sohn.«

Sie schluckte schwer.

»Ja. Mir wurde ein Sohn geboren … und auch zwei Töchter.« Sie entschied sich dagegen, ihm die ganze Wahrheit zu sagen.

»Bestens. Dann war es ein glückliches Bündnis.«

»Ich hoffe, es hat ebenso für Ägypten Früchte getragen. Das war die Absicht, nicht wahr?«

Er starrte sie mit obsidianschwarzen Augen an, die zu groß für sein ausgemergeltes Gesicht wirkten. »Das Bündnis ließ uns gedeihen. Doch Israel gedieh weit mehr. Ich fürchte, eines Tages wird es Ägypten in den Schatten stellen.« Er hustete wieder, brachte es dieses Mal aber unter Kontrolle. »Leider bin ich zu schwach geworden und Salomon zu stark. Vielleicht wird der nächste Pharao den Hebräern ihren Platz weisen.«

Sie richtete sich etwas gerader auf. »Und nanntet Ihr einen Nachfolger?«

»Das ist eine Angelegenheit, die ich nur mit meinen engsten Beratern besprechen kann. Er, der nach meinem Tod Pharao genannt werden wird, wurde in Kenntnis gesetzt. Das ist alles, was ich sagen werde.«

»Was kann ich tun, damit Ihr Euch besser fühlt, Vater?«

Er dachte kurz nach. »Massiert mir die Füße.«

Sie nickte und ging ans andere Bettende, das etwas höher lag als die Kopfseite. Eine Dienerin verrückte den Stuhl und half ihr, sich hinzusetzen, dann brachte sie einen Topf voll warmem Wasser, das mit Wüstenlilie parfümiert war.

Nikali hob das weiße Leinen an und entblößte Psusennes' faltige Fußsohlen. Sie war abgestoßen, tat aber pflichtbewusst, worum er sie gebeten hatte. Sie tränkte ein Tuch im Wasser und wusch seine Füße zwei Mal, dann trocknete sie sie mit frischem Leinen ab und machte sich an die Arbeit. Zuerst drückte sie die Füße, um den Blutkreislauf wiederzubeleben. Sie übte Druck auf Punkte aus, von denen sie wusste, sie würden die Spannung abbauen, und beobachtete, wie der schmerzerfüllte Gesichtsausdruck ihres Vaters verblasste. Mit langen, sanften Strichen entspannte sie ihn weiter, bis er schließlich einschlief.

Sie bedeckte seine Füße und stand auf. Sie beobachtete, wie sich seine Brust mit angespannter Mühe hob und senkte, und hörte den Schaum in seinen Lungen gluckern. Sein Tod war nah.

Drei Tage lang ging Nikali ans Bett ihres Vaters und tat wenig anderes. Sie ertrug die Langeweile, während sie auf Nachricht von Scheschonqs Rückkehr vom Oberen Niltal wartete, wo er mit einer kleinen Einheit hingegangen war, um neue Soldaten in den Dörfern anzuwerben.

Als sie nach der Ankunft der Truppe gefragt hatte, hatte man ihr gesagt: »Morgen.« Doch morgen war gekommen und gegangen, ohne eine Spur von ihm.

Als der Hahn vor dem Morgengrauen des vierten Tages krähte, erwachte Nikali mit einem Gefühl der Klarheit. Sie wusste, was sie zu tun hatte.

Sie sprang aus dem Bett und zog sich rasch an. Sie wollte den Palast verlassen haben, bevor der morgendliche Aufruhr begann.

Es war lange her, seit sie Anippe gesehen hatte. Sie hatte den Rat der Seherin vor Jahren gesucht, als sie Scheschonq kennengelernt hatte. Anippe hatte bestätigt, was Nikali im Herzen gewusst hatte: Sie und der Heerführer waren für einander bestimmt. Anippe hatte die Heirat mit einem König und zwei Kinder vorhergesehen, von denen eines eine Königin hervorbrächte. Damals hatte Nikali geglaubt, es wäre eine Prophezeiung: Vor ihrer Vereinigung würde Scheschonq Stab und Flegel des Pharao besitzen. Niemals hatte sie eine andere Ehe oder einen anderen König vermutet.

Sie zog eine glänzende, schwarze Perücke und ein einfaches Stirnband auf, die ihre gesellschaftliche Stellung nicht verraten würden. Sie schwang sich einen Umhang um die Schultern und schlüpfte zur Tür hinaus.

In der Stadt regte sich nichts außer einigen alten Frauen, die ihren Tieren Futter austeilten. Die Kühle der frühen Morgenluft trug das Versprechen des *Peret* mit sich – der Zeit des Sprießens. Bald würde sich das Wasser des Nils zurückziehen und die fruchtbare Erde zurücklassen, die ihr Volk mit den jährlichen Feldfrüchten bepflanzen würde. Es war ihr die liebste Zeit des Jahres. Eine stille Zeit des Sähens und Nährens, des Wartens auf die Ernte.

Anippes Haus stand am anderen Ende der Stadt, zwischen den Hütten der Armen. Die Seherin lebte allein; sie hatte sich niemals einen Mann genommen und wünschte es auch nicht. Männer bedeuteten zu viel Ärger, hatte sie immer gesagt; sie verschleierten die Klarheit ihrer weissagenden Kräfte. Die Wahrheit war, dass sich die Männer von ihr fernhielten. Sie glaubten, sie sei gefährlich und behaupteten, der Irrsinn wohne in ihr.

Die Verleumdungskampagne hatte vor vielen Jahren begonnen, als Anippe – ohne befragt worden zu sein – öffentlich den Untergang eines thebanischen Regiments vorhersagte, das einen Angriff auf Meroe gestartet hatte. Es geschah, wie sie gesagt hatte, aber anstatt das Orakel zu preisen, betrachteten es die geschwächten Soldaten als Fluch.

Nikali für ihren Teil schenkte den Anschuldigungen keine Beachtung. Es war im Interesse der mächtigsten Männer Ägyptens, seherische Kräfte innerhalb der Priesterschaft zu behalten, wo sie gelenkt werden konnten. Eine begabte Frau, die ihre Meinung äußerte, hatte in dieser Welt keinen Platz.

Nikali stand zögernd vor dem Einraum-Lehmziegelhaus. Ein Teil von ihr hatte Angst, schlechte Nachrichten zu erhalten. Sie seufzte und klopfte sachte an die Tür.

Die Dame des Hauses öffnete sofort. Sie war in den Jahren seit ihrer letzten Begegnung beträchtlich gealtert. Ihr Haar, das mit einer Perücke zu bedecken sie sich nicht die Mühe machte, war kurz, zerzaust und mit grauen Strähnen durchzogen. Ihre Kleidung war die eines Bettlers und so lose um ihren Körper geschlungen, dass sie ihre Figur verbarg und ihr Geschlecht verschleierte. Sie begrüßte ihren Gast mit einem kaum wahrnehmbaren Lächeln des Wiedererkennens.

»Hallo, alte Freundin«, sagte Nikali. Die beiden Frauen fassten einander an den Unterarmen und legten die Stirnen aneinander.

Anippe schloss die Tür. »Viel ist geschehen, seit wir uns das letzte Mal trafen. Das Leben nahm nicht die Richtung ein, die Ihr erwartet hattet.«

Nikali war überrascht, wie schnell der altbekannte Würgegriff der Gefühle sie überwältigte. Tränen traten in ihre Augen. Sie konnte kein Wort hervorbringen.

Anippe legte eine Hand auf Nikalis Kopf. »Ihr seid hier sicher. Ihr dürft sein wie ein Kleinkind in den Armen seiner Mutter.«

Mit dieser Erlaubnis senkte Nikali ihren Kopf in die Hände und spürte ihren Körper vor Schluchzen beben.

»Jemand so Junges sollte nicht so bekümmert sein«, sagte Anippe. »Das ist die Grausamkeit der Männer.«

Nikali sah auf und tupfte ihre Augen mit einem Leinentuch ab.

»Ich bitte Euch, alte Freundin. Sagt mir, was aus mir werden wird. Denn wenn mein Schicksal weiterhin diesen Weg beschreitet, werde ich gewiss vor Kummer sterben.«

Anippe holte einen Alabasterkrug von einem Regalbrett, ließ sich auf einem Sitzkissen nieder und bedeutete ihrem Gast, ihr gegenüber Platz zu nehmen.

»Ich werde die Geschöpfe der Erde anrufen, um die Zukunft vorherzusagen. Was wünscht Ihr zu wissen?«

Nikali seufzte. »Liebt mich der Mann, dem mein Herz gehört, noch immer?«

Die Seherin hob den Deckel vom Krug und entließ dreizehn schwarze Skarabäen auf die Erde. Sie schwang eine Hand über ihnen und sang etwas in einer Sprache, die Nikali nicht verstand. Vom Licht verwirrt huschten die Käfer in Kreisen umher und fügten sich dann in eine merkwürdige Ordnung, als wären sie von Anippes Stimme verzaubert. Einen Moment lang verweilten sie an ihrem Platz, dann zerstreuten sie sich.

Anippe wandte sich Nikali zu. »Es scheint, er schätzt Euch noch immer. Ihr habt etwas, das keine andere ihm bieten kann.«

Nikali entwich ein leises Keuchen. In der Tiefe ihres Herzens wusste sie es. »Wann werden wir zusammen sein?«

Eine Weile rieb Anippe ihre Hände aneinander, dann streckte sie sie ihrem Gast entgegen. Nikali war von der Hitze, die sie ausstrahlten, überrascht; es war keine Wärme, sondern ein sengendes Gefühl, das Nadelstiche durch ihre Nervenbahnen bis zu ihrer Wirbelsäule sendete. Auch wenn es unangenehm war, ließ Nikali nicht los. Beide Frauen schlossen die Augen und senkten die Köpfe.

Eine lange Stille entstand. Dann fuhr ein Zucken durch Anippes linke Körperhälfte. Endlich sprach sie. »Er wird zu Euch kommen, wenn der Berg brennt und alle Würde die Erde verlassen hat.«

Nikali öffnete die Augen. »Was bedeutet das?«

Anippes Blick war leer, ohne Fokus. Sie schien auf einer anderen Ebene zu weilen. »Diese Antworten werden mir nicht gegeben. Sie werden erst mit der Zeit deutlich.«

»Und was geschieht mit Salomon, meinem Gemahl?«

»Es liegt an einer Frau, einen Mann zu zähmen und ihn ihrem Willen zu beugen.«

»Er ist stark und unnachgiebig. Er beugt sich nicht leicht.«

Anippe stand auf und ging zu einem anderen Regal. Sie wählte einen weiteren Krug und ein Kännchen und stellte beide auf eine einfache Holzbank. Sie holte etwas vom Kruginhalt heraus und legte es auf ein Leinenstück, dann drehte sie sich zu Nikali um. »Das wird Euch helfen, seinen Geist zu unterwerfen.«

Nikali ging zu ihr. »Was ist das?«

»Getrocknete Blütenblätter des Blauen Lotus vom oberen Nil. Ihr nehmt drei Blätter – nur drei – und tränkt sie genauso lange in seinem Wein, wie es dauert, dieses Kännchen zu füllen. Nicht länger, nicht kürzer. Wenn er von diesem Wein trinkt, wird er einen Zustand solchen Entzückens erreichen, dass er Euch nichts abschlagen wird. Aber Ihr müsst den Anweisungen genauestens folgen.«

Nikali nahm das Bündel entgegen. »Ich stehe in Eurer Schuld.«

»Sprecht nicht davon, sonst werde ich in die Fremde verbannt … oder Schlimmeres. Es muss unser Geheimnis bleiben.«

Sie ergriff die Hände der Seherin. »Ihr habt mein Wort.«

Anippes Blick verfinsterte sich. »Meine Gebieterin, Ihr müsst eines wissen: Das eigene Schicksal zu gestalten fordert einen Preis.«

»Welche Strafe kann es für jemanden geben, der so innig liebt? Gewiss können die Götter solche Sünden verzeihen, wenn es um nicht weniger geht als das menschliche Herz.«

Anippe war einen Moment lang still. Sie schien etwas zurückzuhalten. »Wenn Ihr betet, ehrt Bastet – die Katzengöttin, jene von zweiseitiger Natur. Sie wird es verstehen und Euch beschützen.«

Nikali sah zum Fenster hinaus. Die Sonne war voll aufgegangen und malte einen goldenen Morgen.

»Ich muss gehen.« Sie griff in ihren Umhang und holte eine Börse voller Münzen hervor. Sie drückte sie der Seherin in die Hände. »Danke für Euer kostbares Geschenk. Ich werde Eure Freundlichkeit nicht vergessen.«

Anippe verneigte sich leicht und entriegelte die Tür. »Mögen die Götter über Euch wachen.«

Nikali zog sich den Umhang über den Kopf und trat ins Licht hinaus.

Psusennes Schlafgemach war ein Bienenstock voller Emsigkeit. Pflegerinnen kamen und gingen mit Gefäßen voller Umschlägen, Krügen voll süßem Wein, dem man nachsagte, er wärme den Körper, Kräutertränken für den Husten und allerlei Essen, das größtenteils unberührt blieb. Drei Ärzte kümmerten sich um den

Pharao und jeder traf seine eigene Aussage über den Gesundheitszustand des siechenden Mannes.

Psusennes sah zur Tür und erblickte seine Tochter. »Ah, Nikali. Kommt, liebes Kind.«

Nikali eilte ans Bett ihres Vaters und kniete nieder, um seine Hand zu küssen. In der Erwartung, dem leeren Blick des bevorstehenden Todes zu begegnen, sah sie zu seinem Gesicht auf. Psusennes Augen waren so durchdringend wie immer und funkelten womöglich ein wenig. »Ihr habt nach mir gerufen, Vater?«

»Gestern erklärten alle Ärzte, ich würde innerhalb von zwei Wochen sterben. Es sei nicht zu ändern.«

Nikali senkte den Kopf.

»Ich berief alle Wesire, Priester und Generäle ein. Sie alle reiten nun nach Tanis, um sich vor dem sterbenden König zu versammeln.« Er stieß einen zittrigen Seufzer aus. »Aber ich werde eine Überraschung für sie haben.«

Sie sah auf.

»Ich, Psusennes II., Sohn des Pinjudem II. und Hohepriester von Amun, habe nicht vor, meinen Thron kampflos aufzugeben.«

»Was meint Ihr, Vater?«

»Ich habe nicht die Absicht zu sterben, liebes Kind.«

»Es ist nicht an Euch, das Schicksal zu ändern. Es obliegt den Göttern.«

»Pah!« Der Ausruf zog ein krächzendes Husten nach sich. Er schöpfte Atem und setzte mit brüchiger Stimme hinzu: »Es obliegt der Medizin.«

»Aber … ich dachte, die Ärzte hätten alles versucht?«

»Diese Ärzte schon. Also entschied ich, andere von jenseits der Grenzen dieses Königreichs herzuholen.«

Sie runzelte die Stirn. »Aber wen? Wer weiß mehr als die Ägypter?«

Er tätschelte ihre Hand. »Ihr werdet es früh genug erfahren.«

Die Tür öffnete sich weit und ein Diener verkündete: »Ihre Hoheit, die Königin, und die königlichen Töchter.« Nikali stand auf und wartete am Fuß des Bettes in Sichtweite des Königs.

Eine beeindruckende Frau mit glänzendem, hüftlangem, rabenschwarzem Haar trat ein, begleitet von kleinen Kindern. Psusennes erste Frau war vor Jahren gestorben, wie auch Nikalis Mutter, und der König hatte sie mit jüngeren Gemahlinnen ersetzt.

Eines der Kinder, kaum älter als ihre eigene Basemat, hatte eine stolze Haltung und einen Blick, der zu tiefgründig für ihr Alter war. Das Mädchen rannte zu Psusennes Bett.

»Ah, Maatkare«, sagte er. »Meine Lieblingstochter.«

Maatkare küsste die Hand ihres Vaters, warf einen Blick auf Nikali und trat zurück.

Die Prozession wurde von Nikalis Halbschwestern und deren Ehemännern, von welchen einige hochrangige Hofbeamte waren, und von zwei Halbbrüdern, welche nur dem Namen nach Prinzen waren, fortgesetzt. Dann kamen die Priester, von denen sie die meisten nicht kannte, und die Wesire, die beiden Männer, die vom König zu seinen Stellvertretern für Ober- und Unterägypten berufen worden waren.

Es schien eine Ewigkeit zu dauern, bis Scheschonq kam. Für einen Augenblick war ihr Atem in ihrer Lunge gefangen und machte es ihr unmöglich, auszuatmen. Ihre Unterlippe bebte kaum merklich.

Scheschonq I., Sohn des großen Häuptlings der Meschwesch und Befehlshaber der ägyptischen Armee, trat mit erhobenem Kopf ein; er war ein Mann, der sich seiner Bestimmung bewusst war. Er war so schön wie eh und je: Breite Schultern saßen auf einem in der Taille schlankeren Oberkörper, der so fest und geformt war wie die gemeißelten Felsen in Memphis, so glatt und dunkel wie polierter Bernstein. Seine mandelförmigen, kholumrandeten Augen waren beinahe zu groß für seinen Kopf, der kahl war und von einer frischen Narbe gezeichnet. Er hatte einen Kampf erlebt.

Nikali fing seinen Blick ein und hielt ihn fest. Sein Gesicht verriet Überraschung und, so glaubte sie, Freude. Er wandte seine ebenholzfarbenen Augen nicht von ihr ab und brach damit sämtliche gesellschaftlichen Gepflogenheiten. Aus dem Augenwinkel bemerkte sie, wie sich einige Köpfe nach ihr umdrehten. Das ließ ihr unbehaglich genug zumute werden, dass sie ihren Blick abwandte.

Scheschonq kniete auf einem Bein vor seinem König nieder.

»Erhebt Euch, Kommandant«, sagte Psusennes. »Welche Neuigkeiten bringt Ihr aus den Grenzgebieten?«

Scheschonq erhob sich. »Meine Männer hielten erfolgreich einen Überfall der Kuschiten in Karnak auf. Sie waren gekommen, um sich die Schätze des Amun-Re-Tempels anzueignen.« Er rieb sich über die Narbe über seinem Ohr. »Ein wenig Blut wurde vergossen, aber das Gebiet ist gesichert. Alle Eindringlinge, bis hin zum letzten, wurden getötet.«

»Gute Arbeit.« Psusennes wandte sich an die Versammelten. »Ihr mögt denken, ich rief Euch her, um meinen Nachfolger zu verkünden. Dem ist nicht so.« Er schlug seine Bettdecke zurück und schwang die Beine herum, bis seine Füße den Boden berührten. Ein Dienstmädchen eilte herbei und half ihm, Ledersandalen anzuziehen.

Der Pharao stand auf wackligen Beinen und legte eine Hand auf Scheschonqs Schulter; eine vielsagende Geste. »Wenn die Zeit gekommen ist, werde ich einen Nachfolger ernennen. Aber diese Zeit ist noch nicht gekommen. Mir wurde ein neues Leben geschenkt; von den Toren des Anubis wurde ich von Osiris selbst zurückgebracht. Die Götter schickten einen unerwarteten Boten, der dieses kostbare Geschenk überbrachte, für das ich ewig dankbar sein werde.« Er drehte sich zur Tür. »Der Arzt und sein Meister mögen eintreten.«

Ein schlanker Mann mit gebeugten Schultern trat mit gesenktem Kopf ein. Er trug eine lange, gestreifte und in der Taille mit einer Lederschärpe gegürtete Tunika und über seinen Schultern lag ein tiefblaues *Kethoneth*. Üppige schwarze Locken ergossen sich aus einem weißen Turban.

Nikali veränderte ihre Position, um Halt zu finden. Der Anblick des Arztes, der sich während ihrer Totgeburt um sie gekümmert hatte, brachte ihre Gedanken durcheinander und raubte ihr den Atem. Wie war dies möglich? Wie war Berechja, der hebräische Priesterheiler, hierhergekommen?

Die Fragen waren ihr kaum in den Sinn gekommen, da wurden sie auch schon beantwortet. Salomon erschien in der Tür und betrachtete die Gesichter im Raum, bevor er eintrat. Mit ausgebreiteten Armen ging Psusennes schleppend auf seinen israelitischen Gegenpart und Verbündeten zu. Salomon tat dasselbe, bis sie sich auf halbem Weg trafen und einander umarmten.

Psusennes wandte sich an die Mitglieder seines Hofes. »Diesem Mann verdanke ich die Wiederherstellung meiner Gesundheit. König Salomon, mein hebräischer Bruder und Gatte meiner Tochter, brachte diesen Heiler an meine Pforte.« Er drehte sich Salomon zu. »Meine Tage waren gezählt, und Ihr gabt mir neues Leben. Solange ich atme, gehört Euch meine Gunst.«

Salomon neigte den Kopf. »Ich vergalt lediglich die Güte, die Ägypten Israel gewährte. Ich bin der Dankbare, mein Herr Psusennes, denn Ihr überließet meinem Königreich viele Rohstoffe und *hieltet meine Feinde zurück.* Und seht.« Er deutete auf Nikali. »Ihr gabt mir das unermessliche Geschenk der Hand Eurer Tochter.«

Nikali kniff die Augen zusammen. Natürlich. Es war zu Salomons eigenem Vorteil, Psusennes, einen der mildesten und großzügigsten Pharaonen des Neuen Reiches, am Leben zu halten. Psusennes war keine Gefahr für Israel, wie sein Nachfolger es sein könnte. Er erfüllte keine moralische Pflicht, sondern sicherte stattdessen die Interessen seines Staates.

Und er kaufte Psusennes Treue. Hieltet meine Feinde zurück. Das war zweifelsohne eine Anspielung auf Hadad. Gewiss kam Salomons Wunder zu einem Preis.

Aber das war belanglos. Was jetzt zählte, war ihr Plan: In Salomons Anwesenheit war er geradezu unmöglich auszuführen. Wieder einmal hatte er ihre Flügel gestutzt, bevor sie sie hatte ausbreiten können. Sie verfluchte ihn stumm.

Sie suchte Scheschonqs Blick, doch der war auf den Pharao gerichtet. Jeder der Männer spielte sein eigenes Spiel. Es war an der Zeit, dass auch sie ihres in Gang brachte, was immer es kosten mochte.

Im Dunkel der Nacht verließ Nikali ihr Bett und ging zum Fenster. Sie konnte nicht schlafen. Ihr Verstand raste wie ein Streitwagen, war verzehrt von Gedanken an ihn.

Scheschonqs Gesicht nach all diesen Jahren zu sehen hatte ein Feuer wiederentfacht, das zu einer Glut heruntergebrannt gewesen war. Sie begehrte ihn mehr denn je. Sie betrachtete den Garten vor ihrem Fenster und die leise flüsternde, schwarze Masse des Nils dahinter. Sie erinnerte sich an heimliche Spaziergänge mit Scheschonq in ebendiesem Garten. Mit Mond und Sternen als Zeugen erklärten sie einander ihre Liebe und schworen sich Zuneigung bis in alle Ewigkeit.

Sie waren damals kaum mehr als Kinder gewesen und so viel war seitdem geschehen. Sie war eine Königin geworden, wenngleich über ein fremdes Land, und – sie war ganz sicher – er würde bald zum König ernannt werden.

Sie bemerkte eine Bewegung zwischen den Gräsern, die das Flussufer säumten. Sie blinzelte, um in der Dunkelheit besser sehen zu können. Wieder eine Bewegung. Wer sonst war in dieser Nacht ruhelos?

Seine Gestalt erschien im Schatten der Dattelpalmen. Ihr Herz hämmerte in ihrer Brust und ihr Mund wurde trocken. Er starrte zum Palast und suchte, wie sie hoffte, nach ihrem Fenster.

Sie griff sich an die Brust und sah sich im Zimmer nach ihrem Umhang um. Sie fand ihn über eine Bank gehängt, griff danach und warf ihn sich blindlings über die Schultern. Sie gab sich nicht die Zeit, darüber nachzudenken, was zu tun sie im Begriff war, oder ob jemand sie beobachtete. Leise verließ sie ihr Gemach und ging barfuß durch den langen Gang, der zum Garten führte.

Über ihre Schultern zum verdunkelten Palast zurückblickend, in dem nicht eine Öllampe brannte, vergewisserte sie sich, dass alle schliefen. Sie betrat den Obstgarten und hielt sich zwischen den Bäumen verborgen. Schnellen Schrittes folgte sie dem Pfad zum Fluss hinunter. Ihr Umhang bauschte sich hinter ihr auf und brachte das Gebüsch zum Rascheln.

Sie war fast außer Atem, als sie das Flussufer erreichte. Einen Moment lang stand sie still, beobachtete und lauschte. Die Nacht war so ruhig und dunkel wie ein Grab. Sie bahnte sich einen Weg durch die schulterhohen Gräser hin zum dichten Dattelpalmenwäldchen, wo sie ihn zuletzt gesehen hatte.

Ihr Wollumhang verfing sich in den Grannen der Grashalme und behinderte ihr Vorankommen. Trotz der strengen Kälte, die in der Luft lag, zog sie ihre oberste Kleidungsschicht aus und ließ sie im Gebüsch liegen. Ihr war kalt und sie fühlte sich entblößt. Ihre Nachtwäsche bestand aus einem dünnen Baumwollnachthemd, das genau unter ihren nackten Brüsten saß und nur von gabelförmigen Trägern gehalten wurde.

Ein Zischen ging durchs Gras, als sie fortfuhr, sich einen Weg durch das Dickicht zu bahnen. Sie konnte die Spitzen der Dattelpalmen von einem Strahlenkranz aus Mondlicht umrissen sehen. Ihr Herz schlug schneller. Nur noch ein paar Schritte.

Sie hörte ein knirschendes Geräusch vom Boden kommen und blieb stehen. Eine Schlange? Sie konnte nicht gut genug sehen, um die Gefahr abzuschätzen. Mit weit geöffneten Augen und wachsam hielt sie vollkommen still.

Sie hörte es wieder und spürte dann eine Hand, die ihren Arm packte. Bevor sie schreien konnte, bedeckte eine andere Hand ihren Mund.

Er trat aus den Schatten. Die ausgeprägten Kanten seines Gesichts wurden vom fahlen Licht beleuchtet. Er ließ sie los. »Ich wusste, dass Ihr kommen würdet.«

»Die Jahre, die ich auf diesen Moment wartete, fühlten sich wie eine Ewigkeit an.« Sie rang mit dem Ansturm der Gefühle.

Scheschonq schlang seine Arme um sie und küsste sie, erkundete ihren Mund mit seiner Zunge wie ein Wüstentier auf der Suche nach Wasser.

Atemlos verschlang sie ihn. Ihre Hände wanderten über die festen Umrisse seines Oberkörpers und suchten nach dem Band des Gürtels, der sein gefälteltes *Schendit* festhielt.

Er machte einen Schritt nach hinten und einen Moment lang glaubte sie, er wehre sich gegen ihren Annäherungsversuch. Dann beugte er sich hinunter und küsste ihren nackten Busen, saugte an ihren Brustwarzen. Sie wimmerte, als Blitzschläge ihren Körper erschütterten.

Plötzlich hörte er auf und richtete sich auf. Er wirkte, als lausche er auf etwas.

»Was …?«

Er hielt eine Hand in die Höhe.

Ein undeutliches Rascheln kam aus der Ferne. Es könnte der Wind sein, der die Gräser aufwühlte.

»Dort ist jemand«, flüsterte er.

»Nein …«

Er umfasste ihre Arme. »Hört mir zu, Nikali. Wir haben keine Zeit. Ihr müsst etwas für mich tun.«

»Sagt mir, was es ist.«

»Euer Vater bestimmte mich zu seinem Nachfolger. Früher oder später werde ich König sein. Aber meine Ziele für Ägypten sind anders als die von Psusennes. Euer Vater erkennt all die Bedrohungen rings um uns nicht … angefangen mit Salomons Israel.«

Sie studierte sein Gesicht. In seinem Blick lag kein Zögern.

Er fuhr fort. »Ich möchte, dass Ihr Salomons Bewegungen herausfindet … mit wem er verbündet ist, was er baut, wo er den Schatz aufbewahrt, den er Ägypten gestohlen hat.«

»Gestohlen?«

»Er hat kein Recht auf das Gold aus Ophir. Es gehört unserem Volk. Euer Vater verschenkte es ohne Rücksicht für die Abkommen unserer Vorfahren. Wenn wir das Reich vergrößern wollen, und das ist meine Absicht und meine Pflicht, brauchen wir es bis auf das letzten *Schati* zurück.«

Sie machte einen Schritt auf ihn zu. »Für Euch würde ich nach Tuat und zurück gehen.«

»Nicht für mich; für Ägypten.«

Das Rascheln erklang wieder, diesmal näher.

»Zeichnet seine Bewegungen auf und erstattet mir Bericht.« Sein Flüstern war kaum hörbar. »Wenn die Zeit reif ist, werden meine Armeen zuschlagen. Und ich werde Euch holen.«

Ein Knirschen wie von Schritten ertönte. Etwas – oder jemand – war tatsächlich hier. Unwillkürlich drehte Nikali den Kopf, sah aber nichts. Bis sie sich wieder zu Scheschonq umgedreht hatte, war er verschwunden.

Als sie erkannte, dass sie mit einem möglichen Eindringling allein war, lief ihr ein Schauder über den Rücken. Sie fühlte sich von Scheschonq verlassen, begriff aber im nächsten Augenblick, dass er vermutlich in der Nähe kauerte wie ein verborgener Tiger und nach Gefahren suchte. Sie vertraute ihm genug, um zu glauben, dass er sie beschützen würde.

Wieder hörte sie das Rascheln von Gras, dann ein leises, kehliges Knurren. Ein Tier. Ihr Herz raste und mit hin und her sausendem Blick trat sie vorsichtig rückwärts.

Der Leopard des Pharao zeigte sich knurrend und zähnefletschend. Es war das erste Mal, dass Nikali die Katze ohne menschlichen Begleiter sah. Im Bewusstsein, dass ein Leopard vor allen Dingen ein wildes Tier war, treulos und zu allem fähig, senkte sie unterwürfig den Kopf und stand still, um Zeit zu gewinnen, bis Scheschonq zu ihrer Rettung eilen würde.

Der Leopard knurrte; ein Geräusch, das Tote auferweckte.

Ihr Blut wurde so kalt wie Bergwasser und ihre Zähne klapperten. Wo war er? Worauf wartete er?

Langsam ging sie rückwärts. Ihren Bewegungen folgend ging die Katze auf sie zu. »Das Blut des Pharao fließt durch meine Adern. Fort mit dir!« Als sie den Pirschjäger ansprach, war ihr Mund trocken und ihre Stimme erstickt.

Der Leopard betrachtete sie kalt und kauerte sich sprungbereit nieder.

»Nein …« Nikali schüttelte den Kopf. Schweiß rann ihr über die Schläfen, als sie begriff, dass Scheschonq nicht kommen würde. Sie wollte schreien, fortlaufen, wusste aber, es würde den Angriff des Tieres auslösen. Unsicher, was sie sonst tun sollte, bewegte sie sich weiter Stück für Stück zurück. Mit in der Dunkelheit funkelnden Jadeaugen folgte ihr der Leopard.

In dem Augenblick, als Verzweiflung sie packte, berührte eine Hand ihre Schulter. »Großes Tier, dein Platz ist in den grünen Gräsern am Fluss. Wir sind Eindringlinge in deinem Reich. Bleib ruhig und lass uns vorbei und wir werden in Frieden gehen.«

Die Männerstimme klang verzerrt in ihrem zum Zerreißen angespannten Bewusstsein. Sie warf einen Blick auf ihre Schulter, wo die Hand noch immer lag. Sogleich sah sie den Ring. Vier Steine, im Mondlicht lebendig.

Der Leopard stieß ein leises Winseln aus und setzte sich auf die Hinterbeine, als wäre er von seiner

Anwesenheit verzaubert. Nikali atmete aus und drehte sich zu Salomon um. Sie war zu bestürzt, um zu sprechen.

Er warf einen langen Blick auf ihre nackten Brüste, bevor er ihr in die Augen sah. »Gewiss ist Euch kalt, Frau.« Er hielt ihren Umhang in die Höhe.

Sie nahm ihn aus seiner Hand und bedeckte sich. »Warum seid Ihr hier?«

»Ich könnte Euch dasselbe fragen.«

»Meine Angelegenheiten sind die meinen«, zischte sie.

Der Leopard stand auf und knurrte sie an.

Salomon hob der Katze seine Ringhand entgegen; sie setzte sich wieder.

»Bitte sagt, Gatte: Was wollt Ihr wirklich von meinem Vater?«

»Ich erfülle lediglich meine moralische Pflicht. Ein Mann hilft dem anderen.«

»Und es hat nichts mit den Feinden vor den Toren Jerusalems zu tun? Mit Hadad?«

Sein Blick war prüfend. »Woher wisst Ihr so viel über meine Feinde?«

Sie zögerte, während sie ihre Lüge gestaltete. »Seine Männer überfielen meine Karawane in der Wildnis. Sie wollten Informationen … Ich sagte ihnen nichts.«

Der Leopard ging zu Salomon und rollte sich bei seinen Füßen zusammen. »Hadad hatte einen Angriff auf Jerusalem geplant«, sagte er. »Ich informierte den Pharao über die Absicht und er entzog den Edomitern sämtliche Unterstützung. Psusennes Treue gehört mir.« Sein Blick glitt langsam an ihrem Körper hinab. »Genau wie Eure.«

Sie schlang den Umhang fester um sich.

»Ihr zittert.« Er lächelte. »Ihr solltet gehen und Euch ausruhen. Wir reisen am Morgen nach Jerusalem ab.«

Sie schrak zurück. »Aber ich muss …«

Er legte eine Hand auf ihre Lippen. Als sie still wurde, begann er, auf den Palast zuzugehen. Der Leopard folgte ihm.

Nikali stand allein inmitten der Gräser und beobachtete, wie Salomons verdunkelte Gestalt kleiner wurde, während die Entfernung zwischen ihnen wuchs. Gewiss glaubte er, er hätte sie überlistet, sie von ihrer eigenen Versuchung abgebracht und sich ihre Ergebenheit gesichert, wenn auch wider ihres Willens. Nichts davon war von Bedeutung.

Sie fühlte sich siegreich.

Obwohl nur ein flüchtiger Moment, war es genug gewesen. Ihr Liebster hatte seine Leidenschaft für sie bekundet und sie mit einer wichtigen Aufgabe betraut – vielleicht der wichtigsten ihrer beider Leben. Er liebte sie noch immer. Selbst wenn sie ihn nicht haben konnte, würde dieses Wissen sie jeden Tag nähren, während sie darauf wartete, aus ihrem goldenen Käfig befreit zu werden.

Den Geschmack Scheschonqs noch immer auf den Lippen holte sie tief Luft und folgte dem Pfad zum Palast.

KAPITEL 15

Jerusalem, 940 v. Chr.

»*Kohen!* Kommt schnell!«

Die Stimme auf der anderen Seite seiner Tür weckte Zadok aus tiefem Schlaf. Er öffnete seine Augen und erblickte Dunkelheit. Ein bleicher Lichtstrahl schien durch die schmale Öffnung nahe der Decke seiner Schlafkammer und deutete darauf hin, dass der Vollmond noch hoch am Himmel stand. Ein dringliches Klopfen folgte.

»*Kohen*, das müsst Ihr sehen.«

Es war die Stimme Zuriels, einer der Leviten, die dauerhaft beim Tempelgelände wohnten und im Tempel dienten. Zadok stand langsam auf, stützte sich auf seinen Stock und schlurfte zur Tür. Er öffnete sie einen Spalt breit und spähte aus den Schatten zu seinem

Altardiener. »Was ist es, das nicht bis zum Morgen warten kann?«

Zuriel wirkte verstört. »Ich bin vom Berg Zion gekommen. Ich ging zur Anhöhe hinauf, um ein Opfer zu bringen, und sah die frevelhafteste, furchtbarste Sache.«

»Sagt, was Ihr meint.«

»Auf der Kulthöhe des Berges steht eine Bronzestatue … von einer Katze.« Zuriels Miene fiel zu einem Ausdruck der Abscheu zusammen. »Blumen sind um ihren Sockel verteilt. Sie duften noch. Jemand brachte sie erst heute dorthin.«

Zadok biss die Zähne aufeinander. Nur eine Person konnte für eine solche Schändlichkeit verantwortlich sein. »Bring mich zu ihr.«

Der Hohepriester und sein Altardiener gingen ostwärts zum heiligen Berg, der einst Heimat einer von David eroberten Jebusiterfestung gewesen war. Neben dem Berg Moriah gelegen, war er lange als heilig betrachtet worden, ein Zufluchtsort für Jahwes gläubige Söhne und Töchter. Der Gedanke, dass er durch fremde Götzen entweiht worden war, war so anstößig, dass Zadok nicht davon sprechen konnte. Wenn alles, was Zuriel sagte, stimmte, wäre das eine ernste Übertretung der Gesetze Jahwes. Wut durchdrang alle Winkel seines Seins und er kämpfte verbittert dagegen an, denn Heißblütigkeit lag nicht in seiner Natur. Er meditierte über dem Ein und Aus seines Atems und der Gleichmäßigkeit seines Gangs, um seine Fassung wiederzuerlangen.

Der Vollmond schien mit langen Silberstrahlen, als Zadok und Zuriel sich zur Spitze des Berges begaben. Unter einem Baum direkt vor dem Gipfel hielten sie an und standen genau über dem garstigen Gegenstand, einer Statue von der Größe eines neugeborenen Kindes, die die ägyptische Göttin Bastet darstellte. Das Bronzewesen saß mit vorgereckter Brust und hochmütig erhobenem Kopf auf den Hinterläufen. Zu ihren Füßen lagen frisch geschnittene Narzissenblüten.

Zadoks Erinnerung kehrte zu Salomons Verhandlungen mit Psusennes in Zoan zurück. »Es muss ihr freistehen, ihre Bräuche auszuüben und auf ihre Weise zu beten«, hatte der Pharao über seine Tochter gesagt. Schon damals hatte Zadok gewusst, dass es ein Fehler war, solche Bedingungen anzunehmen. Jetzt, da er den Beweis für die abscheuliche, götzendienerische Religion der Ägypter auf dem Gipfel des heiligen Berges der Hebräer sah, spürte der Hohepriester den Ansturm von Jahwes Zorn tief in seinen alten Knochen.

Er wandte sich an Zuriel. »Ich werde mit dem König sprechen. In der Zwischenzeit, zerstört das und bringt diesem Berg seine Reinheit wieder.«

»Ja, *Kohen.*« Die Statue betrachtend schüttelte der Levit seinen Kopf. »Welcher Israelit könnte das getan haben?«

»Keiner tat es. Die Katzengöttin ist den Ägyptern heilig.«

Zuriels Augen weiteten sich. »Die Frau des Königs?«

Zadok nickte.

»Der König wird wütend mit uns werden, wenn wir es zerstören.«

»Ich fürchte seinen Zorn nicht. Mein Herr und Meister ist nicht von dieser Welt. Meine einzige Treuepflicht gilt ihm. Nun beeilt Euch.«

Zadok machte auf dem Absatz kehrt und ging den Berghang hinunter. Es war nicht das erste Mal, dass er mit einer solchen Beleidigung in Berührung gekommen war. Zwei Winter zuvor hatte er eine Statue von Moloch, dem Tiergott der Ammoniter, nahe des Tals von Gehinnom gefunden. Es war in jenem verfluchten Tal gewesen, unweit von Jerusalem, wo Abtrünnige vor langer Zeit ihre Kinder gezwungen hatten, durch ein wütendes Feuer zu schreiten, als grässliche Form des Opfers für die ammonitische Gottheit.

Dieser Brauch war älter als Salomons Jerusalem, aber die Statue war neu. Jemand aus ihrer Mitte hatte sie ins Tal gestellt, um Moloch zu verehren, und damit den hebräischen Gesetzen getrotzt, die solche Dinge verboten. Zadoks Verdacht fiel auf Naamah, Salomons ammonitische Frau und Mutter Rehabeams, seines rechtmäßigen Erben. Aber sie gestand es nie und Salomon befahl Zadok, das Glaubensgericht zu beenden.

Der Priester hatte sich daran gemacht, die Steinstatue mit seinen eigenen Händen zu zerstören, indem er sie gegen einen mächtigen Felsen schlug, bis nichts außer Scherben übrig war. Die Tat hatte ihn zugleich ermüdet und ihm Stärke verliehen.

Damals hatte er es für einen Einzelfall gehalten. Er hatte nicht erwartet, so bald darauf weitere Anzeichen für Götzenverehrung vorzufinden. Es war ein Flüstern von Salomons Nachgiebigkeit mit seinen Ehefrauen, seiner Weigerung, sie zu seinem eigenen religiösen Grundsatz zu verpflichten. Unumwunden missachtete der König Jahwes Warnung, die er als Traumorakel während der ersten Jahre seiner Regierung erhalten hatte.

Einmal vom Schicksal begünstigt, nahmen Menschen sich zu wichtig und vergaßen schnell, dass das, was ihnen gegeben worden war, ihnen genauso schnell wieder entrissen werden konnte. Zadok hatte gehofft, der weise König würde nicht in diese Falle geraten, doch die Jahre hatten das Gegenteil bewiesen.

Er biss die Zähne zusammen und beschleunigte seinen Schritt. Dieses Mal würde er eingreifen, damit nicht das gesamte Volk unter der Zügellosigkeit seines Königs leiden musste.

Im kalten, grauen Licht des Tagesanbruchs erreichte Zadok die Palasttore und blieb stehen. Zwei Gestalten befanden sich im Innenhof, die Köpfe zu einer Besprechung zusammengesteckt, und flüsterten Worte, die er nicht verstehen konnte. Eine war in einen Mantel gehüllt, der seine – oder ihre – Identität verschleierte. Die andere war eine vertraute Figur. Erst als der Mann seinen Kopf drehte, begriff Zadok, wer er war.

Jerobeam, der Ephraimiter, dem Salomon Arbeit gegeben hatte, als der Tempel in einem frühen Bauabschnitt gewesen war, stand unter dem Blätterdach eines Granatapfelbaums. Er sah sich um, dann flüsterte er seinem Begleiter rasch etwas zu. Die vermummte Gestalt eilte davon.

Der Hohepriester wartete einen Moment, ehe er sich näherte. »Ah, Jerobeam. Was führt Euch zu dieser Stunde zum Palast?« Er tat, als hätte er nichts gesehen.

»Ich wünsche eine Audienz beim König. Es ist eine äußerst wichtige Angelegenheit.« Sein Gesicht war verkniffen, der Blick in seinen schwarzen Augen ernst unter buschigen Brauen. »Und Ihr, Zadok? Ich hätte Euch im Tempel vermutet.«

Zadok mochte die Art nicht, wie Jerobeam ihn ansprach – wie einen Gleichgestellten statt eines heiligen Mannes. Seit er vor ungefähr zehn Jahren zum Aufseher über die Arbeiter des Hauses Josef ernannt worden war, hatte das Selbstbewusstsein des Ephraimiters eine gefährliche Wandlung bis hin zu unverhohlenem Hochmut durchlebt.

»Ich bin hier, um den König zu beraten. Wie jederzeit.«

»Gut. Vielleicht könnt Ihr ihn zur Vernunft bringen.«

Der Priester richtete seinen Stock auf ihn. »So spricht man nicht über seinen König. Ich mahne Euch, Respekt zu zeigen – oder seinen Zorn zu fürchten.«

Jerobeam grinste und ging davon, um zwischen den Maulbeer-Feigen auf und ab zu schreiten, bis ein Diener verkünden würde, dass König Salomon bereit war, ihm eine Audienz zu gewähren.

Zadok betrat zuerst den Thronsaal und bemerkte, dass der König auf dem offiziellen Richterstuhl Platz genommen hatte. Sein Thron stand auf der Spitze eines sechsstufigen, aus Elfenbein gestalteten Aufbaus. Jede Stufe war von einem anderen vergoldeten Tierpaar gesäumt – jedes von ihnen ein Sinnbild für die Gebote des Herrn für den König von Israel. Auf der linken Seite des Throns standen die unreinen Tiere, die das Böse verkörperten; auf der rechten standen die redlichen, die das Göttliche vertraten.

Obwohl nur der König auf dem Thron saß, gab es darum herum Plätze, die dem Hohepriester und den Richtern vorbehalten waren. Zadok blieb am Fuß des

Richterstuhls stehen, kniete nieder und verneigte sich tief vor dem König. Er nahm seinen Platz an Salomons rechter Seite ein.

Links des Königs saßen dreiundzwanzig Richter – die *Sanhedrin* – und zwei seiner Kinder, Rehabeam und Basemat. Als Salomons Erbe war Rehabeam oft bei Staatsangelegenheiten zugegen. Die Gründe für Basemats Anwesenheit waren etwas unklarer, doch Zadok verstand. Salomons älteste Tochter war sein Lieblingskind und er behandelte sie oft, wie er es mit einem männlichen Erbe täte, manchmal zum Verdruss der Männer des Rates.

Der Diener kündete Jerobeam an und der Oberaufseher der *Burnden* trat ein. Er blieb vor dem Thron stehen und machte den erforderlichen Kniefall.

»Ihr habt diese Versammlung gewünscht, Jerobeam.« Salomons Stimme dröhnte durch den riesigen Saal. »Ihr sagt, Ihr begehrt ein Urteil über das Millo. Sprecht aus, weswegen Ihr hergekommen seid.«

»Mein Gebieter«, sagte Jerobeam, »die Menschen sind unruhig. Sie verstehen den Zweck des Millos nicht. Sie finden, es sollte keine Mauern rings um die Stadt herum geben.«

Salomon klopfte die Finger aneinander. »Das einfache Volk versteht nicht immer etwas von höheren Zielen. Die Millobefestigungen dienen ihrem Schutz, dem Schutz der Stadt vor Feinden.«

»Aber mein Gebieter, diese einfachen Menschen sind die Pilger, die aus allen Teilen Israels kommen, die mehrere Tage zu Fuß angereist sind, um im Tempel zu beten. Sie können nicht länger ungehindert kommen und gehen. Sie müssen lagern, manchmal tagelang, bis sie für würdig befunden werden, die Stadt zu betreten, nur, damit sie huldigen können. Es ist eine Schande.«

Zadok beobachtete Salomons Reaktion. Der Körper des Königs versteifte sich, während er der Kritik eines seiner tapferen Helden lauschte. Jerobeams schroffe Äußerung war das erste Anzeichen dafür, dass sich in Salomons eigenem Volk Widerspruch regte.

»Ich schenkte Euch mein Vertrauen, Jerobeam«, sagte Salomon kalt. »Ich ernannte Euch zum Oberaufseher aller Arbeit des Hauses Josef. Eure Aufgabe ist es, sicherzustellen, dass die Menschen ihre Pflicht für das Königreich erfüllen, nicht Mitleid mit ihnen zu haben.«

»Mein Gebieter, ich spreche nicht nur von den Arbeitern. Es brodelt im Stamm Josef – meinem Stamm.« Jerobeam sprach alle Anwesenden an. »Sie fühlen sich ungerecht besteuert, für den Bau von etwas, das sie für unnütz halten. Sie nennen das Millo einen Vorhang aus Eisen, ein Eitelkeitsprojekt des Königs, nichts weiter.«

Salomon hob die eigene Stimme zur Antwort. Zadok konnte sehen, dass sein Ärger wuchs. »Das Volk muss nicht fragen; es muss nur folgen. Sagt Ihnen, ihr König weiß, was das Beste für sie ist. Ihr könnt jetzt gehen.«

»Mein Gebieter, seid Ihr so geblendet von der Macht, dass Ihr die Wünsche Eures eigenen Volks missachtet? Ist Eure eigene Herrlichkeit alles, das Euch etwas bedeutet?«

Zadok erschrak. Jerobeam war zu weit gegangen. Sicher wusste er, dass solche Zurschaustellungen von Nichtachtung verhängnisvolle Folgen nach sich zogen.

Salomon erhob sich von seinem Thron und stieg die Stufen zu dessen Fuß hinunter, wo Jerobeam stand. Er schlug seinem Gefolgsmann mit der Rückhand ins Gesicht. Der schwere Eisenring des Königs hinterließ einen Streifen wunder Haut auf Jerobeams Wange. »Wisst Ihr, mit wem Ihr sprecht, Jerobeam, Sohn von Nebat?«

Jerobeams Augen loderten, aber er sagte nichts.

»Hiermit sei Euch Euer Titel aberkannt und Ihr seid aus königlicher Anstellung entlassen.« Salomon war atemlos. »Für Eure Untreue sollte ich Euch töten lassen. Dieses eine Mal werde ich Eure Torheit vergeben, aufgrund des Dienstes, den Euer Vater meinem Vater leistete. Und nun hinfort mit Euch.«

Jerobeam eilte aus dem Raum. Als er außer Sicht war, ballte Salomon die Fäuste und wandte sich an Zadok. »Dieser Narr. Begreift er nicht, welche Mächte sich rings um uns erheben? Weiß er nicht, was in Ägypten brodelt? Psusennes ist tot. Sein Nachfolger ist ein libyscher Krieger mit einem Geschmack für Blut. Scheschonq ist nicht der friedliebende König, der mein Ehevater war. Er ist eine Bedrohung für uns. Es ist meine Pflicht, das Volk vor solchen Gefahren zu beschützen.«

Zadok studierte Salomons Blick und sah darin etwas, das er nicht wiedererkannte. Es war eine Mischung aus Furcht und Hochmut. »Mein Gebieter, ich bitte ergebenst um eine vertrauliche Audienz.«

Salomon strich sich über den Bart, der jetzt mehr Silber als Schwarz war. Obwohl er sich dem fünfzigsten Jahr seit seiner Geburt näherte, war sein Blick noch immer so intensiv, wie er es gewesen war, als er zum König gesalbt wurde. Er entließ die anderen mit einem Winken und wandte sich seinem Hohepriester zu. »Sagt, was Ihr zu sagen habt.«

Zadok wartete, bis die letzte Person den Raum verlassen hatte. Er sprach leise. »Ich rechtfertige Jerobeams Handeln nicht, aber Ihr müsst seine Worte beherzigen. Es stehen tatsächlich Feinde vor den Toren Jerusalems, aber einige von ihnen tragen die Kleidung Eures eigenen Volkes.«

Salomon schnaubte. »Ihr redet Unsinn.«

»Vielleicht vertraut Ihr zu sehr.« Zadok stützte sich auf seinen Stock und erhob sich von seinem Platz.

»Mein Gebieter, unser Glaube ist unsere Grundfeste. Gerät diese ins Wanken, wird alles, was wir darauf erbaut haben, zu Staub zerfallen. Es schmerzt mich, sagen zu müssen, dass ich Anzeichen dafür fand.

Vor einiger Zeit ging die Witwe Tirza auf die Straße, um nach Essen für ihre Jungen zu betteln. Ich lud sie ein, zum Tempel zu kommen und sich an den Tieropfern zu bedienen, damit sie nicht hungern müssten. Aber sie kam nicht. Als ich sie das nächste Mal sah, war sie mit Nahasch dem Älteren zusammen. Er berührte sie unsittlich auf offener Straße.«

»Nahasch? Der verheiratete alte Händler?«

»Ebendieser. Er folgte ihr vor Sonnenuntergang am Sabbat zu ihrem Haus. Keiner von beiden kam an jenem Abend zum Tempel. Ich fürchte, sie verkauft ihm ihren Körper für Brot.«

»Das ist schändlich. Sie müssen bestraft werden. Kümmert Euch darum, Zadok.« Er setzte sich an einen Tisch, auf dem ein Stapel Schriftrollen lag. Er öffnete die oberste und richtete seine Aufmerksamkeit darauf.

Die abweisende Haltung weckte Zadoks Wut. »Mein Gebieter, es geht nicht um schlichte Bestrafung. Es ist ein Anzeichen der Verderbtheit, die sich unter den Menschen ausgebreitet hat.«

»Es ist ein einzelner Vorfall, auf einen Mann und eine Frau begrenzt.« Salomon sprach ruhig, ohne seinen

Blick zu heben. »Ihr könnt kein ganzes Volk an den Taten Weniger beurteilen.«

»Öffnet die Augen, Salomon. Die spirituelle Rüstung Eurer Untertanen wurde durchbrochen. Der Wind in Jerusalem hat sich gedreht. Menschen wie Nahasch und Tirza nehmen sich, was sie wollen, ohne Rücksicht auf ein Urteil. Sie suchen sofortiges Vergnügen ohne Zurückhaltung und das ist ein sicheres Anzeichen für sittlichen Verfall. Gewiss könnt Ihr das erkennen.«

Der König schlug mit der Faust auf den Tisch. »Genug! Der Glaube der Menschen ist unversehrt. Sie kommen in Scharen zum Tempel, bringen ihr Vieh als Opfer, und unsere Geldtruhen sind voll. Das ist es, was ich erkenne. Zügelt Eure Schwarzseherei, damit sie nicht zu einer eigenen törichten Weissagung wird. Die Menschen brauchen Führung; so war es seit der Zeit unserer Väter. Es ist Eure Pflicht, sie auf einen spirituellen Pfad zu führen. Wenn sie nicht folgen, dann seid Ihr es, der versagte.«

Zadok konnte seinen Ohren nicht trauen. »Salomon, wie könnt Ihr …«

»Ich will nichts mehr davon hören, Zadok. Geht.« Er beugte sich über die Schriftrolle und sagte kein Wort mehr.

Zadok sah es ganz deutlich: Salomon war ein Opfer seines eigenen Vermächtnisses geworden. Er hatte ein System von solch ungeheuren Ausmaßen erschaffen, dass es ihn verschlungen hatte, ihm wenig Zeit für religiöse Angelegenheiten ließ. Er war nicht blind für die Unzufriedenheit, die sich um ihn regte, hatte sich aber dafür entschieden, ihr keine Beachtung zu schenken und seine Aufmerksamkeit stattdessen darauf zu richten, sein Schicksal zu erfüllen. Für einen Anführer war das der schwerwiegendste Fehltritt.

»Es gibt noch etwas anderes, das Ihr wissen müsst«, sagte Zadok. »An diesem Morgen stand ich auf dem Ölberg und sah den abscheulichsten Anblick. Jemand schuf eine Statue nach dem Ebenbild einer Katze. Es gab Anzeichen der Anbetung … verbrannter Weihrauch, frische Blumen.«

Salomon verstand die Schlussfolgerung offensichtlich. »Als ich Nikali zur Frau nahm, gab ich ein Versprechen. Es wäre unehrenhaft, mein Wort zurückzunehmen.«

Zadok klopfte mit seinem Stock auf den Boden. »Götzenanbetung ist eine Abscheulichkeit vor dem Herrn. Ihr dürft sie nicht erlauben. Wenn Ihr wegschaut, so tut Ihr das unter Gefährdung Eurer Seele.«

»Meine Seele ist unversehrt vor dem Herrn. Unser Volk betet keine Götzen an. Ich habe keine Macht über den Glauben Fremder.«

»Aber es gibt Fremde in Eurem Land. Ja, sogar in Eurem Haus. Ihnen zu erlauben, ihre Götter auf israelischem Boden anzubeten ist eine direkte Missachtung der Gesetze Jahwes.« Zadok hielt inne, um Atem zu schöpfen. »Gott wird eine solche Abscheulichkeit nicht hinnehmen. Er wird Feinde gegen Euer Königreich erwecken. Es hat schon begonnen. Denn wenn Ihr nicht glaubt, das Jerobeam ein solcher Feind ist, dann seid Ihr ein Narr.«

Salomon stand unvermittelt auf. »Blasphemie!«

Der Stock des Priesters glitt ihm aus der Hand und fiel zu Boden.

Salomon musste den Ernst seines Fehltritts begriffen haben, denn er senkte den Kopf und dämpfte seine Stimme. »Vergebt mir, Zadok.«

»Es ist noch nicht zu spät, mein Herr Salomon. Führt das Volk auf die Weise, die der Herr von Euch verlangt.«

Salomon hob Zadoks Stock auf. Während er ihm diesen reichte, sagte er: »Ihr müsst mir vertrauen, alter Freund. Alles was ich tat, tat ich zur Verherrlichung seines Namens. Deswegen schuf ich ihm ein Haus und ein Königreich, das der Neid aller Völker aller Länder ist.«

»Der Herr will keine Gebäude oder Armeen oder Lager voll Gold. Er will, dass Euer Herz rein ist und dass Ihr aufrecht vor ihn tretet. Vergesst nicht, was er Euch vor so vielen Jahren sagte: *Doch wankst du oder deine Kinder, brecht ihr meine Gebote oder dient ihr anderen Göttern, werde ich Israel niederstrecken und aus meiner Sicht verbannen dieses Haus, das ich geheiligt.*«

Der König legte eine Hand auf Zadoks Schulter. »Ich habe es nicht vergessen. Die Jahre mögen vergangen sein, aber die Weisheit, die er mir schenkte, ist nicht gemindert. Ich weiß, was das Beste für das Volk ist. Belastet Eure alten Knochen nicht mit Sorgen. Geht nun.«

Der Geschmack von Galle erfüllte Zadoks Mund. Die Herablassung des Königs war wie der Klang des Horns beim Anblick des näherkommenden Feindes. Salomon war so voller Stolz, dass er es nicht erkennen konnte. Zadok konnte nichts sagen, um das zu ändern. Zum ersten Mal in seinen vierundachtzig Jahren war der Hohepriester Israels gescheitert.

Er sammelte sich und verließ den Thronsaal.

Im Gang überkam ihn ein vertrautes Gefühl. Wie schon einige Male zuvor, fühlte er sich wie das Sprachrohr für eine Nachricht.

Er stand still und schloss die Augen, ließ es geschehen. In seinem Geist sah er das Gesicht Jerobeams, blutend und voller Zorn. Der Aufseher der *Burnden* stand auf einer goldenen Statue, die das Ebenbild eines gemästeten Kalbes war. Unter ihm waren so viele ausgestreckte Hände, dass man sie nicht zählen konnte. Das Bild löste sich in Schwärze auf und wurde von einer Wüste ersetzt. Die Wüste Juda. Wind wehte den Sand über die ausgedörrte Erde und enthüllte einen vergrabenen

Gegenstand. Als der Sand sich teilte, begriff er, dass es sein eigener Stab war.

Das Ende war nah.

Er öffnete die Augen und wusste, was er zu tun hatte.

KAPITEL 16

Als die Nacht über Jerusalem kam, warf sich Zadok einen dunklen Umhang über die knochigen Schultern und schritt durch die gepflasterten Gassen zu den Behausungen der Offiziere. So sicher, wie die Reben am Ende des Sommers Trauben hervorbrachten, würde sein Besuch ihm Antworten bringen; das wusste er.

Das Licht einer Öllampe bebte im Fenster von Jerobeams Haus. Zadok stand in den Schatten und wartete. Ein leichter Regen berührte sein Gesicht, doch er suchte keinen Schutz. Er würde bis zum Morgen an dieser Stelle warten, wenn er musste, denn er wusste mit aller Bestimmtheit, dass jemand kommen würde.

Zwei Stunden später hatte der Regen ihn bis auf die Knochen durchnässt und ließ ihn unter großer Kälte zittern, aber seine Vorahnung wurde belohnt. Ein verhüllter Besucher klopfte an Jerobeams Tür und wurde, offensichtlich erwartet, eilig hereingelassen.

Zadok schlich über die Gasse und duckte sich unter Jerobeams Fenster. Die Stimmen waren leise, beinahe ein Flüstern. Unter seinem Umhang zog er ein Horn hervor und hielt es sich ans Ohr, um die Geräusche zu verstärken.

»Dreihundert Pferde und Streitwagen kommen morgen aus Ägypten, als Lieferung für den Palast. Meine Männer werden die Karawane bei Tagesanbruch in der Wüste treffen und die Pferde zu meiner Festung in Zareda umleiten.«

Der Verrat, den Zadok vermutet hatte, bestätigte sich. Jerobeam verschwor sich gegen Salomon. Und er hatte einen Komplizen. Er lauschte aufmerksam, aber der geheimnisvolle Besucher blieb stumm.

»Es ist zwingend erforderlich, dass Ihr unseren Verbündeten die Nachricht noch heute Nacht überbringt«, sagte Jerobeam. »Alles muss nach Plan verlaufen.«

Verbündete? Konnte es eine unterstützende Armee geben? Wenn Jerobeam einen Aufstand plante, brauchte er auf jeden Fall Verstärkung. Aber wer unter den Nachbarkönigen würde die Hand gegen Salomon erheben?

»Wie werden wir wissen, wann die Zeit gekommen ist?«, flüsterte der Besucher.

Obwohl die Stimme etwas Vertrautes an sich hatte, konnte Zadok sie nicht erkennen.

»Die Prophezeiung wurde gemacht. Gottes Plan ist schon am Werk.« Er hielt inne. »Vor einigen Tagen folgte ich der Straße außerhalb der Stadt. Ahija von Schilo erschien hinter einem Dickicht aus Maulbeer-Feigen und bat mich, stehen zu bleiben. Er zog seinen Umhang aus und zerriss ihn vor meinen Augen. Ich hielt ihn für verrückt und bat ihn, aufzuhören, aber das tat er erst, als der Umhang in zwölf Teile gerissen war. Dann zählte er zehn ab und drückte sie in meine Hand. *Nimm diesen Stoff, welcher ein Symbol ist für die zehn Stämme Israels,* sagte er. *Das vereinte Königreich zerfällt, denn Salomon hat in Gottes Augen gefehlt. Du wurdest auserwählt, Jerobeam. Du musst die Stämme des Nordens anführen. Nur Juda und Benjamin werden in den Händen von Haus David bleiben.*«

Es war also geschehen. Zadok sah zum Himmel. Selbst die Sterne verbargen sich hinter dem schwarzen, undurchdringlichen Schleier, der sich in dieser Nacht über Jerusalem gesenkt hatte. Daran war nichts Überraschendes. In seinem Herzen wusste er, dass der Tag von Salomons Richtspruch kommen würde. Der Sohn Davids besaß alles – Macht, Ruhm, Reichtum, Kraft und Weisheit – und ließ es durch die Finger rinnen wie Wasser durch Spinnweben. Statt sich leiten zu lassen, legte er sein Vertrauen in seine eigene Herrschaft und missachtete den Einen, der sie ihm überhaupt geschenkt hatte.

Viele Male hatte Zadok Stolz bezeugt: Das war der große Zauberer, der Männer anlockte wie das Licht die Nachtfalter. Salomon war nicht der Einzige, der ihm zum Opfer gefallen war. Jerobeam war gleichermaßen schuldig. Ein Schauer lief Zadok über den Rücken, als er sich sein geliebtes Israel in den Händen eines solchen Mannes vorstellte. Er fühlte sich atemlos und verstand es als ein Zeichen. Er würde nicht mehr da sein, um es zu erleben.

»Sehr gut«, sagte der Besucher.

Zadok horchte auf. War es möglich?

»So soll es geschehen.« Die Stimme war zweifelsohne weiblich. »Der Pharao wird zufrieden sein. Er hat auf diese Nachricht gewartet.«

Zadok erschrak, als er erkannte, dass die Stimme Nikali gehörte. Obwohl er ihr nie getraut hatte, hätte er ihr einen Verrat solchen Ausmaßes niemals zugetraut.

»Ihr müsst den König ablenken«, sagte Jerobeam. »Er darf es nicht kommen sehen.«

»Überlasst Salomon mir«, flüsterte sie.

Die Stimmen verstummten. Einen Augenblick später verließ sie das Haus und wurde von der Nacht verschluckt. Mit großer Mühe erhob sich Zadok auf schwache Beine und ging in die entgegengesetzte Richtung. Er musste Salomon erreichen, bevor Nikali es tat.

Obwohl er zitterte, spürte er seine Haut von einem Fieber glühen. Seine Lungen fühlten sich schwer an und jeder Atemzug war eine Qual. Er packte sich an die Brust und drängte vorwärts. Er würde seinen König warnen, und wenn es seine letzte Aufgabe auf Erden wäre.

Bis er den Palast erreicht hatte, war er erschöpft und schnappte nach Luft. Er schleppte sich zu einem der Wachmänner. »Wecke den König.« Seine Stimme war schwach. »Es ist eine dringende Angelegenheit.«

Der Wachmann nickte und verschwand im Flur. Seine eiligen Schritte wurden leiser und leiser, während er sich zu Salomons Gemach bewegte. Mehrere Augenblicke lang hörte Zadok nichts außer dem abgehackten Geräusch seines eigenen flachen Atems. Dann kehrten die Schritte zurück, diesmal ohne Eile und gleichmäßig.

Der Wachmann ging zu seinem Posten zurück und verneigte sich vor Zadok. »Die Königin gab König Salomons persönlicher Wache Anweisung: Der König ist unter keinen Umständen zu stören.«

»Es kann nicht bis zum Morgen warten. Im Namen des allmächtigen Gottes befehle ich dir, ihn aufzuwecken.«

»Es ist unmöglich, *Kohen*. Der Befehl war sehr deutlich: Niemand betritt das Gemach des Königs … nicht einmal Ihr.«

Sie hatte die Möglichkeit vorhergesehen, dass Jerobeams Vorhaben entdeckt werden könnte, und Vorsorge getroffen. Aber sie hatte nicht mit Zadoks Einfallsreichtum gerechnet.

»Schicke Benaja zu meinem Haus«, sagte er zur Wache. »Mach schnell.«

Er schritt durch die Palasttore und machte sich auf den Weg zu seinem eigenen Heim am Fuß des Tempelgeländes. Als Zadok die Tür aufdrückte, fand er seinen jüngsten Sohn schlafend auf einer Heumatratze in der Ecke des Hauses. Er beugte sich hinab und schüttelte ihn an der Schulter. »Wacht auf, Ahimaaz.«

Ahimaaz sprang auf. »Was ist, Vater?«

Zadok entzündete eine Öllampe und hielt diese zwischen sie. Die honigfarbenen Augen seines Sohnes waren beunruhigt. »Die Zeit für Heldenmut ist gekommen, mein Sohn.«

Eine Falte zeigte sich zwischen Ahimaaz' Brauen. Er nahm die Öllampe aus den zitternden Händen seines Vaters und wartete auf Anweisungen.

»Der König wurde verraten«, flüsterte Zadok. »Einer seiner Offiziere erhob die Hand gegen ihn. Ihr und ich sind die Einzigen, die davon wissen.«

»Sollten wir es nicht dem König sagen?«

»Er ist abgesondert und kann nicht gewarnt werden. Wenn wir warten, wird alles verloren sein. Wir müssen jetzt handeln … ohne Befehl vom Palast.«

»Was soll ich tun, Vater?«

Ein hartes, rasches Klopfen ertönte. »Tretet ein, Benaja«, sagte Zadok.

Der Heerführer näherte sich dem Priester und dessen Sohn. »Was hat das zu bedeuten?«

»Der König wurde verraten, Benaja. Jerobeam beabsichtigt, die ägyptische Karawane zu überfallen und die für Jerusalem bestimmten Pferde zu stehlen. Er wird sie zu seiner Festung in Zareda bringen, wo er seine Kräfte versammelt.«

Benaja starrte ihn mit offenem Mund an. »Woher wisst Ihr das?«

»Ich folgte Jerobeam und hörte ihn über sein Vorhaben sprechen.« Er sah zu Benaja, dann zu Ahimaaz. »Nun hört gut zu. Ich möchte, dass Ihr mit einer kleinen aber fähigen Einheit nach Zareda reitet. Ihr müsst Euch heimlich nähern.« Zadok verspürte ein erdrückendes Gewicht auf seiner Brust. Sein Kiefer war so angespannt, dass seine Worte verzerrt wurden. »Wenn Jerobeam kommt, nehmt ihn auf Befehl des Königs wegen Hochverrats fest.«

Benaja musterte ihn. »Haben wir einen solchen Befehl?«

»Der Befehl kommt von einem höheren Ort als dem Palast.« Zadok zerrte eine Truhe unter dem Bett hervor und hob ihren Deckel an. Er holte etwas heraus und hielt es in die Höhe. »Zeigt Jerobeam dies.«

Ahimaaz betrachtete den Gegenstand für einen Moment. »Ein Stück Stoff. Welche Bedeutung hat es?«

Zadok dachte an den Tag zurück, an dem er zum ersten Mal einen Blick auf Jerobeam geworfen hatte. Der Tempel befand sich in einem frühen Bauabschnitt, als sich der junge Ephraimiter an Salomon wandte und ihm diesen Stoff reichte, von dem er behauptete, er sei eine Ecke von König Sauls Tunika, die David, damals ein Abtrünniger, abgeschnitten hatte, anstatt den regierenden König zu töten. David hatte Sauls Leben verschont, denn es verstieß gegen das Gesetz, Hand an Gottes Auserwählten zu legen, ganz gleich, wie viele Vergehen er begehen mochte.

So war es also wieder geschehen. Jerobeam verdiente es auf jeden Fall, für seine Falschheit zu sterben. Aber wenn das, was er sagte, wahr war und Ahija wirklich sein Gewand als Prophezeiung des Herrn zerrissen hatte, dann konnte kein Mensch – nicht einmal der Hohepriester des Königreichs – ein Urteil sprechen.

»Er wird es verstehen.« Zadok rang um Atem. Er wusste, dass er seinen Sohn nicht wiedersehen würde. Er betrachtete sein Gesicht, das nach dreiundvierzig Jahren noch immer jugendlich war. Er hatte Ahimaaz aufgezogen, damit er ihm als Hohepriester nachfolgen würde, aber nun war er unsicher, ob das zadokische Priestertum oder das Haus David weiterbestehen würde. So sicher, wie der Ostwind die Schiffe von Tharsis zerschellen ließ, konnte er die Zukunft in den Sternen geschrieben sehen.

Ahimaaz drückte seine Hände. »Ihr seid krank, Vater. Ich kann Euch nicht verlassen …«

»Mein pflichtbewusster Sohn.« Ein schwaches Lächeln legte sich auf Zadoks Lippen. Er spürte die Anwesenheit Gottes, als sich seine Lungen mit Luft füllten. »Das Leben ist so zerbrechlich wie das Lied des Wiedehopfs. Meine Stimme wird bald verstummen, doch Eure ist so klar und leuchtend wie ein Sommermorgen. Nehmt Euch ein Weib und mehret Euch. Lebt nach Gottes Gesetz. Ganz gleich, welche Dunkelheit über dieses Land kommt, dem Land Eurer Vorväter, lasst es nicht im Stich. Selbst wenn Ihr kein Zeichen des Herrn erhaltet, selbst wenn alle Propheten fortgegangen sind, liefert Eure Taube nie den Händen wilder Tiere aus.«

Zadok spürte Benajas Hand auf seiner Schulter. An beide Männer gerichtet sagte er: »Geht nun. Reitet nach Zareda. Möge der Herr Euch behüten.«

Ahimaaz küsste seinen Vater auf die Wangen und drückte den Stoff an seine Brust. Er zog sich rasch an und die beiden Männer machten sich auf den Weg.

Obwohl es eine kühle Herbstnacht war, tränkte Schweiß Zadoks Gewand. Seine Knochen schmerzten, als wäre er von einer wütenden Menge gesteinigt worden. Den Druck auf seiner Brust übergehend stand er auf und machte sich auf den Weg zu den Toren des Tempels.

Die Anstrengung des Gehens erschöpfte ihn. Er hatte es halb zum Tempel geschafft, als er auf die Knie fiel. Er konnte nicht weiterkommen. Er ließ seinen Gehstock zu Boden fallen und griff nach der kühlen Erde seines geliebten Heimatlandes, hielt sie mit den Fingern fest. Ebendiese Erde war den Söhnen Israels von Gott selbst geschenkt worden. Sie war mit ihrem Blut und Schweiß getränkt worden, und dem ihrer Kinder, während sie sich plagten, ein großes Reich zu erschaffen, das dem Geschenk, das sie erhalten hatten, würdig war.

Jahrhunderte später war es geschehen. Zadok spreizte die Finger und ließ die Erde hindurchgleiten.

Er dachte an Salomon, der auf dem Bett der Schuld lag und blind war für den Schaden, den er angerichtet hatte. Für sterbliche Menschen, von ihrer eigenen Macht berauscht und so leicht verführt von irdischen Freuden, war Größe kein beständiger Zustand, sondern eine vergängliche Fantasie. Sie erblühte wie die Granatapfelbäume, aber wenn der *Chamsin* wehte, wurden die Blütenblätter vom Wind verstreut und schwebten ohne Richtung dahin.

Zadok senkte seine Stirn zum Boden und ließ seine Tränen die Erde wässern. »Oh Herr, Gott unserer Väter, vergib die Sünden Deines Volkes Israel«, flüsterte er. »Öffne ihre Augen, sodass sie Dein Licht sehen können; binde ihre Hände los, sodass sie Deinen Willen tun mögen. Lass Rechtschaffenheit aus der Asche der Verdorbenheit auferstehen, damit Dein Vermächtnis auf Erden nicht in die Hände der Gottlosen fallen mag.«

Eine sanfte Brise wehte über den Berg und machte ihm bewusst, wie durchweicht seine Roben waren. Er zitterte wie ein nackter Mann zur Wintersonnenwende und verbrauchte alle Energie, die er nicht länger aufsparen konnte. Keuchend fuhr er fort: »Nimm nun diese Seele zu Dir, oh Herr, in Dein Himmelreich, und sprich Dein Urteil über sie. Möge sie Deinen Zorn beschwichtigen, wie Wasser den Durst der Wüste löscht.«

Das Gesicht des Erzengels, bleich wie Weizen und von flachsfarbenen Locken umrahmt, zog vor seinem geistigen Auge vorüber. Die Zeit war gekommen. Er legte sich auf die Seite und sah zum nördlichen Horizont, sprach einen stillen Segen für seinen Sohn und die Männer, die ihn auf seinem heimlichen Auftrag begleiteten. Er schloss die Augen und stieß seinen letzten Atem aus.

KAPITEL 17

Als der Hahn krähte, erwachte Nikali in Salomons Armen. Er schlief fest, wahrscheinlich erschöpft von ihrer Liebesnacht und noch immer vom unreinen Wein berauscht, den sie ihm verabreicht hatte.

Um einen Zustand der Sinnestäuschung mit anschließender Benommenheit auszulösen, hatte sie Blütenblätter vom Blauen Lotus im Wein getränkt und so deren betäubende Wirkung freigesetzt. Dieses Vorgehen war unter ägyptischen Priestern üblich, die einen überweltlichen Zustand anstrebten, aber es konnte tödlich sein, wenn es falsch gehandhabt wurde. Sie hielt die Rezeptur geheim, ein Geschenk von der Seherin Anippe vor langer Zeit, und benutzte sie nur, wenn es nötig war.

Jedes Mal, wenn sie diese bei Salomon anwandte, hatte er nichts davon geahnt und die Entzückung, die er verspürte, ihren exotischen Liebestechniken zugeschrieben. Während sie beide älter geworden waren, war dieser Anschein unverzichtbar geworden, denn auf diese Weise hielt sie ihre Macht über ihn aufrecht. Mehr noch; die blaue Lotusblume war ein Mittel gewesen, um ihn außer Gefecht zu setzen, sodass sie ihren Angelegenheiten unentdeckt nachgehen konnte. Während er die Wirkung ausschlief, schlüpfte sie aus seinem Bett und traf sich mit Jerobeam, um die Palastgeheimnisse auszuplaudern und dem Vorsteher der *Burnden* zu helfen, seinen Aufstand zu planen.

Die wichtigste Information hatte sie früher in dieser Nacht erhalten. Während der Blaue Lotus bei Salomon zu wirken begann, hatte er das Geheimnis enthüllt, das zum Niedergang seines Reiches führen würde.

Als Nikali zunächst sein Gemach betrat, wirkte er trübsinnig, gedankenverloren. Er saß wie hingegossen auf einem Stuhl, den Kopf auf seine Faust gestützt. Seine Stirn war gerunzelt und sein Blick schien weit entfernt zu weilen. Sie ging zu ihm und stellte den Weinkrug, den sie ihm mitgebracht hatte, auf einem Tisch ab.

Sie kniete sich neben ihn und schlang ihre Arme um seinen Hals. »Was quält Euch, mein Gemahl?«, flüsterte sie ihm ins Ohr und küsste sein Ohrläppchen.

Sanft schob er sie fort. »Das ist Männersache. Frauen sollten sich nicht mit solchen Dingen befassen.«

Sie befragte ihn nicht weiter, da sie wusste, dass sich seine Zunge letztendlich lösen würde. »Was immer es ist, es soll unsere Liebesnacht nicht stören.« Sie zog den Stopfen aus dem Weinkrug, goss einen Becher voll und hob ihn an seine Lippen. »Trinkt. Es wird Eure Last erleichtern.«

Mit drei geräuschvollen Schlucken leerte er den Becher. Mit dem Handrücken wischte er sich einige Tropfen vom Bart. »Tanzt für mich.«

Er bat sie nicht oft darum, sondern sparte sich das Privileg für Momente auf, in denen es ihm nach einer vollkommenen Wirklichkeitsflucht verlangte. Den dunklen Ringen unter seinen Augen nach zu urteilen, sehnte er sich nach einer Atempause von den Dämonen, die in dieser Nacht in seinem Geist hausten. Was ihn heimsuchte, vermutete sie, hatte mit dem Streit mit Jerobeam zu tun – und könnte eine wichtige Information für Tanis sein.

Wenn sie etwas aus ihm herauslocken und es Scheschonq anschließend als Preis überreichen wollte, musste ihre Darbietung unfehlbar sein. Sie lächelte schelmisch und stand auf. Sie goss den Weinbecher noch einmal voll und ließ ihn neben einer Öllampe auf dem Tisch stehen. Sie schälte sich aus ihrem Überwurf und ließ ihn zu Boden fallen, sodass ihr Kostüm zum Vorschein kam – ein durchsichtiger Unterrock mit über der Brust gekreuztem und über die Schultern gelegtem Umhang, der von einer goldgeschmiedeten, mit einem geflügelten Bernsteinskarabäus verzierten Brustplatte gehalten wurde.

Salomon ging zu seiner Instrumentensammlung und nahm eine Flöte in die Hand. Er betrachtete Nikali mit hungrigem Blick und änderte seine Meinung; stattdessen wählte er eine Ziegenhauttrommel. Er kehrte zu seinem Stuhl zurück und nahm einen weiteren Schluck vom Wein. Er begann, leise und langsam zu trommeln.

Sie verstand seinen Wink und drehte ihm den Rücken zu, folgte dem Rhythmus mit dezenten Hüftbewegungen. Sie hob die Arme über den Kopf und wiegte sie wie Papyrusstiele im Wind. Ihre Finger führten ihren eigenen Tanz vor, glitten übereinander und verwoben sich miteinander in zarten, hypnotisierenden Mustern.

Er erhöhte die Geschwindigkeit ein klein wenig. Den Kopf so geneigt, dass ihr Haar zu einer Seite fiel, senkte sie ihre Hände zu ihrem Nacken und streichelte ihn mit den Fingerspitzen, ehe sie das Seidenband löste, das ihre Brustplatte zusammenhielt. Sie ließ sie auf einen Schaffellteppich fallen und sah ihn über ihre Schulter hinweg an, beobachtete seine Reaktion, während sie den Umhang löste, der ihren Oberkörper bedeckte. Sie ließ das hauchdünne Kleidungsstück über eine Schulter rutschen, dann über die andere, bis es locker um ihre

Taille lag und einen schlanken, lohfarbenen Rücken enthüllte, der von Mandelöl glänzte.

Ohne seinen Blick von ihr zu lösen, nahm er noch einen Schluck Wein und leckte sich langsam über die Lippen. Er trommelte weiter, nun lauter.

Die Schultern im Trommeltakt rollend, neigte sie sich aus der Taille nach hinten und ließ den Kopf sinken, bis ihr Haar den Boden berührte. Ihr Oberkörper pulsierte im Einklang mit dem Geräusch. Seine Bewunderung für ihren wogenden, nackten Körper zur Kenntnis nehmend, neckte sie ihn, indem sie ihren Umhang benutzte, um ihre Haut abwechselnd zu verschleiern und zu entblößen.

Das Lampenlicht bebte. Sein Verlangen spürend, richtete sie sich langsam wieder auf und verfiel in ein schnelleres Tempo. Den weißen, durchsichtigen Stoff in der Hand bewegte sie die Arme hinauf und hinab und erschuf die Illusion eines fliegenden Schwans.

Als der Trommelschlag lauter wurde, drehte sie sich zu ihm um. Ihr Blick hielt den seinen gefangen, während sie ihren Unterrock löste und den Stoff zu Boden fallen ließ. Ein Lendentuch kam zum Vorschein, das feucht an ihrem schwitzenden Körper lag. Sie drehte sich mehrmals um sich selbst und wirbelte den durchscheinenden Umhang umher, als wäre er eine Wolke, die sie umgab. Sie bewegte sich schneller und schneller, ein verschwommenes Bild aus Stoff und Haut, immer im perfekten Einklang mit dem sich stetig steigernden Rhythmus.

Mit einer schnellen Bewegung legte sie den durchsichtigen Stoff über ihren Kopf und ließ ihn ihren Körper verschleiern, als wäre sie eine Braut in ihrer Hochzeitsnacht. Sie zog das Lendentuch aus. Das Trommeln wurde wilder und lauter und spiegelte, wie sie annahm, seinen Herzschlag wider. Sie trat näher. Mit einer Hand weitertrommelnd griff er mit der anderen nach ihr, doch sie bewegte sich rückwärts, ließ sein Verlangen anschwellen.

Nikali glitt zu einer Steinsäule und legte ihre Arme darum. Darauf achtend, dass er alles sehen konnte, ließ sie den Kopf nach hinten fallen und rieb ihre Hüften gegen den Stein. Der Schleier klebte an ihrem feuchten Körper und betonte all ihre Kurven. Er stöhnte leise, trommelte aber weiter.

Als sie spürte, dass sein Verlangen vollendet war, ließ sie den Schleier fallen und wiegte sich vor ihm, gerade außer Reichweite. Das gleichmäßige Pochen vibrierender Tierhaut füllte den Raum zwischen ihnen.

Salomons Brust bebte, als das Trommeln seinen fieberhaften Höhepunkt erreichte. Sein Mund öffnete sich und seine Lider flatterten schnell. Das Trommeln endete. Seine Brust zog sich zusammen und ein atemloses Stöhnen verließ seine Kehle. Einige Augenblicke später stieß er hörbar die Luft aus und ließ die Trommel aus seinen Händen gleiten. Keuchend legte er sich hin.

Sie lächelte siegreich. Sie wollte glauben, das alles sei ihrem Talent geschuldet, aber sie wusste, dass der lotusgetränkte Wein zu seiner gefühlsbeherrschten Ekstase beigetragen hatten. Ihr blieben wenige Augenblicke, um ihm das Wissen zu entlocken, das sie benötigte, bevor er in tiefen Schlaf fallen würde.

Sie setzte sich auf seinen Schoß und lehnte sich gegen ihn, den Kopf an seinen nassen Hals geschmiegt. Sein Herzschlag pochte an ihrer Stirn.

Er streichelte ihren Rücken mit federleichter Berührung. »Oh, schönste aller Frauen, wie beglückt Ihr mich so? Ehefrauen habe ich in großer Zahl und Nebenfrauen in Fülle, aber keine berührt mich so wie Ihr. Das Wasser aller Quellen Jerusalems kann meine Liebe für Euch nicht löschen.«

Auf Hebräisch sagte sie: »Es ist die Pflicht eines Weibes ihrem Ehemann gegenüber, mein Herr, König Salomon. Es ist auch ihre Pflicht, sich seinen Kummer anzuhören und ihn zu leiten, wie es nur eine Frau vermag.« Sie legte ihm eine Hand unters Kinn und drehte seinen Kopf, bis sich ihre Blicke trafen. »Wollt Ihr mir nicht erzählen, was Euch quält?«

Er seufzte. »All diese Jahre kannte ich keine Feinde. Nun versammeln sie sich gegen mich, einer nach dem anderen. Ich bange um die Zukunft Jerusalems … des Königreichs.«

»Wer wagt es, sich gegen Euch zu verschwören, mein Gemahl?«

»Einer aus meinen eigenen Reihen.« Er sah fort. »Es hat keine Bedeutung. Ich kann nicht rückgängig machen, was geschehen ist. Ich kann nur unsere Verteidigung verstärken und für die Sicherheit unseres Volkes sorgen.«

»Aber Jerusalem ist bereits befestigt. Das Millo …«

»Nichts würde meinen Feinden besser gefallen, als die Hauptstadt zu zerstören. Sie ist der naheliegende Angriffsort. Deswegen wies ich meine getreuesten Männer an – Statthalter, Krieger, Priester –, die Stadt beim ersten Anzeichen eines Kampfes zu verlassen.«

Sie fuhr zurück. »Die Stadt verlassen? Aber wohin werden sie gehen?«

»Ich habe Vorkehrungen für alle getroffen, sich in Megiddo zu verstecken.«

»Mein Gebieter, ist das klug? Megiddo ist die Wagenstadt. Sie ist keine Festung wie Jerusalem. Es gibt kein Versteck.«

Er lächelte, als hüte er ein Geheimnis.

Sie biss sich auf die Innenseite ihrer Lippe. Sie war so nah dran. »Gibt es eines, mein Gebieter?«

Er bedachte sie mit einem langen Blick, als ob er ihre Aufrichtigkeit abschätzte. Ihre Brust an seine gedrückt küsste sie sanft seine Lippen und erkundete seinen Körper mit ihrer Hand. »Vertraut Ihr Eurer Königin nicht?«

Er schloss die Augen. Seine Brust hob und senkte sich gleichmäßig. Er trieb davon.

Sie drängte ihn weiter. »Sollte ein Kampf stattfinden, könnte ich den Frauen und Kindern helfen, Schutz zu suchen. Sagt es mir, mein Gebieter. Sagt mir, wohin ich sie führen muss.«

»Es gibt einen Tunnel«, sagte er mit geschlossenen Augen und leiser werdender Stimme. »Ein verborgener Durchgang zwischen den Palastgärten und der Quelle jenseits des Siedlungshügels. Niemand weiß davon …«

Schlaf überkam ihn. Dank des Rauschmittels würde er sich an nichts hiervon erinnern, wenn er erwachte.

Nikali löste sich aus seiner Umarmung und suchte ihre Kleider zusammen. Während sie sich anzog, beobachtete sie den schlafenden Salomon. Wie verletzlich ein König im Netz einer listigen Frau sein konnte.

Ein Teil von ihr, ein lang unterdrücktes Mitgefühl, verspürte Reue darüber, ihm das anzutun. Augenblicklich verscheuchte sie die Empfindung. Ihre Mission war größer als das: Über einen Mann und eine Frau hinaus konnte sie die Zukunft ganzer Länder entscheiden.

Sie nahm den Weinkrug und steckte ihn unter ihren Überwurf. Sie beugte sich vor und wölbte die Hand hinter der bebenden Flamme der Öllampe. Sie warf einen langen Blick auf Salomon und blies, stürzte den Raum in Dunkelheit.

Auf Zehenspitzen ging sie hinaus und schloss die Tür leise, ehe sie den Gang hinunterlief. Sie war begierig darauf, den Palast des Königs zu verlassen und ihren eigenen zu betreten, wo sie auf Nachricht von Scheschonqs Boten warten konnte. Der Plan war fehlerlos: Die Ägypter, mit einer Lieferung Pferde auf dem Weg nach Jerusalem, würden wie von Banditen angegriffene Opfer erscheinen, während sie Jerobeam in Wirklichkeit bewaffneten und ein neues Bündnis mit dem zukünftig gesalbten König schmiedeten.

In Salomons Palasthof wehklagte eine Gruppe von Frauen. Sie zerrissen ihre Kleider. Trauernde. Sie erblickte Asarja, den Sohn des Propheten Nathan und obersten aller Statthalter Salomons, der eilig auf das Gemach des Königs zustrebte.

»Was ist geschehen?«, fragte sie eine der Wachen.

»Der Priester Zadok ist tot. Er starb irgendwann in der Nacht.«

Sie atmete aus, dankbar, dass ihre Befürchtungen, der Plan sei auf irgendeine Weise fehlgeschlagen, unbegründet waren. Es war eine Dreingabe, dass Zadok gestorben war. Jahrelang hatte er sie aus keinem anderen Grund als ihrer Abstammung wegen verachtet. Sie war froh, ihn los zu sein.

Sie folgte dem Weg zu ihrem Palast und machte zuerst bei Irisis Unterkunft halt. Sie klopfte einmal, dann zweimal, das langjährige Zeichen zwischen ihr und ihrer alten Freundin und Schreiberin.

Irisi trug noch ihr Nachtgewand, als sie zur Tür kam.

»Gibt es Nachricht?« In Nikalis Stimme lag Ungeduld.

Irisi nickte und ließ ihre Herrin herein. Sie schloss die Tür und versperrte sie mit einer Eisenstange. »Im Morgengrauen kam der Bote zum verabredeten Ort. Der Austausch wurde gemacht.«

»Gut. Jerobeam hat seine Pferde und Streitwagen und Scheschonq hat seine israelische Rebellenarmee. Es wird nicht lange dauern, bis wir frei sind.«

»Seid Ihr sicher, dass dies der richtige Weg ist, Herrin?«

»Fünfundzwanzig Jahre lang habe ich darauf gewartet, in mein Heimatland zurückzukehren, und in die Arme des einzigen Mannes, den ich je geliebt habe.« Sie lächelte. »Ja, Liebes. Das ist der für uns bestimmte Weg. Nun muss ich gehen. Erzähle niemandem davon.«

»Was wird aus den Mädchen werden?«

»Tafat wird hierbleiben und heiraten. Basemat wird uns nach Tanis begleiten.«

»Vergebt mir, Gebieterin, aber Basemat ist alt genug, um ihre eigenen Entscheidungen zu treffen.«

»Sobald sie die Wahrheit über ihre Abstammung kennt, wird sie Ägypten wählen. Ich bin ganz sicher.«

Irisi schüttelte den Kopf. »Meine Gebieterin, Basemat glaubt, hierher zu gehören. Sie würde eher für Israel kämpfen, als Trost in Ägypten zu suchen.«

Nikali umfasste Irisis Gesicht mit beiden Händen. »Liebe Irisi. Basemat ist ahnungslos. Ihre Treue gilt Salomon, weil sie glaubt, er sei ihr Vater. Wenn es an der Zeit ist, wird sie erfahren, dass sie die Tochter eines Pharao ist. Und das wird alles verändern. Du wirst sehen.«

Irisi seufzte und löste sich.

Nikali dachte über die Haltung ihrer Freundin nach. Obwohl Irisi ihre Treue wieder und wieder bewiesen hatte, war ihr Blick oft von Bedenken verschleiert. Wenn Nikali sie befragte, bestätigte Irisi es nie. Aber sie konnte es nicht verbergen.

Nikali entschied sich, diesmal darüber hinwegzusehen, denn die Empfindungen einer einzelnen Frau waren angesichts des großen Plans belanglos. Sie entriegelte die Tür und verließ das Zimmer.

Auf dem Weg zu ihrem Gemach blieb sie an einer Fensteröffnung stehen und blickte zur aufgehenden Sonne. Sie flüsterte eine Huldigung an den Sonnengott Amun-Re. Es gab so viel, wofür sie dankbar sein musste.

Bei Sonnenuntergang am nächsten Tag wurde Nikali in den Thronsaal bestellt. Das geschah nur zu seltenen Anlässen, wenn es um eine Frage der Diplomatie oder wichtige Ereignisse ging, von denen sie in Kenntnis gesetzt werden musste. Ansonsten wurde sie aus Staatsangelegenheiten herausgehalten, was ihr auch recht war.

Salomon hatte auf dem Thron der Begegnung Platz genommen, einem vergoldeten Stuhl, dessen Schnitzereien denen des Richterstuhls entsprachen. Der Königsthron stand auf einer erhöhten Plattform und war von vier Stühlen umgeben, die zwei Ellen tiefer standen. Als Nikali eintrat, beendete Salomon gerade ein Gespräch mit Benaja.

Er schickte Benaja fort und bedeutete Nikali, links von ihm Platz zu nehmen. Sie setzte sich auf den Stuhlrand und sah zu ihm auf. Wie sehr er gealtert war. Unter seiner goldenen Krone kennzeichneten tiefe Falten seine Stirn. Sein Bart und sein Haar, trotz des fortschreitenden Alters dicht, waren grau geworden wie die Trauertauben des Kidrontals.

»Meine Gattin, ich habe herrliche Neuigkeiten«, sagte er, obwohl sein Ausdruck mehr Sorge als Freude verriet. »Unsere Tochter wird heiraten.«

Nikali nahm an, er meine ihre jüngere Tochter, Tafat, welcher von einem Armeeoffizier der Hof gemacht wurde. »Dann bat Neftador also um ihre Hand.«

Salomon schüttelte den Kopf. »Ich spreche von Basemat.«

Einen Moment lang konnte sie nicht atmen. Sie fühlte sich, als hätte ihr jemand einen Speer in den Unterleib gestoßen.

»Ihr wirkt nicht glücklich, Frau.«

»Vergebt mir, mein Gebieter, denn dies ist eine Überraschung.« Sie bemühte sich um Fassung, um nicht sein Misstrauen zu wecken. »Basemat schien nicht an der Ehe interessiert. Ich zog in Betracht, dass sie ihr gesamtes Leben lang eine unverheiratete Frau bleiben würde.«

»Wie wenig Ihr von ihr wisst.« Er stand auf und stieg die zwei Stufen hinunter. Vor dem Thron ging er auf und ab. »Basemat ist zu Höherem bestimmt. Von all meinen Kindern besitzt sie die größte Klugheit, Leidenschaft, Bescheidenheit und Nähe zum Herrn. Ihr Wesen ist gut, um das Land zu führen. Aber leider braucht das Volk einen König.«

Nikali sah ihre Tochter nicht als Führerin Israels, sondern vielmehr als zukünftige Königin Ägyptens. Basemat war ein wunderbares Geschöpf, schwarzhaarig und honighäutig, mit schlankem Körperbau und Brüsten wie Lotusblumen. Sie war eine reinblütige Ägypterin, für die Liebe eines Pharao bestimmt, ob sie es wusste oder nicht. Aber mehr als das war Basemat der Ausdruck von Nikalis Leidenschaft für ihren Liebsten. Sie war, was Nikali mit Scheschonq verband, jetzt und für alle Zeit.

Salomon blieb vor ihr stehen. »Seid Ihr nicht neugierig, wer ihr Verlobter ist?«

Nikali sah ihn ausdruckslos an. In ihrem Inneren weinte sie. »Offenbart es, mein Gebieter.«

»Ahimaaz, Sohn von Zadok.«

Sie biss sich auf die Unterlippe und schmeckte den bitteren, roten Ockerfarbstoff. »Ein Priester ... Weshalb?«

»Ahimaaz ist Zadoks Erbe. Das allein macht ihn würdig. Aber es gibt etwas anderes, weswegen ich ihm Treue schulde.«

»Was ist es?«

Er zögerte. »Da es eine Angelegenheit von Interesse für Ägypten ist, solltet Ihr es wissen. Die Pferde, die vom Pharao nach Jerusalem geschickt wurden, wurden gestohlen und nach Norden umgeleitet. Die Ägypter wurden gestern Nacht vor Tagesanbruch angegriffen.«

Sie heuchelte Erschütterung. »Wer tut so etwas?«

»Ich kann es nicht preisgeben, denn es ist eine Frage der Staatssicherheit. Aber so viel will ich sagen: Der Täter sah sich einem Kriegertrupp unter Ahimaaz' Führung gegenüber.«

»Ahimaaz ist ein Priester, mein Herr. Er ist nicht fähig ...«

Salomon lachte. »Ahimaaz wurde gleichermaßen in den Gebräuchen Jahwes und der Kunst des Schwertes unterrichtet. Er ist eine stille aber zuverlässige Kraft in Jerusalems Rüstkammer. Einer der besten unerkannten Krieger, den wir haben.«

»Und wie kam es, dass er in ein solches Wissen eingeweiht war, dass er eine geheime Verschwörung aufzudecken vermochte?«

»Zadok hatte die Verschwörung aufgedeckt. Er gab seinem Sohn und Benaja den Befehl zur Ergreifung, bevor er starb.«

Ihre Adern fühlten sich an, als flösse Bergwasser hindurch. War Zadok ihr gefolgt? Hatte er sie belauscht? Wer sonst wusste davon? Sie legte eine Hand an ihre Kehle. »Wie konnte er das wissen?«

Salomon richtete seinen Blick nach oben. »Das quält mich. Vielleicht ist ihm der Herr erschienen.« Er wandte sich an Nikali. »Leider wird es ein Geheimnis bleiben. Wie immer es geschah, es war ein Segen, denn er verhinderte einen bevorstehenden Angriff, indem er eine Armee aussandte, um den Verräter zu stellen.«

Ein zitternder Atemzug kam über Nikalis Lippen. »Wo ist dieser … Verräter nun?«

»Er entkam der Gefangenschaft und floh aus Israel. Die Männer verfolgten ihn zum Rand der Wüste, bevor sie seine Spur verloren.« Sein Blick wanderte an ihrem

Köper hinunter. »Aber lasst uns von fröhlicheren Dingen sprechen. Die Hochzeit wird in zwei Wochen stattfinden.«

Sie stand unvermittelt auf. »Warum so bald? Ich habe noch keine Vorbereitungen …«

»Ihr müsst nichts vorbereiten. Ich kümmerte mich bereits um die Frage des *Mohar.*«

»Weiß Basemat …?«

»Ja. Sie weiß alles.«

Nikali biss die Zähne zusammen. Wie konnte er sie aus etwas so Wichtigem wie der Verhandlung über die Ehe ihrer Tochter heraushalten? Die unverhohlene Missachtung für sie – und für alle Frauen –, war nur eine weitere Erinnerung daran, warum er es verdiente, getäuscht zu werden – oder Schlimmeres. Er hatte es mit seinen abscheulichen Taten selbst über sich gebracht.

Und doch hatte er, wieder einmal, gewonnen. Aber nicht für lange. Ihr Plan würde aufgehen, früher oder später. Dafür würde sie sorgen.

»Wir wollen frohlocken, Frau, denn dies ist ein glücklicher Tag.« Salomon streckte ihr eine Hand entgegen.

Sie ergriff sie nicht. Es war das erste Mal, dass sie ihm trotzte. »Ihr entschiedet allein; daher müsst Ihr auch allein frohlocken.« Auf ihrem Weg zur Tür eilte sie an ihm vorüber.

»Ich entließ Euch nicht, Weib.«

Sie blieb stehen, drehte sich aber nicht um. Sie zitterte.

»Ich will Euch in meinem Gemach sehen. Geht jetzt und wartet auf mich.«

Sie versuchte, die Tränen zurückzuhalten, aber sie kamen dennoch. Sie wischte sich über die Wange und der Khol unter ihren Augen hinterließ eine schwarze Spur auf ihrer Handfläche. Ohne Salomon anzusehen, stürzte sie zur Tür hinaus.

KAPITEL 18

Jerusalem, 932 v. Chr.

Salomon war alt geworden, als Makeda, die Königin des großen und abgelegenen Reichs von Saba, nach Jerusalem kam. Es war der erste Staatsbesuch seit vielen Jahren, denn die Herrscher der umliegenden Länder hatten ihre Unterstützung zurückgezogen, als Zwiespalt begonnen hatte, Salomons Königreich zu kennzeichnen.

Nikali beobachtete ihren Ehemann bei den Vorbereitungen für die Ankunft der Königin. Für alle Palastdiener ließ er neue Kleidung weben: Tuniken aus makellosem weißem Leinen, gestreifte Leinenroben für die Männer und Roben aus Brokat für die Frauen, Kopfbedeckungen aus Blau und Purpur, die von goldenen Bändern gehalten wurden. Er bestimmte Töpfer, um besondere, mit dem Wappen des Königs – dem geflügelten

Löwen, der die Unsterblichkeit Judas versinnbildlichte – geprägte Gefäße herzustellen, und Diener, um sie mit Honig, Öl, Saatgut und Oliven zu füllen, alles als Geschenk für die Königin. Er befahl, dass duftende Blumen entlang des Weges, der zur eingefriedeten Stadt führte, gepflanzt und Parfums mit denselben Gerüchen hergestellt wurden, damit Makeda sich noch lange nach ihrer Abreise an diesen Besuch erinnern würde. Seine Köche verbrachten Wochen damit, für die königlichen Festmahle Milchtiere zu schlachten, Früchte zu sammeln und Fische zu beschaffen.

Sie war abscheulich – und vielleicht ein wenig verzweifelt –, diese schamlose Zurschaustellung von Reichtum. Obwohl Salomon darauf beharrte, dass es dem üblichen Protokoll entsprach, wusste Nikali, dass es lediglich ein Versuch war, ein Bild von Überfluss und Wohlstand für eine Herrscherin zu erzeugen, die für ihren unbeschreiblichen Schatz bekannt war. Es geschah ebenso zu seinem eigenen Gefallen wie zu ihrem. In seinen späten Lebensjahren, als er völlig von sich eingenommen war, war Salomon bang geworden, seine einst unumstrittene Stellung als größter König, der jemals im Heiligen Land regierte, zu verlieren. In der Dämmerung seines Lebens stand ihm nicht länger der Sinn danach, gerecht zu herrschen, sondern vielmehr, sein Vermächtnis für die kommenden Generationen zu sichern.

Makedas Karawane erreichte Jerusalem an einem Nachmittag im Spätfrühling, aber es wurde Abend, bis alle Kamele – fünfhundert von ihnen, wurde gemunkelt – sich in die Stadt begeben hatten und außerhalb des Millos festgebunden worden waren.

Nikali beobachtete vom Fenster ihres Palastes aus, wie die Königin in einer großen Sänfte, von der es hieß, sie sei ausschließlich für ihren Gebrauch im Orient angefertigt worden, in die Stadt getragen wurde. Vier schwarze Männer, vermutlich aus den wilden Landen ihres Königreichs, mit weißen Lendentüchern und Turbanen, hielten je eine Stange des königlichen Gefährts. Die Reisende war hinter aufwendig verzierten Vorhängen aus goldbefranster roter Seide verborgen.

Salomons Lautenspieler versammelten sich, als die Männer die Sänfte auf einer Plattform abstellten, und hießen Makeda mit altüberlieferten hebräischen Melodien willkommen. Hinter den Vorhängen erschien eine strahlende Gestalt. Ihre Haut war so schwarz wie die Mitternacht und glänzte in der Nachmittagssonne. Unter ihrem juwelenbesetzen Diadem ergoss sich ein Wasserfall schwarzer Locken über ihren Rücken.

Die Kleidung der Königin war anders als alles, was Nikali je zuvor gesehen hatte. Sie trug ein langes, in exotischen Blauschattierungen gefärbtes und mit Goldfäden besticktes Kleid. Eine Bahn desselben Stoffes folgte ihr als Schleppe und ein mit Pfauenfedern geschmückter Umhang lag über ihren Schultern. Ihre Taille war von einer Schärpe gegürtet, die mit Türkisen und Tigeraugen übersät war.

Makeda betrat die Stadt, und nach ihr kam ihr Gefolge aus Dienern und Dienerinnen, die turmhoch mit Geschenken für ihren Gastgeber beladene Tabletts trugen. Nikali erblickte Gewürzberge, Weihrauchbündel, große und kleine Holzkisten und Käfige voller weißer Tauben. Die Königin von Saba war sowohl für ihren Reichtum – es hieß, die Straßen ihres Königreichs seien mit Silber- und Goldstaub gepflastert – als auch für ihre Großzügigkeit berühmt. Es schien, als hätte sie keine Kosten gescheut, um sicherzustellen, dass ihr Besuch in Salomons berühmtem Königreich Anklang fand.

Nikali ging zu ihrem Ankleidezimmer, wo Irisi Garderobe und Schmuck für ihre Herrin bereitlegte. Salomon hatte neue Oberbekleidung für seine Lieblingsfrau in Auftrag gegeben, wunderschöne Stücke aus farbenfrohem Leinen mit einem Überzug aus leuchtender Spinnenseide. Nikali hob eins von ihnen auf, betrachtete es einen Moment lang und legte es wieder hin. Alle Pracht der gesamten Welt konnte nicht als Ersatz für ihre Freiheit dienen: Ein glanzvoller Käfig blieb immer noch ein Käfig.

Sie hob einen runden Bronzespiegel auf, ein Geschenk ihrer eigenen Mutter, und betrachtete ihr Abbild. Ohne den Vorteil von Schönheitsmitteln wurden ihre Augen von tiefen Linien und dunklen Höhlen gekennzeichnet. Ihre Wangen waren eingefallen und ihre Mundwinkel zeigten zu Boden; beides erzählte von durchgeweinten Nächten, erstickten Träumen und unterdrückter Wut.

Jerobeams gescheiterter Versuch, einen Aufstand auszulösen, war nun sieben Jahre her. Laut der Nachrichten aus Tanis zu jener Zeit, war Jerobeam nach Ägypten geflohen und befand sich unter dem Schutz Scheschonqs. Doch die Briefe hatten aufgehört. Ihre eigenen Schreiben, in denen sie nach den Absichten fragte, Jerusalem zu erobern, wurden mit entmutigender Stille aus dem Palast des Pharao beantwortet.

Sie zog die Möglichkeit in Betracht, dass ein Plan in Bewegung gesetzt, ihr aber aus Sicherheitsgründen nicht mitgeteilt worden war. Wenn das der Fall war, wäre Scheschonq nicht das Wagnis eingegangen, dass ein Brief in die falschen Hände geriet. Obwohl sie wusste, dass sie auf ihren Liebsten vertrauen sollte, brachte es sie um, ahnungslos zu sein. Sie kam sich vor wie ein Schiff, das in einem von Winternebel verhangenen Meer trieb.

Wenigstens hatte sie Irisi, ihre einzige Verbindung zu ihren Wurzeln. Und sie hatte Basemat, auch wenn ihr

Band immer dünn gewesen war. Sie war eine ehrerbietige und pflichtbewusste Tochter, aber Basemat hatte nie das Feuer in ihrem Herzen offenbart, zumindest nicht ihrer Mutter gegenüber. Nikali hätte sie als hochmütigen Schwan abgetan, wenn sie nicht ihre Zuneigung zu Salomon bezeugt hätte.

Wenn Nikali je daran gezweifelt hatte, so war es an jenem Tag deutlich geworden, an dem Salomon Basemat sagte, dass sie Ahimaaz, der zwanzig Jahre älter war, heiraten und nach Schechem in den nördlichen Provinzen gehen würde, wo Ahimaaz als Statthalter dienen sollte. Ihre Rolle allerdings wäre eine andere. Sie sollte Salomons Kundschafterin werden, sich in politischen Kreisen bewegen und ihrem Vater von allen Aufstandsregungen oder von verräterischem Verhalten berichten.

Es bedeutete, ihr Leben aufs Spiel zu setzen.

Nikali hatte Widerspruch eingelegt, aber Basemat hatte ihr keine Beachtung geschenkt. Sie fiel auf die Knie und küsste Salomons Ring, schwor ihm und dem Land Treue. Sie und Ahimaaz verließen Jerusalem nach den sieben Tagen ihrer Traufeierlichkeiten und waren seitdem in Schechem. Weniger als ein Jahr später hatte einer von Salomons Dienern Nikali davon in Kenntnis gesetzt, dass sie eine Enkelin hatte.

»Meine Gebieterin, bevorzugt Ihr das Scharlachrote oder das Weiße?«

Irisis Frage brachte Nikali in die Gegenwart zurück. Sie sollte Salomon im Thronsaal treffen, damit sie den erhabenen Gast gemeinsam begrüßen konnten. Sie lächelte. »Gib mir das Scharlachrote.«

Die Königin betrat den Thronsaal mit viel Aufhebens. Zuerst kam ein Harfist, der ihre Ankunft verkündete. Ihre Hofdamen traten danach ein; leise sangen sie in einer Sprache, die Nikali fremd war. Dann kam Makeda, in einer goldenen Robe schwebend, deren umfangreicher Rock mit leuchtenden Farben bestickt war wie das Gefieder eines Vogels. Auf ihren durchsichtigen Umhang waren Glasperlen genäht, die das Licht einfingen und Nikalis Augen blendeten. Zwei Männer mit Palmwedelfächern säumten die Königin und erneuerten die Luft um sie herum, während sie auf Salomons Thron zuglitt.

Oben auf dem Steingebilde erwarteten Salomon und Nikali Makedas Ankunft. Als sie sich den Stufen näherte, erhob sich Salomon. Er starrte seinen Gast an, als stünde er unter einem Bann. Es war augenscheinlich, dass er von ihrer exotischen Ausstrahlung und ihrem selbstsicheren Auftreten angetan war.

Selbst die vergoldeten Tiere am Rand der Thronstufen schienen sie voll Staunen anzustarren, als sie hinaufstieg.

Ihr Parfum, ein angenehmer Duft von Jasmin und orientalischen Gewürzen, ging ihr voraus. Als sie die oberste Stufe erreichte, bemerkte Nikali ihre makellose Haut und ihre Augen, die so glänzend waren wie polierter Onyx, und spürte ihre eigene Jugend so weit hinter sich. Die Klauen der Eifersucht gruben sich in ihr Mark.

Salomon ergriff Makedas Hände. »Eure Legende ist nah und fern bekannt, aber selbst die rühmlichsten Geschichten werden Eurer Herrlichkeit nicht gerecht.« Er verneigte sich leicht. »Willkommen in Jerusalem, oh holde Königin.«

»Salomon, Sohn von David und mächtiger König von Israel, ich wartete viele Jahre darauf, inmitten der Erhabenheit Eurer berühmten Stadt zu wandeln. Doch mehr noch sehnte ich es herbei, den Mann zu treffen, dessen Weisheit im ganzen Land gepriesen wird.«

»Ich bete, dass ich Euch nicht enttäuschen werde.« Er machte eine Handbewegung zu Nikali. »Ich möchte Euch Nikali Taschere vorstellen, Tochter von Psusennes II. von Ägypten und meine erste Gemahlin.«

Makeda legte ihre Hände in Nikalis. Sie waren weich wie die Blütenblätter einer jungen Rose. Die Königin lächelte freundlich und verneigte sich, dann nahm sie zu Salomons rechter Seite Platz.

»Welche Neuigkeiten bringt Ihr aus dem Königreich Saba?«, fragte er.

»Ich kam nicht, um meine bescheidene Heimat zu besprechen, sondern vielmehr, um den Wohlstand der Euren zu bezeugen und aus Eurer Klugheit und von Eurer Erkenntnis zu lernen. Doch zunächst muss ich Euch prüfen, um zu bestimmen, ob Ihr wirklich der Weise seid, von dem ich so viel hörte.«

»Was wünscht Ihr zu wissen?«

»In meinem Reich erfreuen wir uns an Rätseln – daran, sie zu stellen und auch, sie zu lösen.«

Er zog eine Augenbraue in die Höhe. »Das haben wir gemeinsam.«

Beinahe vierzig Jahre lang hatte Salomon keine Frau auf dieselbe Weise angesehen, wie er Nikali ansah. Sie erinnerte sich noch immer an das Entzücken, das über ihn gekommen war wie der Zauber einer Hexenmeisterin, als er sie in Tanis zum ersten Mal erblickt hatte. Am Tage von Makedas Besuch sah Nikali denselben Blick in seinen Augen – nur galt er nicht länger ihr.

Es kümmerte sie nicht. Der König von Israel stieß sie jetzt mehr ab, als er es je zuvor getan hatte. Aber diese unglaublich gelassene Frau anzusehen, die mächtig war und reich und in der Lage, jeden Mann zu betören, ohne ihre Unabhängigkeit zu opfern, erfüllte sie mit Raserei. Makeda war alles, was Nikali zu sein wünschte.

Makeda lehnte sich auf ihrem Stuhl zurück und verschränkte die Handgelenke in ihrem Schoß. »Gut.

Dann wird es Euch nichts ausmachen, die Rätsel zu lösen, die ich für Euch vorbereitete.«

»Es ist mir eine besondere Ehre, mich an Gedankenspielen mit einem so entzückenden Herausforderer zu beteiligen.« Er lächelte. »Vielleicht könnt Ihr mich etwas lehren.«

»Welche Frau kann zu ihrem Sohn sagen: Dein Vater ist mein Vater, dein Großvater mein Gemahl. Du bist mein Sohn und ich bin deine Schwester?«

Salomon musste nicht nachdenken. »Die beiden Töchter Lots, die bei ihrem Vater lagen und seine Söhne gebaren.«

Makeda nickte. »Ihr kennt die Geschichte Eures Volkes. Nun will ich Euch eine andere Frage stellen.«

»Möge der Herr mir die Weisheit schenken, sie beantworten zu können.«

»Was sind die Sieben, die innehalten, und die Neun, die eintreten, die Zwei, die Trank hervorbringen, und der Eine, der trinkt?«

Salomon kratze seinen weißen Bart. »Sieben sind die Tage der Blutung, die aufhört, wenn die neun Monate der Schwangerschaft beginnen. Zwei Brüste bringen Milch hervor und ein Kind trinkt sie.«

»Womöglich war das zu einfach.« Sie klatschte in die Hände. Einer ihrer Diener trat mit einer Gruppe kleiner Kinder ein, die alle dieselbe Größe hatten und gleichartige Gewänder trugen. Das Haar war bei allen kurz geschoren. »Sagt mir, weiser König: Welche von diesen Kindern sind Jungen und welche sind Mädchen?«

Salomon überlegte einen Moment, dann gab er seinen Dienern, die mit Tabletts voll Speis und Trank nahebei standen, ein Zeichen. Die Männer verteilten Nüsse und Datteln vor den Kindern auf dem Boden. Die Kleinen bückten sich und sammelten die Leckerbissen auf. Manche banden einige wenige davon in ihre Schürzen, andere stopften große Mengen sicher in den Saum ihrer Kleider.

Der König rief all jene herbei, die die Nüsse und Datteln in ihre Schürzen gebunden hatten. Er wandte sich an Makeda. »Dies sind die Mädchen. Sie sind zu befangen, um mehr als ihren Anteil zu nehmen, und zu schamhaft, um ihre Röcke anzuheben, sodass sie die Leckerbissen in ihre Unterkleider binden können.«

Die Königin von Saba lächelte und enthüllte Zähne so weiß und leuchtend wie die Brandungswellen, die sich an den Küsten von Tyros brachen. »Sehr klug, mein König. Es scheint, Ihr habt ein gutes Verständnis der weiblichen Wesensart. Nicht alle Männer sind in der Lage, Frauen zu verstehen.«

Salomon legte sich eine Hand aufs Herz und senkte den Kopf. »Meine Königin, es erfreut mich, Euch zu erfreuen, wenn auch nur auf so geringfügige Weise.« Er blickte auf. »Meine Tage verbringe ich unter Männern, aber ich empfinde das größte Vergnügen in der Gesellschaft von Frauen. Frauen sind wie Schilfrohr – zart und doch kräftig, fähig, sich im Wind zu beugen und wieder zurückzuschnellen, so schwimmfähig, dass sie niemals untergehen. Die weibliche Seele zu kennen ist eine große Ehre.«

»Nur für die stärksten und klügsten Männer.« Sie gab ihren Dienern ein Zeichen und sie fügten sich in eine Auszugsprozession. Sie erhob sich. »Meine Reise war lang. Wenn Ihr es mir nachseht, so will ich mich zurückziehen.«

Er stand auf und streckte eine Hand aus. Sie legte ihre Handfläche auf seine.

»Sagt mir, weiser König«, meinte Makeda, als sie gemeinsam vom Thron hinabstiegen, »in welchem Garten soll ich heute Abend wandeln, damit ich alle Sterne betrachten kann?«

Nikali, die hinter ihnen ging, verstand die Andeutung. Sie hatte es kommen sehen. Trotz all seiner Fehler und ungeachtet seines fortschreitenden Alters besaß Salomon eine Ausstrahlung, die Frauen unwiderstehlich fanden. Seine Gemahlinnen, vermutete Nikali, rissen sich um seine Gunst. Frauen und Mädchen erbebten, wenn er ihre Stirn während öffentlicher Feierlichkeiten berührte. Beeinflusst wurden sie alle von seiner Macht und seinem Reichtum, aber gebannt waren sie von seiner rohen Sinnlichkeit. Diese Königin war nicht anders.

»Die Obstgärten vor meinem Palast duften in dieser Jahreszeit am meisten«, sagte er. »Ich bitte Euch, kommt und genießt die Schönheit meines privaten Landes. Mein Heim sei das Eure.«

Er küsste ihre Hand und übergab sie ihren Dienern.

Nikali stellte sich neben ihn. »So hinreißend, diese Makeda von Saba.«

»Ja«, sagte er, ohne den Blick von der gehenden Königin abzuwenden. »Das ist sie.«

In dieser Nacht ging Nikali zum Obstgarten hinunter und verbarg sich in den Schatten. Sie verspürte eine unnatürliche Neugier über Salomon und Makeda. Sie war nicht darum bemüht, ihren Gatten auszukundschaften; viel mehr galt ihre Aufmerksamkeit der Beobachtung von Makedas Verführungskünsten.

Das weiße, hauchdünne Kleid der Königin funkelte im Sternenlicht, während sie über die gepflasterten Pfade glitt und hin und wieder stehenblieb, um an einer Rose oder einer Aprikosenblüte zu riechen. Ihre goldenen Armreifen, in einer Vielzahl über ihren Handgelenken aufgetürmt, tönten in Übereinstimmung mit ihren vornehmen Bewegungen.

So sicher, wie die den mitternächtlichen Himmel ausschmückenden Sterne, erschien Salomon. Still folgte er Makeda, wie ein Jäger, der seiner Beute nachstellt. Lange Zeit beobachtete er sie, ehe er einen anderen Pfad beschritt und vor ihr auftauchte.

Die Königin erschrak. »Mein König.« Sie kreuzte die Arme vor ihrer Brust, um ihren bloßen, juwelengeschmückten Ausschnitt zu bedecken. »Verzeiht mein anstößiges Kleid. Ich glaubte, allein zu sein.«

»Es war nicht meine Absicht, Euch zu erschrecken. Ich wollte Euch ein Geschenk bringen.« Er reichte ihr einen kleinen Topf von der Art, wie sie üblicherweise Salben vorbehalten waren.

Sie öffnete ihn und roch an dem Inhalt. »Welch berauschender Geruch ist das? Meiner Nase ist niemals eine solch kräftige Süße begegnet.«

»Es ist die Narde aus dem Orient – der edelste Duft, den der Mensch kennt. Hier in Jerusalem benutzen wir ihre Wurzeln beim Gebet und das Öl, um die Leichen hochgeborener Sterblicher zu salben.«

Makeda tauchte ihren Finger in den Topf und holte einen Tropfen des Öls heraus. Sie trug ihn hinter ihrem Ohr auf und zog eine duftende Spur zu ihrer Kehle. Sie atmete ein. »Vorzüglich. Doch warum gebt Ihr es mir jetzt?«

»Ich beobachtete Euch von meinem Fenster. Ihr saht aus wie eine nachtblühende Blume, die in einem dunklen Meer treibt – so himmlisch, beinahe göttlich. Ich dachte, eine solche Schönheit kann nur ein Geschenk Gottes sein, von den Engeln selbst beschert. Das Parfum der Narde, den Höchsten vorbehalten, steht Euch zu.«

»Eure Worte sind wie Musik. Wie kann ein einzelner Mann so gelehrt und weise sein und dazu noch eines Psalmisten Sprachkunst besitzen?«

»Für alle Gunst, die mir geschenkt, stehe ich in der Schuld des Herrn, Jahwe, Gott der Hebräer. Er ist mein Fels und mein Hirte.«

Sie machte einen Schritt auf ihn zu. »Ich kenne Euren Gott nicht, doch wenn er Euch erschuf, so ist er ein meisterhafter Künstler.«

Er beugte sich hinunter und küsste sie.

»Die Küsse Eures Mundes sind schmackhafter als Wein«, sagte sie.

»Eure Lippen sind wie Honigwaben und von Eurer Zunge tropfen Milch und Honig.« Er küsste sie wieder, diesmal leidenschaftlicher. »Mit einem Augenaufschlag, einer Drehung Eures Halses, raubtet Ihr mein Herz.«

Sie schloss die Augen und seufzte. »Erhebe dich, oh Nordwind, und wehe durch meinen Garten. Erwecke die Blüten und Gewürze, damit mein Liebster, ein König unter Männern, an ihnen teilhaben kann.« Sie öffnete ihr Kleid und ließ es zu Boden fallen, entblößte einen straffen, schimmernden Ebenholzkörper mit einem Gesäß so voll wie der Mond und Schenkeln wie Brotlaiben. Der schwache Duft von Myrrhe und Wüstenlilien schwebte in der Luft. Würden Schmetterlinge des Nachts umherflattern, so wären sie auf ihre Fingerspitzen herabgestiegen. »Was immer Ihr von mir verlangt, oh holder König, ich werde es Euch geben.«

Salomon hob Makedas nackten Körper in seine Arme, seine Augen auf ihre fixiert, und trug sie in sein Lager.

Nikali errötete. Sie spürte das Blut in ihren Kopf steigen und in ihren Schläfen pochen. Plötzlich war sie sich des Dahinscheidens ihrer Jugend gewahr, der einst geschmeidigen Haut, die nun auf ihren Knochen welkte, des trüben Schleiers, der sich über ihre Augen gelegt hatte. Die Zeit, diese elende Diebin, war mit ihrer Schönheit und ihren Träumen verschwunden, und alles, was blieb, war eine bittere Hinterlassenschaft von Bedauern und Sehnsucht.

Ihr Ehemann hatte viele Frauen geliebt, aber keine hatte sein Herz verführt. Nikali allein hatte diesen Vorteil besessen und er hatte ihr Macht verliehen. All das änderte sich in dieser Nacht.

Makedas Liebe war anders. Sie war aufrichtig von ihm verzaubert, mit einer Begeisterung, die Nikali nie hatte aufbringen können. Salomon rang Nikali eine Liebe ab, die ihm nicht freiwillig geschenkt wurde, und manchmal bettelte er auf Knien darum; mit Makeda floss alles so mühelos dahin wie das Bergwasser nach der Frühjahrsschmelze. Das, gepaart mit der exotischen Schönheit, der politischen Macht und dem unsagbaren Reichtum der jungen Königin, ergab ein vollmundiges Gebräu, das gewiss seine Seele wärmte, wie der Frühling den Schnee schmelzen lässt.

Nikali fühlte sich allein und machtlos. Mit einem Mal sah sie sich sterbend in den Hügeln Jerusalems, eins werdend mit dem ockerbraunen Staub des Landes der Sklaven. Wer war nun der Sklave? Sie fiel auf die Knie und würgte, angewidert von dem erbärmlichen Schatten, zu dem sie geworden war.

KAPITEL 19

Während des Sommers von Makedas Aufenthalts hatte Salomon ihre Seite nicht ein Mal verlassen. Jeden Tag verbrachten sie viele Stunden beim gemeinsamen Spaziergang in den Gärten, währenddessen sie sich über Dinge unterhielten, die Nikali nur vermuten konnte, und jede Nacht verbrachten sie in der Umarmung des anderen.

Nikali hatte aufgehört, ihnen zu folgen, denn es war zu schmerzhaft, zwei Liebende dabei zu beobachten, wie sie in der Entzückung schwelgten, nach der sie sich so verzehrte. In vielen Nächten fragte sie sich, ob Salomon seiner neuen Gefährtin überdrüssig werden und nach seiner geliebten Lilie des Tals verlangen würde. Er tat es nie. Zweifelsohne hatte er Trost am Busen einer anderen gefunden. Nikali hatte erwartet, dank seiner Abwesenheit Erleichterung zu verspüren, sogar

Befreiung; stattdessen wurde sie von Gedanken voller Selbstmitleid verzehrt, die zu einer Wut anwuchsen, die sie nie von sich gekannt hatte.

Es war nicht die Wut darüber, das Herz ihres Ehemannes zu verlieren. Es war ein Gefühl, das an dem Tag, an dem sie Tanis verlassen hatte, heranzuwachsen begonnen hatte: der Groll darüber, von einem Mann, der behauptete, sie zu vergöttern, der ihr die Sterne versprach, aber nicht den Anstand hatte, sie bis zum Ende zu verehren, aus den Armen ihres Geliebten und der Umarmung ihres Landes gerissen zu werden.

Sie war dankbar für den Tag der Abreise der Königin. Der gesamte Hof hatte sich am Stadtrand versammelt, um die sabäische Karawane zu verabschieden, wenn sie sich auf eine Wüstenreise begab, die mehrere Wochen oder Monate dauern konnte, abhängig von den Umständen. Die Kamele, kunstvolle Sättel aus Leder und Wolle tragend und mit Ketten aus gewebtem Ziegenhaar geschmückt, wurden mit Geschenken des Königs von Israel beladen: Wein, Oliven, Weizen, Gewürze, Honig und so viel ophirisches Gold, dass zwanzig Tiere vonnöten waren, um es zu tragen. Makedas Männer, die mindestens fünfhundert zählten, und ihre Hofdamen, von den turbantragenden Köpfen bis zu den Fußknöcheln in Wüstenblau gekleidet, stellten sich in einer Reihe vor den Toren auf und erwarteten den Befehl ihrer Königin.

Wie es das Protokoll verlangte, begleitete Nikali Salomon zum offiziellen Abschied des königlichen Gastes. Während sie bei den geöffneten Stadttoren standen und darauf warteten, dass Makeda sich mitsamt ihres Gefolges vom Palast her begab, beobachtete Nikali die Reaktionen ihres Gatten. Obwohl sein Haar die Farbe des Mondes hatte, war Salomons Schritt beschwingt. Er stand auf starken Beinen, ohne Anzeichen einer krummen Haltung, und seine Brust war geschwollen wie die eines Pfaus, genau wie es gewesen war, als sie ihm zum ersten Mal begegnete.

Sein Blick war an Makeda gefesselt, während sie auf ihn zuging. Sein Ausdruck war keiner der Sehnsucht oder der Angst vor der bevorstehenden Trennung, wie Nikali erwartet hatte, sondern einer des Friedens. Vielleicht mit einem Hauch Traurigkeit. Zum ersten Mal in Salomons Leben würde er das unerträgliche Gewicht des Verlustes spüren. Ein Teil von Nikali frohlockte über diese Gerechtigkeit.

Makeda, durch einen seidenen Baldachin, der von ihren Dienern hochgehalten wurde, von der Sommersonne abgeschirmt, war ein unvergesslicher Anblick. Sie war nicht gekleidet, um eine lange Wüstenreise anzutreten, sondern wie um an einem königlichen Festmahl teilzunehmen. Ein Kleid aus scharlachroter Seide, mit goldenen Blättern bestickt, schmiegte sich an ihre üppige Gestalt und reizte die Vorstellungskraft. Ein kurzer Überwurf aus Leopardenfell, befestigt mit einem Tigerauge so groß wie eine Kinderfaust, lag über ihren Schultern. Ihr Haar war hoch auf ihrem Kopf aufgesteckt und mit einem durchsichtigen Spinnennetzschleier behangen, der ihr Gesicht bedeckte wie der kühle Nebel eines Wasserfalls.

Nikali verspürte das vertraute Nagen in ihrem Inneren. Sie wandte die Augen ab, damit sie nicht von dieser unerträglichen Schönheit geblendet wurde.

Die Königin näherte sich Salomon und ergriff seine ausgestreckten Hände. »Es schmerzt mich, Abschied zu nehmen«, sagte sie.

Er blieb still. Nikali vermutete, dass er von Gefühlen überwältigt war.

»Ihr habt mir vieles beigebracht«, fuhr Makeda fort. »Eure Güte und Großzügigkeit sind unerreicht. Eure Weisheit kennt keine Grenzen.«

Er verneigte sich. »Ich kann mir nicht selbst anrechnen, was eine Gabe Gottes war.«

»Ich werde die Lehren nicht vergessen, die Ihr mit mir teiltet. Ich werde sie zu meinem Volk tragen, auf dass ihre Herzen gestärkt werden mögen. Und ich werde hingehen als Anhängerin Jahwes, denn jeder Gott, der Euch erschuf, lieber Salomon, ist ein Gott, welcher der Verehrung würdig ist.«

Nikali runzelte die Stirn. Hatte Salomon, dessen Glaube so offensichtlich in letzter Zeit nachgelassen hatte, die Gunst seines Gottes wiedergewonnen? Hatte er Makeda bekehrt?

»Es erfreut mich, das zu wissen«, sagte er. »Ihr seid es, oh glanzvolle Königin, die meinen Glauben wiederhergestellt hat. Durch Euch erfuhr ich wahre Freundschaft. Ich bin ewiglich an Euch gebunden.«

»Und ich an Euch.«

Nikali spürte Galle in ihre Kehle steigen. Sie bat den Sonnengott, diesem unerträglichen Schauspiel ein Ende zu setzen.

»Um eine Sache muss ich Euch noch bitten«, sagte Salomon.

»Ich werde alles tun.«

Er gab einem seiner Bediensteten ein Zeichen. Der Mann kam näher und überreichte ein kleines Päckchen, das in makelloses weißes Leinen eingeschlagen war. Salomon nahm es und wickelte das Leinen ab, um eine kleine Alabasterschatulle zu enthüllen, auf die sein königliches Abzeichen geprägt war. »Dies ist die Nachricht, von der ich sprach. Ich bitte Euch, sie in Euer Königreich mitzunehmen und sie sicher zu verwahren.«

Sie nahm sie entgegen. »Ich will tun, was Ihr befehlt. Ich werde sie beschützen, bis er kommt, Anspruch auf sie zu erheben.«

Was meinte sie? Wer war *er?* Und was für eine Nachricht war das? Nikali fühlte sich wie ein enterbtes Kind, das plötzlich ohne eine Brotkrume auf der Straße alleingelassen war, während der Rest der Sippe tafelte.

Salomon und Makeda legten ihren Stirnen aneinander. Nikali glaubte, Tränen hinter dem Seidenschleier der Königin funkeln zu sehen.

»Möge der Herr Euch auf Eurer Reise begleiten«, sagte Salomon.

»Werde ich Euch wiedersehen?«

Er trat zurück. »Die Jahre häuften sich an, liebe Makeda, und ich werde alt. Ich weiß nicht, wie lange es noch dauern wird, bis der Engel nach mir ruft.«

Sie legte eine Hand auf ihren Unterleib. »Was auch kommen mag, die Gunst Salomons wird für immer mit mir sein.« Sie verneigte sich und schritt auf das Tor zu.

Salomon und Nikali beobachteten, wie Makeda ihre Sänfte betrat und in die Karawane getragen wurde. Die blauen Reiter gaben ihren Kamelen die Sporen und der königliche Zug setzte sich in Bewegung.

Nikali wandte sich an ihren Gatten. »Vielleicht werdet Ihr jetzt zu mir zurückkehren.«

Sein Blick haftete an der scheidenden Karawane. »Wartet nicht auf mich, Frau. Ich muss mich auf eine lange Reise begeben. Morgen werde ich fort sein.«

»Eine Reise? Wohin? Und mit wem?«

»Ich werde allein gehen. Wohin, kann ich nicht sagen.«

Zum ersten Mal in ihrer Ehe schloss er sie aus. Die Beleidigung machte sie zornig. »In Eurem Alter sind solche Dinge eine Torheit. Ich bitte Euch, es zu überdenken.«

Er drehte sich ihr zu. Sein Blick war abwesend. »Sorgt Euch nicht um mich. Der Herr wird mein Anker und mein Ballast sein.«

Sie konnte sich nicht länger zurückhalten. »Seht Euch um, Salomon. Jerusalem zerfällt zu Staub. Wut brodelt in den Menschen. Eure Feinde umkreisen Euch wie Raubvögel und Ihr wisst es nicht einmal. Öffnet Eure Augen! Euer Herr hat Euch verlassen. Oder sollte ich sagen, Ihr verließet ihn?«

Er schwang den Handrücken, als wolle er sie schlagen. Obwohl er sie nicht anrührte, stolperte Nikali unwillkürlich rückwärts und fiel auf ihr Gesäß.

Salomons Ausdruck war streng und unnachgiebig, als er davonging. Sie wusste, es war das letzte Mal, dass sie ihn gesehen hatte.

Gedemütigt und wutbebend stand sie auf und eilte zu ihrem Palast.

Da sie dringend mit jemandem sprechen musste, betrat Nikali die Kammer Irisis; diese hielt gerade ein Nachmittagsschläfchen. Sie ging zum Schreibtisch, auf dem die Werkzeuge der Schreiberin verteilt lagen. Ein in Tinte getauchtes Schreibrohr lag auf dem Holz; schwarze Tropfen waren darum verspritzt. Ein Bienenwachsstab lag auf einem Stapel Papyrusblätter neben einer nicht angezündeten Öllampe.

Zwei Steine – einer flach mit einer Vertiefung, der andere von Form und Größe eines Granatapfels – sprangen Nikali ins Auge. Unsicher über die Funktion nahm sie den runden Stein in die Hand. Überraschenderweise wog er mehr als eine Sommermelone. Auf seiner Unterseite befanden sich winzige Beläge von Kupfer. Irisi musste es unter die Tinte gemischt haben, um sie zu festigen. Sie legte den Stein auf sein flaches Gegenstück zurück, ohne sich darum zu kümmern, leise zu sein.

Irisi erwachte von dem Geräusch. »Meine Gebieterin«, krächzte sie. »Was tut Ihr hier?«

»Es tut mir leid, dass ich dich wecke. Ich muss reden.« Sie ging zu Irisis Bett und half ihr auf die Beine.

Irisi war so zerbrechlich geworden. Ihr Rückgrat hielt ihren Körper nicht länger aufrecht und sie war in der Hüfte gebeugt, wenn sie lief. Ihre Glieder, spindeldürr seit ihrer Jugend, waren zu Haut und Knochen geschrumpft. Trotz ihrer körperlichen Einschränkungen funkelten ihre Augen noch immer voller Neugier und ihre Hände waren so ruhig wie Quadersteine im Wind.

Die beiden Frauen setzten sich auf eine grobe Holzbank neben dem Tisch der Schreiberin. Nikali nahm die Hände ihrer Freundin und begann mit einem Seufzen. »Oh, liebe Irisi, wie sich das Leben verändert hat. Einst war ich die Rose unter Dornen, die Lilie des Tals, das Lied der Taube in der Dämmerung. Und nun bin ich nichts, ein Sandkorn in der Wüste. Wenn es dich nicht gäbe, meine liebe alte Freundin, wäre ich ganz allein. Scheschonq, fürchte ich, hat mich vergessen. Meine Tochter spricht nicht mit mir. Und nun, seit der Ankunft dieser Frau …« Sie spie die Worte aus. »Nun hat mich selbst Salomon verlassen.«

Irisi lächelte. In ihren Augen lag Güte. »Ihr seid noch dieselbe wie immer: Nikali Taschere von Ägypten, Tochter von Königen. Ganz gleich, was das Leben bringt, das wird Euch niemand nehmen.«

Nikali schnaubte. »Das hohe Alter machte uns zu armen Menschen, auch wenn es kein materieller Reichtum ist, den wir uns wünschen. Wir sind arm an Schönheit und Lebenskraft und daher der Gunst der Gesellschaft beraubt. Einst ließen wir die Herzen der Männer höherschlagen, indem wir nur aus unseren Fenstern sahen, und nun sind die einzigen Blicke, die wir erhalten, voller Mitleid. Niemand will eine alte Frau, Irisi. Niemand kümmert sich um uns.«

»Meine Gebieterin, das hohe Alter ist nur ein Spiegelbild dessen, wie wir unser Leben führten, der Entscheidungen, die wir trafen, als wir jünger waren. Jene, die rechtschaffen lebten, haben nichts zu fürchten. Niemand, der Frieden in seinem Herzen trägt, stirbt allein.«

Nikali sträubte sich gegen diese Worte. Ob durch Absicht oder die Umstände, sie hatte nie Frieden gekannt. Für einen flüchtigen Moment zog sie in Erwägung, dass es ihre eigene Schuld war. Hätte sie damals ihr Schicksal angenommen, hätte sie nicht so verbissen versucht, gegen den Strom zu schwimmen, hätte sie womöglich ohne Verzweiflung alt werden können.

Nein, sagte sie sich. Sie konnte nicht dafür verurteilt werden, an ihrem Traum festgehalten zu haben. Jede Frau mit Grundsätzen und standhafter Seele hätte dasselbe getan. Es war die erhabenste aller Bestrebungen, und jeder, der ihr im Weg stand, war eine Verkörperung des Bösen.

Der Gedanke war wie Holz im Feuer ihres Hasses für Salomon, dem Baumeister ihres Unglücks. Sie schüttelte das ungebetene Gefühl ab, indem sie das Thema wechselte. »Ich beneide dich darum, niemals die Liebe eines Mannes gekannt zu haben, liebe Freundin. Liebe ist wie der *Chamsin*, der das Meer aufwühlt und alles darauf in Aufruhr bringt. Im Angesicht solcher Wildheit wird selbst ein Boot mit ausreichender Last und standhaftem Segel auf den Kopf gestellt. Du bist damit gesegnet, die Gewalt eines solchen Sturms nicht zu kennen.«

»Es mag lange her sein, doch ich kannte die Liebe einst. Wenn sie wahrhaftig ist, ist Liebe kein Unwetter, sondern ein Wollmantel, der die Kälte des Lebens fernhält.«

Nikalis Ausdruck verzog sich zu einem des Bedauerns. »Ach, Irisi … eine verabredete Ehe hat wenig mit Liebe zu tun. Sie ist nichts als ein Trost für die Schwachen.« Der Gedanke, der ihr durch den Kopf ging, war bösartig, doch sie sprach ihn trotzdem aus. »Liebe ist, wenn dich jemand erwählt, nicht, wenn jemand für dich gewählt wird.«

Sie stand auf und ging zum Tisch. Sie betrachtete die aufgestellten Gegenstände lange. »Ich nehme an, deine Liebe zur Schreibkunst füllt diese Leere in dir.« Sie berührte die Tröpfchen schwarzer Tinte und zog überrascht die Hand zurück. »Diese Tinte ist feucht.« Sie riss den Kopf zu Irisi herum. »Ich erinnere mich nicht daran, dir eine Nachricht zu schreiben gegeben zu haben.«

Einen Moment lang war der Raum zwischen ihnen still.

»Das habt Ihr nicht, Gebieterin«, sagte Irisi.

Nikali verschränkte die Arme. »Was hast du dann getan?«

Irisi seufzte. »Der König schickte nach mir. Er wollte eine schwierige Nachricht verfassen und niemand an diesem Hof besaß die Fertigkeit dazu. Ich hatte keine andere Wahl, als zu gehorchen.«

»Eine Nachricht … an wen?«

»Ich kann es nicht sagen. Ich musste es schwören.«

Das Bild von Salomon, der Makeda die kleine Alabastertruhe reichte, erschien in Nikalis Geist. Das war also die Antwort. Salomon hatte der Königin von Saba eine von Irisi geschriebene Nachricht mitgegeben, damit sie sie verwahrte, *bis er kommt, Anspruch auf sie zu erheben.* Nikali befand sich außerhalb des Kreises der Eingeweihten, nicht nur von ihrem Gatten dorthin verstoßen, sondern auch von ihrer Vertrauten.

Zorn kochte in ihr auf wie Eintopf in einem Kessel. »War es ein Liebesbrief an diese elende Königin? Antworte mir!«

Irisi legte sich die Hände auf die Ohren. Ihr Gesicht verzerrte sich zu einem gequälten Ausdruck. »Bitte, Gebieterin … ich kann es nicht sagen. Der König …«

Nikalis Herzschlag raste und heißes Blut pochte in ihren Fingerspitzen. Das war die endgültige Demütigung. »Mir legst du Rechenschaft ab, nicht Salomon«, rief sie. »Wie kannst du mich auf solche Weise hintergehen?«

Irisi stützte sich auf die Bank und stand auf. »Hört mich an, Gebieterin.« Ihr Tonfall war ruhig, beinahe kalt. »Mein Eid Salomon gegenüber ist kein Verrat an Euch. Das ist eine Frage der Ehre.«

»Du hältst es für ehrenhaft, ein Geheimnis vor deiner Herrin zu haben?« Sie sprach mit zusammengebissenen Zähnen. »Wie wenig du von Ehre weißt.«

Irisi richtete sich auf. »Nein. Ich bin es nicht, die nichts von Ehre weiß. Ihr seid es. Von mir zu verlangen, jemandes Vertrauen zu verletzten, ist die höchste Beleidigung. Wie könnt Ihr von Ehre sprechen, nach all den Ränken, die Ihr geschmiedet habt, um einen Mann im verzweifelten Versuch das Herz eines anderen zu gewinnen zugrunde zu richten?«

»Alles, was ich tat, tat ich für Ägypten.«

Die Schreiberin schüttelte den Kopf. »Nein. All Euer Aushorchen und Verschwören war zu Eurem eigenen Vorteil.«

Nikali beugte sich vor und schrie Irisi ins Gesicht. »Darf ich dich daran erinnern, dass du mitschuldig warst? Indem du meine Briefe an Tanis schriebst, halfst du, die Geheimnisse von Salomons Königreich zu verraten, und du halfst, einen Aufstand gegen ihn anzustiften.«

»Das ist eine Schande, die ich mit in mein Grab nehmen werde.« Irisi bedachte ihre Herrin mit einem Ausdruck des Mitleids. »Einst wart ihr eine edle Dame von unaussprechlicher Schönheit und Anmut … eine zu Größe bestimmte Prinzessin. Ihr seid zu etwas verkommen, das ich nicht wiedererkenne.«

»Schweig!«

Irisi war unerbittlich. »Weder Salomon noch sein fremdes Land, in das wir geschickt wurden, beraubten Euch Eurer Würde. Mit Euren eigenen Händen habt Ihr Euer Leben zerstört. Ihr wart so von Rache und Selbstmitleid verzehrt, dass Euer Herz verfaulte wie ein vom Baum gefallener Granatapfel.«

Nikali ballte die Hände zu Fäusten, um ihr Zittern zu beruhigen. Irisis Worte klangen verzerrt und ihr Gesicht war das einer Fremden.

»Jahrelang sah ich aus der Ferne zu, Gebieterin«, sprach die Schreiberin weiter, »und die Zeit ist gekommen, in der ich die Wahrheit sagen muss. Nicht nur Euer eigenes Leben habt Ihr verdorben, sondern auch Salomons. Ihr habt seinen Verstand mit Euren wirkungsvollen Täuschungsplänen vergiftet. Mit Entzücken habt Ihr seinem Verfall zugesehen. Welches Unrecht könnte größer sein?«

Sie presste die Lippen aufeinander und schüttelte den Kopf.

Nikalis eigener Atem, flach und unstet, füllte ihre Ohren. »Wie kannst du dich auf Salomons Seite stellen, nach allem, was ich dir gab? Wo liegt deine Ergebenheit wirklich?«

»Ich kann Euch nicht länger verteidigen«, flüsterte sie. »Das werde ich nicht tun.«

Nikali warf einen Blick auf die Gegenstände auf dem Tisch. Sie hob den Mahlstein auf und mit einem gellenden Schrei schwang sie ihn gegen Irisis Kopf. Nikali hörte ein knirschendes Geräusch, als der Stein die Schläfe der Schreiberin traf.

Irisi sackte zu Boden. Blut strömte aus ihrem Kopf wie Wasser aus einer Quelle. Ihre Augen traten hervor, als sie ihre letzten, angestrengten Atemzüge tat.

Nikali ließ den Stein fallen und hob die Hände zum Mund, um einen Schrei zu ersticken. Sie war bewegungsunfähig, während sie der Frau, die ihre lebenslange Freundin und Vertraute gewesen war, beim Sterben zusah.

Was hatte sie getan?

Irisi griff mit blutigen Händen nach Nikalis Kleid und hinterließ eine Spur aus hellroten Streifen auf dem weißen Leinen. Dann wurden ihre Hände schlaff und fielen auf den Steinboden. Sie hörte auf zu atmen. Ihre Augen waren noch immer geöffnet, zu einem durchdringenden Starren gefroren, das ihren Henker für schuldig erklärte.

Nikali sah sich um. Die Wände schienen sich ihr zu nähern und sie einzuschließen. Ihre Atmung wurde schnell und unkontrolliert. Sie musste fort von hier.

Sie riss die Tür auf, hielt sich nicht damit auf, sie hinter sich zu schließen, und rannte los. Hoch am Himmel stehend bedrängte die Sonne ihre Augen so heftig, dass ihr Tränen über das Gesicht liefen. Der Khol, den sie benutzte, um ihre Schönheit zu vergrößern, brannte ihr jetzt in den Augen. Sie konnte kaum etwas sehen.

Sie hatte kein Ziel. Sie rannte, um dem Ort ihres Verbrechens zu entkommen – und ihrem Gewissen. Sie stolperte, während sie zu schnell über den Berghang rannte, und fiel zwei Mal hin, ehe sie wieder Halt fand. Sie blieb stehen und betrachtete die schmerzenden Augen abschirmend ihre Umgebung. Sie befand sich im Kidrontal. Bauern unterbrachen ihre Tätigkeit und sahen sie bestürzt an. Sie blickte nach unten und begriff, dass sie ihre blutigen Kleider anstarrten.

»Zurück an die Arbeit!«, brüllte sie die Männer auf Hebräisch an und lief weiter den Hang hinab, bis sie nicht mehr rennen konnte. Außer Atem brach sie bei der Gihonquelle zusammen. Sie spritzte sich das kühle Wasser auf Gesicht und Busen und versuchte so, sich selbst von dem reinzuwaschen, was gerade geschehen war. Aber es gab nicht genug Wasser im Gihon oder im ganzen Siloah, um ihre Schuld fortzuspülen.

Sie betrachtete ihr Abbild in der Quelle. Eine alte Frau mit nassen, im Gesicht klebenden Haarbüscheln und die Wangen herabrinnenden Kholstreifen starrte sie an. Sie weinte mit lautem und heftigem Schluchzen.

Was war aus ihr geworden? Nikali Taschere, Tochter und Gemahlin von Königen, deren Schicksal heller leuchtete als der Abendstern, starb in diesem Moment. Vielleicht war sie schon vor langer Zeit gestorben. Die Erkenntnis ihrer Gräuel ließ sie sich vornüberbeugen und ihren Mageninhalt ausspeien, bis nichts mehr übrig war außer bitterer Galle.

Gedanken schwirrten vorüber, ohne sich zu festigen, verhöhnten sie und trieben sie in den Wahnsinn. Sie richtete ihren Blick auf die Sonne, auf der Suche nach Trost durch Amun-Re, König der Götter und Hüter der Himmel. Die Mittagssonne versengte ihre Wangen mit der Hitze eines Ofens, aber ihre Tränen konnte sie nicht auflösen.

Sie rief nach ihm: »Scheschonq!« Es war mehr Kreischen als Schrei. Verzweiflung hatte sich in ihre Stimme geschlichen und würgte sie. Sie rief seinen Namen wieder und wieder, bis sich ihre Kehle so trocken anfühlte, dass die Worte nicht länger hervordringen konnten.

Er kam nicht. Dreiunddreißig Jahre waren vergangen, seit er sie zu seinem Bett getragen und ihr versprochen hatte, dass sie eines Tages seine Königin sein würde. Sie hatte ihr Leben der Aufgabe gewidmet, dieses Versprechens würdig zu sein: Nachdrücklich hatte sie ihren Ehemann zurückgewiesen und ihre neue Heimat verurteilt, ihr Herz rein gehalten für den Tag, an dem er sie holen würde. Aber aus Tagen waren Jahre geworden und der Traum war in immer weitere Ferne gerückt.

Sie konnte den Finger nicht auf den genauen Augenblick legen, in dem Bitterkeit ihre Seele durchdrungen hatte oder wann diese sich in Gift verwandelt hatte. Aber sie würde für alle Zeit von der Erinnerung an diesen Tag heimgesucht werden: An den Ufern von Jerusalems kostbarster Quelle, die Hände befleckt vom Blut, das sie vergossen hatte, ließ sie die Hoffnung aus den Fingern gleiten und verschwinden wie ein Blatt, das von der Strömung ins schwarze Herz des Meeres getragen wird.

Sie wollte nicht länger, dass Scheschonq kam. Vielleicht war es besser, dass ihr Geliebter sich an sie als hinreißende junge Frau mit feurigem Herzen erinnerte. Selbst wenn er jetzt nach Jerusalem käme, würde das, was er vorfände, seine Reise nicht belohnen.

Sie brach auf dem Boden zusammen und spürte die warme Erde an ihrer Wange. Ihre Tränen wässerten den Grund und wurden eins mit diesem seltsamen Land, das sie niemals ihr eigen hatte nennen können, dem Land, das sie an den Rand des Wahnsinns getrieben hatte. Ihr Blick wanderte über die Fläche aus roter Erde und blieb an einem Friedhof jenseits des Flussufers hängen. Neues Schluchzen schüttelte sie, als sie über ihre eigene Sterblichkeit nachdachte.

»Oh, Osiris, Herr zukünftigen Lebens, lasse Deine Tochter nicht hier sterben.« Ihre Worte wurden von Gefühlswallungen verzerrt, als sie daran dachte, wie ihr Leichnam dem Erdboden übergeben anstatt einbalsamiert und mumifiziert wurde. »Lasse nicht zu, dass unreine Erde diese Gebeine bedeckt.«

Hätte sie nicht solche Angst gehabt, ohne angemessene Vorkehrungen beigesetzt zu werden, hätte sie sich an diesem Tag in der israelischen Quelle des Lebens ertränkt. Aber sie war dazu verdammt, am Leben zu bleiben und auf eine Erlösung zu warten, die vielleicht niemals kommen würde.

KAPITEL 20

JESREELEBENE, 925 V. CHR.

Eine Brise fauchte durchs Tal und brachte die Falten von Basemats *Halug* in Bewegung, als sie durch die Aufschläge ihres Gefängniszeltes blickte. Irgendwo in der Nähe trällerte eine Nachtigall in Erwartung des Lichts, das schon bald die Dunkelheit durchbrechen würde. Sie zog ihre Arme an die Brust, um das von dieser schrecklichen Nacht zurückbleibende Frösteln abzuwehren.

Sie schloss die Aufschläge und zog sich ins Zeltinnere zurück. Ihr Herzschlag hämmerte in ihren Eingeweiden, während sie auf Jerobeams Ankunft wartete. Sie rief sich in Erinnerung, dass die Entscheidung bei ihr lag, dass sie der Schmied ihres eigenen Schicksals war.

Was würde ihr Vater tun? Sie ließ die Finger über die Kette gleiten, die um ihren Hals hing, und die

Erinnerungen stürzten auf sie ein. Sie zog an der Kette, bis der daran hängende Gegenstand unter ihrem *Halug* zum Vorschein kam.

Es war das letzte Geschenk Salomons. Nur wenige Tage, nachdem er seiner Tochter seinen kostbarsten Besitz anvertraut hatte, war der König gestorben. Sie berührte die vier in einem Eisenkreis eingelassenen Steine auf der Oberseite des Rings. Sie standen für die Elemente – Rubin für das Feuer, Aquamarin für das Wasser, Tigerauge für die Erde und Diamant für den Wind – und täuschten den Betrachter, verschleierten den wahren Zweck des Rings.

Was unter den Steinen lag, galt behütet zu werden.

Basemat ließ die Finger über den Rand der Oberseite gleiten und suchte nach der winzigen Vertiefung, die es möglich machte, sie zu öffnen, und, wenn man sie anhob, das goldene Herz des Rings zu enthüllen: eine Schicht aus purem Gold, leuchtend selbst im schwachen Licht ihres Gefängnisses, mit einem fünfzackigen Stern versehen.

Hätte ihr Vater ihr nicht an jenem Tag in der Wüste die Bedeutung des Zeichens offenbart, hätte sie es nie verstanden. Es erschien harmlos genug und doch barg es das größte Geheimnis aller Zeiten. Sie wölbte beide Hände um den Ring und schloss die Augen.

Salomon hatte im Schatten eines Balsambaumes gesessen, in Lumpen gehüllt, als Basemat zu ihm in die

Wüste von Juda kam. Er hatte nach ihr geschickt. Ein Bote war zu Pferde in ihrem Heim in Schechem erschienen, um sie gemäß dem Wunsch des Königs zu holen, und sie war der Aufforderung gern gefolgt. Es gab nichts, das sie ihrem Vater verweigern würde.

Als ihr gesagt wurde, dass sie Salomon in der Judäischen Wüste treffen sollte, war sie ein wenig beunruhigt gewesen. Es sah ihm nicht ähnlich, sich von der Stadt fortzubegeben, die er so sorgfältig erbaut hatte. Vierzig Tage waren seit seiner Abreise aus Jerusalem vergangen und ohne ihren Führer stand die Stadt am Rand des Chaos.

Basemat hatte die Heilige Stadt auf ihrem Weg in die Wildnis durchquert, aus Pflichtgefühl ihrer Mutter gegenüber, von der sie gehört hatte, dass sie krank sei. Vor ihren Augen brachte ein Mann einen anderen zu Fall und schlug ihn bewusstlos, damit er die Börse aufreißen konnte, die an seiner Hüftschärpe festgebunden war. Sie war entsetzt über den Anblick einer solche ruchlosen Tat, aber mehr noch über die Gleichgültigkeit der Vorübergehenden. Als sie von ihrem Pferd absaß und dem Opfer zu Hilfe eilte, ihren Schleier um seine Wunden wickelte, um die Blutung zu stillen, verlangte sie, dass jemand den Dieb aufhalte, doch niemanden kümmerte es. Menschen hasteten durch die Gassen und taten so, als hörten sie sie nicht.

Es war ein kleiner Zwischenfall, aber er war vielsagend. Vor Jahren, als die Israeliten sich noch so umeinander kümmerten wie um sich selbst, war eine solche Teilnahmslosigkeit gänzlich unbekannt gewesen. In Jerusalem herrschte ein neuer Wind und bald würde er sich über ganz Israel erstrecken. Sie konnte es spüren.

Auch ihr Vater hatte sich verändert. Obwohl sie im Norden lebte und ihn nicht täglich sah, konnte sie die Gerüchte nicht überhören: die Unzufriedenheit gewisser Stämme über die Abgaben, die Doppelmoral bezüglich der religiösen Nachsicht für die Ehefrauen des Königs, seine anhaltende Abwesenheit bei Staatsangelegenheiten, damit er seinen romantischen Garten pflegen konnte.

Wie Angst witternde Hunde ließen sich die Menschen gehen, wenn sie eine Schwäche ihres Herrn oder seiner Führung spürten, und anschließend glitten sie schamlos in sittenloses Vergessen ab. So war es im Lauf der Geschichte immer gewesen.

In der Wüste band Basemat ihr Pferd fest und näherte sich Salomon mit gesteigerter Furcht. Niemals hatte sie ihren Vater, den König Israels, so elend gesehen. Seine Augen waren blutunterlaufen, seine Lippen von der Spätsommersonne aufgeplatzt. Safranfarbener Sand bedeckte das Haar auf seinem Kopf und in seinem Gesicht. Seine Füße, die in ausgetretenen Sandalen steckten und unter seinem verblichenen, grauen *Halug* herausschauten, waren mit offenen, nässenden Schwielen bedeckt. Es sah aus, als wäre er wochenlang gelaufen.

Sie blieb vor ihm stehen. Ihr Gewand bauschte sich in der Brise auf. »Vater?«

Er streckte eine Hand aus, eine Einladung, sich neben ihn zu setzen. »Meine liebe Tochter, wie schön von Euch, dass Ihr gekommen seid.«

»Wie hätte ich das nicht tun können?« Sie atmete die trockene, mit dem starken Duft von Balsam vermischte Luft ein, als sie sich auf die staubige Erde setzte. »Sagt mir, Vater … Warum kamt Ihr hierher, in dieses feindselige Land voller Felsen und wilder Bestien, allein und wie ein Bettler gekleidet?«

Ein Windstoß wehte Salomons schneeweißes Haar, ungewaschen und unordentlich, aus seinem Gesicht. Er spähte zum Horizont. Seine Augenwinkel waren tief zerfurcht und verrieten das hohe Alter, das über ihn gekommen war. »Eine Generation vergeht und eine andere kommt, aber die Erde ist ewiglich. Alles ist ein Kreislauf, ein Ausdruck von Gottes Wille.«

Er deutete auf einen Bestand aus spindeldürren Büschen in der Ferne. »Seht die Sommertamariske. Selbst im unfruchtbaren Land gedeiht sie, blüht in jedem Frühjahr und färbt die Wüste in den Schattierungen der aufgehenden Sonne. Dann kommt der Winterfrost und beraubt sie ihrer Blätter, sodass nur die Zweige übrig sind, verdrehte Finger, die nach dem Himmel greifen und um Gnade vor der Kälte betteln.

Ganz gleich, wie lang und hart der Winter ist: Die Sommertamariske wird wieder blühen. Nicht Schnee noch Feuer noch die Axt eines wütenden Mannes kann sie aus diesem Land vertreiben, denn ihre Wurzeln reichen tief und mit der Zeit durchbrechen ihre zarten Sprosse die Erde und holen sich zurück, was ihnen rechtmäßig gehört.«

Er atmete tief ein und richtete seinen Blick zum Himmel. Basemat konnte sehen, dass sein Herz schwer war. Sie ließ ihn sprechen. »Ich war König über Israel in Jerusalem. Der Herr schenkte mir mehr Weisheit als jedem anderen Mann, der je auf dem fruchtbaren Boden dieses Landes wandelte, das unseren Vorvätern gegeben ward. Ich kenne den Weg aller Dinge, wie sie waren, wie sie sind, wie sie sein werden.«

Er schüttelte den Kopf. »Doch Selbstgefälligkeit überwältigte mich. Ich erlaubte meinem Herzen, Tollheit und Torheit kennenzulernen, um mein Wissen zu erweitern und meinen Geist zu schulen. Ich nahm reichlich Wein zu mir und gab mich vielen Frauen hin, denn das war mein Lohn für meine harte Arbeit. Ich baute große Festungen und Häuser und einen Tempel für den Herrn, pflanzte Gärten und Weinberge, häufte mir Silber und Gold an. Keine Freude verweigerte ich meinem Herzen. Und doch, trotz allem, das ich kannte, und allem, das ich für jene zurücklasse, die nach mir folgen, verlasse ich die Erde als verarmter Mann.«

Basemat konnte nicht still bleiben. »Ihr seid der größte König, der jemals im unteren Himmelreich regierte. Der Herr schenkte Euch alle Vorzüge und alles Gute unter der Sonne. Wie könnt Ihr nun so reden, am Ende Eures Lebens, wenn Ihr Dankbarkeit und Freude empfinden solltet?«

»Ich wankte vor dem Herrn, meine Tochter. Ich verdiene seine Gnade nicht. Und doch bin es nicht ich, sondern die Abkömmlinge meines Hauses, die bestraft werden.« Er seufzte. »Ich habe die Zukunft gesehen. Ich weiß, was sich ereignen wird. Alles, das ich erbaute, und all die Reichtümer, die ich ansammelte, werden verwelken wie die Sommertamariske im Winter. Jerusalems Feinde stehen vor seinen Toren.«

Ihre Unterlippe bebte. »Sprecht nicht so, Vater.«

»Es ist wahr. Mein Sohn Rehabeam wird es zu Lebzeiten sehen. Seine Herrschaft wird erschüttert werden wie die Erde in einem heftigen Beben. Die gesamte Menschengeschichte ist ein Kreislauf.« Er nahm ihre Hand und legte einen Gegenstand hinein. »Dies muss jemandem überlassen werden, der reinen Herzens und reinen Geistes ist. Ihr, und nur Ihr, seid dessen würdig, meine Tochter. Alle anderen sind vor dem Herrn gescheitert.«

Sie öffnete die Hand und erkannte den Ring des Königs. Mit verschleiertem Blick sah sie zu ihm auf. »Was soll ich damit tun?«

»Bewahrt ihn sicher auf. Lasst ihn nicht in die Hände der Ungläubigen fallen. Er muss im Besitz der Würdigen bleiben, sodass sein Geheimnis nicht über die Zeitalter hinweg in Vergessenheit gerät.«

»Ich verstehe nicht. Welches Geheimnis?«

Er griff nach dem Ring in ihrer Hand und hob seine Oberseite an, indem er einen Fingernagel in eine Vertiefung steckte, die ihr nicht aufgefallen war. Der goldene Kreis im Inneren funkelte in der Nachmittagssonne.

»Dieses Zeichen ist nicht, was es scheint«, sagte er und deutete auf den ins Gold gezeichneten, fünfzackigen Stern. »Mein Vater erschien mir eines Nachts im Traum und offenbarte das Geheimnis des Rings, der von göttlicher Hand geschmiedet wurde: Was Fünf ist, ist wahrhaft Eins. Die fünf Kanten des Sterns entfalten sich zu einer geraden Linie und enthüllen die Maßeinheit, um das Haus des Herrn genau so zu bauen, wie er es befahl. Weder Gold noch Juwelen machen den Tempel heilig, sondern das hier. Jeder andere Tempel, so prächtig er sein mag, ist nur eine Täuschung.«

Er schob die Oberseite zurück und schloss ihre Hand um den Ring. »Dies muss überdauern, welche Mühen es auch kostet. Versprecht es mir, Basemat.«

»Ich verspreche es, Vater.« Die Gefühle erstickten ihre Stimme.

Ein zitterndes Seufzen drang aus seiner Kehle. »Ich fürchte, der Tag wird kommen, an dem meine Erben die Zerstörung des Hauses Gottes durch Jerusalems Feinde erleben werden. An diesem Tag wird der Herr unser Volk verlassen und Dunkelheit über unsere Länder werfen. Alles wird verloren sein, bis die Rechtschaffenen sich erneut erheben und Seinen Namen verherrlichen.

Ich kann den Zorn Gottes nicht abwenden, denn er ist bereits über uns gekommen; ich kann nur auf den Tag hinarbeiten, an dem der Tempel neu errichtet werden mag. Hört gut zu, meine Tochter. Das Geheimnis des Rings muss mit den Plänen, die mir von meinem Vater gegeben und von den Engeln selbst gezeichnet wurden, vereint werden.«

Eine Erinnerung aus ihrer frühen Kindheit kam Basemat in den Sinn: ihr Vater, über einen Tisch gebeugt, auf dem ein Stapel Schriftrollen lag; er studierte sie im Licht einer Öllampe. Seither hatte sie diese Schriftrollen nicht mehr gesehen. »Wo sind diese Zeichnungen? Ich will sie verteidigen wie diesen Ring.«

»Nein. Es ist zu viel von Euch verlangt, beide Lasten zu tragen. Die Pläne werden hier versteckt.« Er deutete auf das unfruchtbare Ödland aus Höhlen und Felsenreihen. »In der Wüste Juda. Ich traf Vorkehrungen mit Benaja und seinen Männern, um diesen kostbarsten aller Schätze zu begraben.«

»Und wer wird von diesem Versteck wissen?«

»Es gibt ein Rätsel, das nur von einem Menschen reinen Herzens gelöst werden kann. Ich schickte es mit Makeda, der Königin von Saba, fort. Sie wird es in ihrem Königreich behüten, bis mein rechtmäßiger Erbe kommt, um es zu verlangen.«

»Rehabeam?«

Er schüttelte den Kopf. »Wenn die Erde meinen Körper zurückerobert, wird mein Sohn König werden – doch er wird nie der Anführer sein, den ich vorgesehen hatte. Ein dem Haus Salomon noch ungeborener Erbe wird Israel den Frieden schenken, den ich ihm nicht zu geben vermochte.«

Sie konnte die Traurigkeit, die hinter ihren Augen aufwallte, nicht länger zurückhalten.

»Weint nicht, meine Tochter«, sagte der König. »Ich verbrachte viele Jahre in Dunkelheit, doch nun sehe ich die Sonne. Wahrhaft, das Licht ist ein lieblicher und angenehmer Anblick für das Auge. Das Gesicht meines Erlösers ist dort, jenseits der Wolken, und ruft mich zu ihm. Ich kann die Lyra des Erzengels hören. Die Zeit der letzten Reise zieht herauf.

Doch der Tod ist nicht bitter im Vergleich zu der Frau, deren Herz aus Schlingen und Netzen besteht; ihre Hände sind Seile, die unverfroren fesseln, sittsame Männer einfangen, und in ihrer Lasterhöhle ergötzt sie sich an ihnen. Ihre süßen Salben sind Gifte, ihre Tränen Säure, die das Fleisch verschlingt.«

Salomon senkte seinen Kopf in seine Hände. Seine Schultern bebten.

Basemat legte ihrem Vater sanft die Hand auf den Rücken. Sie konnte die harten Kanten seiner Knochen unter der Leinentunika spüren. Die vierzig Tage in der Wüste hatten ein Opfer gefordert. »Ihr sprecht von meiner Mutter.«

Er war lange still, bevor er seinen Blick auf sie richtete. »Der Herr sagte: *Du sollst Vater und Mutter ehren.* Wenn ich fort bin, steht Eurer Mutter trotz ihrer Fehler bei.«

Sie senkte den Kopf. »Ja, mein Gebieter.«

Er nahm ihre Hände in seine. »Wenn der Silberfaden zerrissen ist und die Goldschale zerbrochen, wenn der Bittermandelbaum aufblüht, wenn die Vögel zu singen aufhören und es keine Musik mehr gibt, wenn die Türen zugenagelt sind und nur noch Angst und Wahnsinn in den Straßen wohnen, wenn die Knie starker Männer nachgeben und die Schönheit der Jungfrauen verwelkt, dann erinnert Euch an die Worte des Weisen: Vertreibt den Kummer aus Eurem Herzen und verstoßt das Böse aus Eurem Körper, denn der Staub kehrt zur Erde zurück und der Geist zu seinem Schöpfer.« Der Anflug eines Lächelns legte sich auf seine Lippen. »Nun geht und lasst mich allein.«

Sie folgte seiner Bitte. Es war das letzte Mal, dass sie ihren Vater lebend sah.

Stimmen außerhalb ihres Zeltes erschreckten Basemat. Schnell steckte sie den Ring unter ihre Tunika zurück und ließ ihn an ihrem rasenden Herzen ruhen.

KAPITEL 21

Jerusalem, 925 v. Chr.

»Herrin!«

Das Hämmern an ihrer Zimmertür riss Nikali mit einem heftigen Ruck aus dem Schlaf.

»Wacht auf! Ihr seid auf Befehl des Königs herbeizitiert.«

Sie setzte sich auf und sah aus dem Fenster. Draußen war es noch dunkel. Was wollte Rehabeam mitten in der Nacht von ihr? Das Klopfen ertönte wieder und die Tür bebte.

»Holt meine Kammerfrau«, rief sie dem unbekannten Mann auf der anderen Seite zu.

»Dafür ist keine Zeit. Ihr müsst Euch rasch ankleiden. Es ist eine dringende Angelegenheit.«

»Ich weigere mich …«

»Ich habe den Befehl, Gewalt anzuwenden, sollte es nötig sein.« Die Tür polterte.

»Barbaren«, stieß sie flüsternd aus.

Sie schwang die Beine zur Seite des Bettes herum und stand mit einiger Mühe auf. Das Alter hatte sich in ihren Knochen niedergelassen und verhinderte, dass sie irgendetwas schnell machen konnte. Sie rief der Wache zu: »Bleibt draußen, verfluchte Seele. Ich komme.«

Sie schlüpfte aus ihrem Nachtgewand und tastete in der Dunkelheit nach ihren Kleidern. Sie stieg in die Tunika, die sie am Tag zuvor getragen hatte – ein in üppige Falten gelegtes weißes Gewand, das eher bequem als beeindruckend war. Sie hatte vor langer Zeit aufgehört, sich zu kleiden, um dem Auge zu schmeicheln. Sie gürtete ihre Taille mit einer langen, fransenbesetzten Schärpe und setzte ihre Perücke auf. Das Haar glättete sie mit den Fingern. Sie nahm ihr Kästchen voll Khol und verteilte ein wenig der schwarzen Paste in einem blinden Verschönerungsversuch auf ihren Augenlidern.

Die Tür polterte wieder und wurde dann aufgestoßen. Erschrocken ließ sie das Kästchen zu Boden fallen. Der Bote des Königs, ein hoch aufgeschossener junger Mann, der kaum älter war als ihre Enkelkinder, stand im Eingang.

»Hast du keinen Anstand, Junge?«

»Ich führe Befehle aus. Nun beeilt Euch.«

Sie schnaubte und ging hinaus. Als sie durch die Tür schritt, schob sie ihn beiseite.

Im Thronsaal saß König Rehabeam auf der Kante des Richterstuhls und zwirbelte seinen kurzen schwarzen Bart, wie er es immer tat, wenn er angespannt war. Drei seiner Berater standen um ihn herum; einer von ihnen war Ahimaaz, Nikalis Ehesohn. Rehabeam sah sie beim Vorhang im Eingang stehen und winkte sie herein.

Sie näherte sich und blieb vor ihm stehen; sie machte sich nicht die Mühe, sich zu verneigen. »Der Hahn hat noch nicht gekräht und trotzdem schickt Ihr nach mir. Was hat das zu bedeuten?«

»Zeigt etwas Hochachtung, Frau. Ihr sprecht mit Eurem König.«

Sie zog eine Augenbraue nach oben. Salomons Sohn, einen Mann so schwach, dass er kaum den Abort aufsuchen konnte, ohne seine Berater zu befragen, betrachtete sie nicht als ihren König. Das Gerücht ging um, seine Herrschaft würde von Jerobeam herausgefordert, der vor Kurzem nach Israel zurückgekehrt war, nachdem er sich jahrelang in Ägypten versteckt hatte.

Jerobeam, ihr alter Komplize. Vor Jahren, als Salomons Macht zu schwinden begann, hatte sie dem Rebellen geholfen, seinen Aufstieg auf den Thron zu planen. Nachdem ihr Vorhaben vereitelt und Jerobeam nach Ägypten getrieben worden war, hatte sie nichts mehr von ihm gehört. Selbst jetzt, da er in sein Heimatland zurückgekehrt und bereit war, seinen Plan erneut durchzuführen, hatte er weder ihren Rat gesucht noch sie in Kenntnis gesetzt. Er brauchte sie nicht mehr, und so hatte er sie weggeworfen – wie alle anderen es auch getan hatten.

»Ich nehme keine Befehle von schwachen Herrschern entgegen«, sagte sie ein bisschen zu hochmütig.

Rehabeam stand auf. »Verflucht sei Euer Ungehorsam!«

Ahimaaz hob eine Hand vor dem König in die Höhe. »Mein Gebieter, erinnert Euch daran, warum wir hier sind.«

Rehabeam setzte sich wieder hin und beäugte sie streng. Er gab Ahimaaz ein Handzeichen.

»Meine Herrin Nikali, Gattin des mächtigen Salomon und Mutter meiner Braut, ich kam als Flüchtling, um Jerusalem vor seinem bevorstehenden Untergang zu warnen«, sagte der General.

»Flüchtling? Von wo seid Ihr geflohen?«

»Habt Ihr es nicht gehört? Seid ihr blind für das, was sich um Euch herum abspielt?«

»Niemand spricht mit einer alten Frau, Ahimaaz.« Sie kniff die Augen zusammen. »Nicht einmal ihre Familie.«

Er überging den Seitenhieb. »Bevor ich Euch darüber aufkläre, was auf uns zukommt, ist es wichtig, dass Ihr die volle Tragweite unserer misslichen Lage versteht.« Er wandte sich an Rehabeam. »Erlaubnis, fortzufahren, mein Herr?«

Rehabeam sah weg und gab Ahimaaz einen Wink, weiterzusprechen. Der König war kein großer Redner und überließ oft anderen an seiner Stelle das Wort. Nikali hatte dabei zugesehen, wie er von einem schüchternen Jüngling zu einem unbeholfenen Erwachsenen herangewachsen war, und wusste, dass sein Mangel an Selbstvertrauen und der Hochmut, mit dem er ihn ausglich, eines Tages sein Verderben sein würde.

»Alte Feinde, einst fortgegangen, sind zurückgekehrt, um Israel heimzusuchen«, sagte Ahimaaz. »Jerobeam, der Ephraimiter, wurde von den Stammesführern des Nordens aus Ägypten geholt. Er erhebt Anspruch auf diesen Thron.«

Sie sah Rehabeam an. Der König veränderte seine Sitzposition und wich ihrem Blick aus.

Ahimaaz redete weiter. »Jerobeam verlangt vom König, dass er das Joch der Menschen erleichtert. Sie haben lange gelitten, sagt er. Sie wurden lange ungerecht besteuert. Er teilt Eures Gatten Zukunftstraum vom

Fortschritt nicht, von einer entstehenden vorherrschenden Weltmacht.«

»Und was sagt der König?« Nikali verschränkte die Arme vor der Brust.

Rehabeam riss den Kopf zu ihr herum. »Das war meine Antwort an Jerobeam und seine Anhänger: *Da mein Vater Euch mit einem Joch belegte, will ich es enger schnallen; wo er Euch mit Peitschen strafte, strafe ich Euch mit Skorpionen.*« Die Faust schüttelnd stand er auf. »Niemand fordert meine Herrschaft heraus oder den Anspruch des Hauses David, auf diesem Thron zu regieren.«

Sie fand seine Darstellung komisch. Er besaß weder die Weisheit noch die Ausstrahlung seines Vaters und hatte deswegen kein Recht, solche Verkündungen zu machen. Wo er Verhandlungsgeschick hätte einsetzen sollen, benutzte er rohe Gewalt: ein eindeutiges Zeichen der Machtlosen.

»Der Norden rebelliert gegen die Krone«, sagte Ahimaaz. »Der König versuchte, die Menschen zu beschwichtigen, doch sie sind wild geworden. Gerade in diesem Winter steinigten sie Adoram, den Aufseher der Zwangsarbeiter, zu Tode. Sie wollen Jerobeam auf den Thron erheben und das Königreich teilen.«

»Das klingt nach den Voraussetzungen für einen Krieg«, sagte sie.

Ahimaaz nickte. »Jerobeam löst einen Krieg aus, den wir nicht ausfechten können. Er rief die ägyptische Armee zu sich. Fünftausend Streitwagen und zigtausend Mann sind in Megiddo und der Jesreelebene einmarschiert und löschten auf dem Weg dorthin Dörfer und Städte aus. Wir besitzen keine Verteidigung gegen eine solche Streitmacht.«

In ihrer Magengrube kribbelte es. Seit vielen Jahren hatte sie den Aufruhr der Erwartung nicht mehr gespürt.

»Wer führt diese Armee an?«

»Pharao Scheschonq. In diesem Moment reitet er mit seinen Truppen nach Jerusalem.«

Ihr Herz schlug um sich wie ein Dämon. Ihr dahinrasendes Blut machte sie schwindlig. War Israels dunkelste Stunde der Augenblick ihrer Rettung? Würde Scheschonq sie nach so vielen Jahren holen? Würde sie jetzt von der Last ihrer Gefangenschaft erlöst, in der Dämmerung des Lebens?

»Der Pharao beabsichtigt, die Heilige Stadt zu zerstören«, fuhr Ahimaaz fort. »Wir müssen sie um jeden Preis beschützen.«

»Ihr habt es mit einem eindrucksvollen Feind zu tun. Was lässt Euch glauben, ihr könntet gewinnen?«

»Wir können nicht gewinnen, wir sind in der Unterzahl. Wir brauchen Eure Hilfe.«

Sie schnaubte. »Was weiß ich von solchen Dingen? Ich bin nur eine Frau.«

»Eine Frau, ja. Aber der Pharao steht in Eurer Schuld – oder vielmehr in Eures Vaters Schuld. Es war Psusennes, der ihn zum König ernannte.«

»Ihr glaubt, ich könne einen König davon abhalten, sich zu nehmen, was er haben will? Seid Ihr verrückt?«

»Wenn Ihr klug mit der Zunge seid, wird er Euch zuhören. Ihr müsst ihn davon überzeugen, Jerusalem zu verschonen. Es ist das spirituelle Herz unseres Volkes.« Ahimaaz machte einen Schritt auf sie zu. »Salomon war gut zu Euch. Nicht einen Augenblick lang vergötterte er Euch nicht. Eure Taten am heutigen Tag können seine Güte vergelten.« Er senkte die Stimme beinahe zu einem Flüstern. »Sie können Euch von dem erlösen, das Euch heimsucht.«

»Güte?« Sie stieß ein kurzes Lachen aus. »Ihr wollt, dass ich für den Mann, der mich einsperrte, der mich gegen meinen Willen meinem Heimatland entriss, wohltätig handle? Ich schulde Salomon nichts.« Mit einem herrausfordernden Blick drehte sie sich zu Rehabeam um. »Und auch nicht seiner Brut.«

»So tut es für Basemat. Sie und Ana wurden von Jerobeam und der ägyptischen Armee gefangen genommen. Wenn Eure Tochter hört, dass Ihr den ungläubigen König ihre geliebte Stadt und den Tempel des Gottes, an dem sie festhält, zerstören ließet, so wird sie Euch bis ans Ende Eurer Tage nicht vergeben … wenn sie überhaupt solange lebt, jemals wieder Euren Blick zu treffen.«

Ein Fußsoldat riss die Tür zum Thronsaal auf. Alle Köpfe drehten sich ihm zu. Errötet und keuchend sagte er: »Vergebt mein Eindringen, mein Gebieter. Die Ägypter sind hier. Das Ackerland bei Kidron wurde in Brand gesteckt.«

Rehabeam stand auf. »Blast das Horn. Unsere Männer wurden bewaffnet. Sie sind bereit, zu kämpfen.«

»Ja, mein Gebieter.« Der Soldat verneigte sich und ging.

Der König wandte sich an seine Männer. »Bereiten wir uns auf die Schlacht vor. Wir werden Jerusalem mit dem Mut und der Entschlossenheit unserer Vorväter verteidigen.« Er richtete das Wort an Nikali. »Wenn noch ein Funke Gutes in Euch ist, dann werdet Ihr es tun.«

Rehabeam stieg von seiner Thronplattform herab und eilte, von seinen Beratern gefolgt, aus dem Raum.

Eine dicke, graue Rauchwolke waberte zum Himmel, während die Häuser am Fuß des Osthügels brannten. Die räuberischen Flammen der Ägypter, die sich wie Ströme geschmolzenen Kupfers vor dem dunklen Himmel abzeichneten, verschlangen alles voller Wut.

Im Westen brannte das Kidrontal; ein Teil davon war schon zu Asche geworden. In dieser Höllenglut war der Schaden augenscheinlich. Wo einst fruchtbare Obstgärten gestanden hatten, waren nun schwelende Reihen verkohlter Baumstümpfe, deren blattlose Zweige wie knorrige Hände den Himmel um Gnade anflehten. Die Luft roch nach verbrannter Erde.

Von Nikalis Aussichtspunkt in der Palastarkade aus betrachtet, schien sich alles unsagbar langsam zu entfalten, wie Bilder eines Traums. Die an den Palastwänden hängenden Fackeln warfen ein goldenes Licht auf die Szene. Sie sah Rehabeams Truppen kommen und gehen: Ameisen, die in ihr Verderben marschierten. Mit ihren einfachen Waffen – Schleudern und Sichelschwerter – und ihrem zarten Körperbau, eine Folge aus den Jahrzehnten, in denen sie nicht zu den Waffen gerufen worden waren, hatten sie keine Aussicht auf Erfolg gegen Scheschonqs fein abgestimmten Tötungsapparat.

Eine Reihe von Männern in weißen Roben, die die Köpfe zum Boden geneigt und die Handflächen im Gebet aneinandergelegt hatten, schritt über den Hügel hinauf zur Anhöhe. Obwohl sie die Leviten über den Lärm von Pferdehufen und Männerschreien hinweg nicht zu hören vermochte, konnte sie sich vorstellen, dass sie Psalmen der Erlösung sangen. Welche Narren, dachte sie. Es war zu spät zu beten. Das Schicksal

Jerusalems war vor Jahren entschieden worden, als Ahija von Schilo seine Kleidung vor Jerobeam zerrissen und den Willen des hebräischen Gottes verkündet hatte.

Zu rastlos, um zu warten, trat Nikali in den Hof hinaus und durchschritt das dunkle Palasttor auf dem Weg in die Stadt. Sie war die einzige Zivilistin auf der Straße; alle Bewohner der Heiligen Stadt hatten sich in ihren Häusern zusammengekauert. Sie hielt sich am Rand des gepflasterten Weges, damit sie nicht von den Reitern und Fußsoldaten überrannt wurde, die in den Kampf zogen.

Sie hatte kein klares Ziel. Sie wusste nur, dass Scheschonq irgendwo inmitten dieses Tumults war und vielleicht nach ihr suchte. Der Gedanke daran, ihrem Liebsten gegenüberzutreten, stärkte und erschreckte sie gleichermaßen. Sie war nicht mehr die Frau von früher – ihre Schönheit und ihre Reize waren lange fort und hatten eine leere Hülle voller Kummer und Schmerz zurückgelassen. Würde er sie noch immer lieben?

Sie suchte sein Antlitz im Fackellicht, doch der Rauch brannte in ihren Augen. Sie blieb stehen, um sich zu sammeln, und ihre Lunge füllte sich mit den tückischen Dämpfen. Die Schreie der Männer wurden windabwärts getragen: Vorboten des Gemetzels.

Ein Reiter galoppierte langsam auf sie zu. Durch ihre vernebelte Sicht konnte sie nicht bestimmen, wer er war, aber sie erkannte den spitzen Helm, der ihn als Israelit kennzeichnete. Sie lief in die Gegenrichtung, in den Rauchvorhang hinein, der immer dichter wurde.

Er holte zu ihr auf und blockierte augenblicklich ihren Weg. Sie sah auf und traf den Blick ihres Ehesohns.

»Wir haben keine Zeit mehr«, rief Ahimaaz über den Lärm hinweg. »Ihr müsst mit mir kommen.« Er beugte sich nach unten und reichte ihr eine Hand.

Sie erlaubte ihm, sie hinten auf den Sattel zu heben und hielt sich an seiner Taille fest, als er seine Fuchsstute zum Galopp anspornte.

Über die Schulter rief er: »Der Pharao und seine Männer sind an den Toren des Tempels. Er verlangte ein Treffen mit dem König.«

Furcht nagte an Nikalis Eingeweiden. Sie dachte nicht an die Gegenüberstellung, die Jerusalem entzweireißen konnte; sie erwog nur ihr eigenes Schicksal. In wenigen Momenten würde alles so geschehen, wie es die Götter wollten.

Flache Steinhäuser, aschfahl im Mondlicht, huschten vorbei, als sie zum Gipfel des Berges Moriah ritten. Das Stampfen der Pferdehufe auf dem Boden passte zum Takt ihres Herzschlags. Mit einem tiefen Atemzug nahm sie den Gestank von mit Staub vermischtem Rauch auf und sehnte sich nach dem Duft vom Blauem Lotus und nasser Erde. Sie schloss die Augen und öffnete sie nicht wieder, bis Ahimaaz sein Pferd zum Stehen gebracht hatte.

Er stieg ab und half ihr herunter. Bei den Tempeltoren stand eine Reihe Leviten still wie Säulen, Wächter der heiligen Festung. Sie konnte das schwache Geräusch ihres leisen, monotonen Gesangs hören. Vor ihnen stand eine Schar Ägypter mit griffbereiten Speeren. Sie warteten auf den Befehl ihres Pharao.

»König Rehabeam ist im Inneren«, sagte Ahimaaz. »Folgt mir.«

Sie folgte ihm durch die Tore und blickte über die Schulter zu ihren versammelten Landsmännern. Sie glaubte, Scheschonqs goldenen Streitwagen zu sehen, aber ihre Augen trogen sie in der Dunkelheit.

Rehabeam stand im Tempelvorhof, von seinen Helden umgeben. Ein metallener Schuppenpanzer bedeckte seine Brust und ein *Chepesch* hing an seiner Hüftschärpe. Sein Gesicht war verkniffen, seine Stirn von Sorge schwer.

»Die Zeit ist gekommen, den Schleier zu lüften«, sagte er zu ihr. »Wem gehört Eure Gefolgschaftstreue?«

Sie hob den Kopf. »Ich bin meinem Land treu. Was immer der Pharao von mir verlangt, ich werde es tun.«

»So sei es also.« Der König gab ein Zeichen und zwei Soldaten näherten sich Nikali. Einer drückte sie auf die Knie und der andere fesselte ihre Hände mit einem Juteseil.

»Was tut ihr da?«, rief sie, während sie versuchte, sich aus ihrem Griff zu befreien. »Ich bin eine freie Frau!« Sie wandte sich an ihren Ehesohn. »Ihr führtet mich in die Löwengrube. Schande über Euch.«

»Der Krieg kennt weder Schande noch Anstand«, sagte Ahimaaz. »Ihr habt Eure Wahl getroffen; nun müssen wir tun, was das Beste für unser Volk ist.«

»Ich bin kein Sack voll Getreide, mit dem man handeln kann. Ich verlange, dass Ihr mich freilasst.«

»Euch wird kein Leid geschehen, solange Ihr mit uns zusammenarbeitet. Lasst uns auf ein rasches Ende dieser Gräuel hoffen.«

Eine Trompete erklang. Ägyptische Offiziere mit Speeren und Schilden marschierten in Zweiergruppen durch die Tore, bis sie zwölf zählten. Der Pharao kam nach ihnen herein, gefolgt von einem weiteren Dutzend Soldaten. Mit Scheschonq in der Mitte stellten sie sich in einem Halbkreis vor den Israeliten auf.

Sie sah zu ihm empor. Ihre Unterlippe bebte, als er ihren Blick erwiderte. Er hatte sich in den vierzig Jahren, seit sie Tanis verlassen hatte, so wenig verändert. Sein Körperbau war noch immer so fest wie gebranntes Eisen, sein Blick leidenschaftlich und seine Haut straff, außer einiger weniger Falten auf seiner Stirn und um seinen Mund. Beschämt über die Art, in der sie gealtert war, wandte sie die Augen ab und schluchzte leise.

Rehabeam trat vor und Scheschonq tat dasselbe, bis sie nicht mehr als eine Elle voneinander entfernt standen.

Der ägyptische König sprach zuerst. »Rehabeam, König der Hebräer, ich komme in Frieden, um einen Handel mit Euch abzuschließen.«

»Es scheint mir, Ihr nahmt Euch alles, was Ihr wolltet«, sagte Rehabeam. »Was bleibt noch, das ich Euch geben könnte?«

Scheschonq zeigte zum Tempel hinauf. »Was in diesem Hause ist, gehört Ägypten.«

»Alles, was darin ist, gehört dem Herrn, Gott von Israel. Jeder Gegenstand wurde geweiht und ihm gewidmet. Ich beschwöre Euren tugendhaften Anstand. Nehmt unser Vieh; nehmt unsere Häuser. Doch bleibt unserem heiligsten Platz fern.«

Der Pharao zeigte seine Zähne. »Euer heiliger Ort kümmert mich nicht, und auch nicht Euer gieriger Gott, der mit ungeheuren Goldmengen besänftigt werden muss.« Er schlug gegen seine Brustplatte. »Mit unserem Gold. Jedes Körnchen davon gehört meinem Volk. Und ich beabsichtige, es zurückzubringen.«

Rehabeam zwirbelte die Enden seines Bartes. »Ihr saget, Ihr seid gekommen, um einen Handel abzuschließen. Welcher Tausch würde Euch zufriedenstellen?«

Nikali beobachtete Scheschonqs Reaktion. Der Pharao war vollkommen reglos und starrte seinem Feind in die Augen, wie um ihn zu schwächen. Er warf nicht einen Blick in ihre Richtung.

»Während wir hier stehen wird mein Verbündeter, Jerobeam, Sohn von Nebat, von den zehn Stämmen Israels zum König gekrönt. Er wird seinen Palast in Schechem errichten und unter der Führung Ägyptens über die Israeliten herrschen.« Das Spiel seines Oberarmmuskels wurde sichtbar, als er die Arme verschränkte. »Die Stämme Juda und Benjamin waren nicht so entgegenkommend. Sie scheinen Euch treu ergeben. Doch meine Männer schwächten sie. Sie töteten ihre Söhne und vergingen sich an ihren Frauen, brannten ihre Häuser nieder und nahmen ihre Pferde. Es wird nicht lange dauern, bis sie sich von ihrem Anführer abwenden.« Er grinste. »Von dem Einen, der nicht stark genug ist, um sie vor ihren Gegnern zu beschützen.«

Mit zusammengebissenen Zähnen sagte Rehabeam: »Was wollt Ihr, Scheschonq von den Meschwesch?«

Scheschonq zog sein Schwert und ließ seine Fingerspitze über die Klinge wandern. »Zwei Dinge. All das Gold aus dem Haus Eures Gottes.« Er nickte in Nikalis Richtung. »Und die Frau, die ihr gefangen haltet.«

Ihr Herz machte einen Satz. Er war also doch ihretwegen gekommen. Der ausgeklügelte Feldzug, die Gräuel und Forderungen, alle waren sie eine List, um zu verbergen, was er wirklich wollte: Die Frau, die sein Herz ergriffen und es all die Jahre gefangen gehalten hatte. Sie wünschte sich sehnlichst, zu ihm zu laufen, doch wegen ihrer Fesseln konnte sie es nicht.

Rehabeam sah über seine Schulter zu Nikali, dann zurück zu seinem Feind. »Wenn ich das tue … was werde ich im Gegenzug bekommen?«

»Was von Eurem Königreich übrig ist. Ihr werdet weiterhin über Benjamin und Juda in diesem neuen, geteilten Israel regieren.«

»Und wenn ich Eure Forderungen nicht erfülle?«

»Meine Ehre befiehlt, dass ich mit Euch kämpfe bis zum Tod. Wir werden die Schwerter ziehen, und derjenige, der am Leben bleibt, erhält alle Kriegsbeute.«

»Ich benötige einen Moment, um mit meinem Beraterstab zu sprechen«, sagte Rehabeam. Scheschonq nickte und Rehabeam zog sich zu einer geheimen Besprechung mit seinen Männern zurück.

Nikali wandte ihre Augen nicht von Scheschonq ab. Er belohnte sie mit einem Blick und einem halben Lächeln, dann sah er starr geradeaus. Wie immer Rehabeams Entscheidung ausfiele, sie war sich sicher, sie würde bald in Scheschonqs Armen liegen. Selbst wenn der hebräische König sich zu kämpfen entschied, konnte er gegen einen für den Krieg ausgebildeten Mann nicht gewinnen. Scheschonqs Fähigkeit mit dem Schwert und sein Gespür für den Kampf waren in ganz

Ägypten und in allen Wüsten Libyens legendär. Er hatte weit würdigere Gegner als Salomons feigen Sohn durchbohrt.

Rehabeam trat aus dem Kreis und ging auf den Pharao zu. »Nehmt das Gold und die Frau und lasst mir meine Krone.«

Nikali war ganz und gar nicht überrascht. Sie erwartete nichts anderes von dem Schwächling, der Jerusalem regierte. Ein König, der es vorzog, nicht für seine Ehre zu kämpfen oder aus der moralischen Überlegenheit seiner Religion heraus: Dieses Schauspiel war schlimmer als ein Blutbad.

Rehabeam deutete auf sie. »Lasst sie frei.«

Hinter ihr zerschnitten Hände ihre Jutefesseln. Sie stand mit zittrigen Beinen auf und betrachtete den Mann, auf den sie so lange gewartet hatte. In Scheschonqs Augen lag keine Zärtlichkeit, nur das harte Funkeln eines Kriegers. Sie suchte in ihrem Inneren nach dem Gefühl, das zu verspüren sie in diesem Moment erwartet hatte, doch es stellte sich nicht ein. Die Zeit hatte ihr sogar das geraubt.

Sie ging zu ihm. Lange standen sie in Stille voreinander. »Ihr kamt um meinetwillen. Nach so vielen Jahren dachte ich …«

»Die Männer der Meschwesch vergessen ihre Versprechen nicht«, sagte er. »Wo ist mein Sohn?«

Sie senkte den Blick. Sie schämte sich für die Lüge, die sie in einem Moment der Schwäche erzählt und nie zurückgenommen hatte. Irisis prophetische Worte, ausgesprochen, als sie die Erdichtung einer Papyrusrolle anvertraute, stiegen in Nikalis Bewusstsein: *Ihr könnt Eurem Schicksal nicht entrinnen, meine Gebieterin. Was immer es ist, es wird Euch verfolgen und einholen.* Selbst wenn es ihren Untergang bedeutete, konnte sie nichts anderes tun, als die Wahrheit zu sagen. »Es gab nie einen Sohn. Aus Eurem Samen wurde mir eine Tochter geboren.«

»Ihr habt mich getäuscht.« Seine Stimme donnerte wie in einem Beben umstürzender Steine.

»Verurteilt mich nicht, mein Gebieter. Ich wollte nur unsere Wiedervereinigung beschleunigen. Ich fürchtete, Ihr würdet nicht kommen, hättet Ihr gewusst, dass das aus unserer Liebe geborene Kind ein Mädchen war.«

»Glaubtet Ihr nicht an meine Redlichkeit? Wusstet Ihr nicht, dass ich mein Versprechen halten würde, ungeachtet der Umstände?« Sein Ausdruck war streng, seine kholumrandeten Augen zusammengekniffen, seine Fäuste geballt. Sie dachte, er würde sie womöglich schlagen.

»Niemals stellte ich Euch infrage, mein Gebieter; das müsst Ihr mir glauben.« In Nikalis Kehle bildete sich ein Kloß, der ihre Stimme zittern ließ. »Der

Name unserer Tochter ist Basemat. Sie ist im Norden, von Euren Männern gefangen genommen und unter Jerobeams Aufsicht. Ich fürchte um ihr Schicksal. Sie ist temperamentvoll, wie ihr Vater.«

Er rief einen Soldaten seiner Leibwache herbei und besprach sich unter vier Augen mit ihm. Der Soldat nickte und bestieg sein Pferd. Er galoppierte den Berg hinab und hinterließ eine Wolke aus rotem Staub.

Scheschonq richtete das Wort an Nikali. »Geht in meinen Streitwagen. Wir reiten zur Jesreelebene.«

Sie nahm seine Hände in ihre und verneigte sich. »Habt Dank, mein Gebieter.«

»Ich bin ein Mann, der zu seinem Wort steht. Ich werde Euch und mein Kind nach Tanis zurückbringen. Doch Eure List kann ich Euch nicht vergeben.« Er zog seine Hände fort.

Seine Worte brannten wie ein Schlag in ihrem Gesicht. Ihr Wunsch, in ihr Heimatland zurückzukehren, war ihr gewährt worden, doch ohne Scheschonqs Gunst war es ein bedeutungsloser Sieg. Sie suchte in seinen schwarzen Augen nach einer Spur des Geliebten, den sie einst gekannt hatte. »Was wird aus uns werden?«

»Es gibt keine Rückkehr in die Vergangenheit.«

Ihr Körper verkrampfte sich und ihr Atem war in ihrer Lunge gefangen. »Sagt so etwas nicht. Ich war Euch eine Ehefrau, wenn nicht im Fleische, so doch im

Geiste. Wartend wurde ich alt und nicht ein Mal geriet meine Ergebenheit ins Wanken.« Ihre Worte drangen nicht zu ihm durch. Seine starre Miene ließ sie sich wie eine Bettlerin fühlen.

Sein Blick wanderte an ihrem Körper hinunter und sie spürte die Hitze seines Urteils. »Ihr handeltet unehrenhaft. Das Gesetz meiner Vorfahren verlangt von mir, ausgleichende Gerechtigkeit zu fordern.«

Sie schluckte schwer. Es gab nichts mehr zu ihrer Verteidigung zu sagen. Was immer er beschloss, sie würde es hinnehmen müssen.

Seine Worte fielen auf sie hernieder wie ein Eisenhammer. »Ihr werdet als Dienerin meiner ersten Frau am Königshof leben.«

Sie senkte den Kopf und weinte. Eine hochgeborene Ägypterin, die den Launen einer Stammesangehörigen der Meschwesch zu Diensten war. Das war die höchste Demütigung. Sie stellte sich vor, sich um die Frau zu kümmern, die Scheschonqs Bett teilte – ihr wohlduftende Bäder einzulassen, sie für Festmahle und Staatsbesuche in Kleider zu stecken, Salben auf ihre rostrote Haut aufzutragen – und wollte sich in sein Schwert stürzen. Welchen Sinn hätte ein solches Leben?

Vielleicht war es die Strafe, die sie verdiente. Sie hatte es sich selbst zuzuschreiben. All die Lügen und Täuschungen, im Namen der Treue zu ihrem Land ersonnen und doch in Wahrheit nur um der Gunst eines einzelnen Mannes willen getan, hatten sie in einem Feuerring aus Verrat gefangen, dessen Flammen sie selbst entzündet hatte und dem sie nun nicht entkommen konnte.

Bilder von Salomon, jung und mit heiterer Miene, blitzen in ihrem Verstand auf. Er hatte sie bis zu seinem Tod geliebt und doch hatte sie seine Zuneigung mit Bosheit vergolten und dem Feind seine Geheimnisse verraten, auf Kosten ihrer eigenen Seele. Und die ganze Zeit über war sie eine Figur im Spiel eines Mannes gewesen, ohne es gemerkt zu haben. In diesem Augenblick, als sich der Vorhang endlich hob, verfluchte sie die Überheblichkeit, die sie für die Wahrheit in all ihrer Hässlichkeit blind gemacht hatte: Scheschonq hatte sie begehrt, als sie jung und einfältig gewesen war. Während die Zeit verstrichen war und die Macht sich verlagert hatte, war sie ihm als Kundschafter nützlicher gewesen denn als Liebhaberin.

Scheschonqs Stimme dröhnte, als er zu seinen Männern sagte: »Plündert den Tempel Salomons. Lasst kein Gold zurück.«

»Was ist mit der Stadt, mein Gebieter?«, fragte einer der Soldaten.

Scheschonq betrachtete den Tempel, dann die Siedlung, die sich über den Berghang ergoss. »Lasst sie in Ruhe.« Er wandte sich an Rehabeam. »Behaltet Euer

Königreich.« Mit einem höhnischen Grinsen fügte er hinzu: »Was davon übrig ist.«

Mit schnellen Schritten ging er zum Streitwagen. Nikali folgte ihm, ohne sich zu beeilen. Als das schwache Schieferlicht einen Wolkenschleier durchbrach, betrachtete sie die glimmenden Überreste von Salomons Stadt und spürte, wie die Klauen des Bedauerns die Rüstung ihres Herzens durchbrachen. Sie wusste es so sicher, wie der Wind sich aus dem Osten erhob: Die Götter verlangten Buße.

KAPITEL 22

JESREELEBENE

Nie zuvor hatte das Rascheln von Stoff so ruchlos geklungen wie in dem Moment, als Jerobeam das Gefangenenzelt betrat. Am gegenüberliegenden Ende stand Basemat, die Arme um sich geschlungen und die Zähne zusammengebissen. Ihr Blick war an seinen geheftet, als er sich mit langsamen, überheblichen Schritten näherte. Er blieb einige Handbreit vor ihr stehen.

»Die Nacht ist lang und doch kommt der Morgen zu schnell für die Gejagten.« Sie starrte ihn mit unnachgiebigem Blick an.

»Der Tag bricht an und Euer Urteil ereilt Euch. Wie lautet Eure Entscheidung?«

Sie hatte einen Entschluss gefasst, war aber noch nicht bereit, die Worte auszusprechen.

»Ich will meine Tochter sehen.«

»Sie könnte anderweitig beschäftigt sein.« Er grinste. »Als ich letzte Nacht am Zelt des Offiziers vorüberkam, hörte ich ihre Schreie, wie von einem Hund, der den Mond anheult.«

Sengendes Blut stieg in Basemats Gesicht. Mit zusammengebissenen Zähnen sagte sie: »Ihr lügt.«

Er schüttelte den Kopf. »Ich fürchte nicht.«

Mit einem gellenden Schrei stürzte sie sich auf ihn und schlug ihn mit den Fäusten.

Er packte ihre Handgelenke und drückte fest zu, bis sie vor Schmerz aufschrie. Er schleuderte sie zu Boden.

Sie landete hart auf der Seite. In diesem Augenblick fühlte sie sich besiegt, als hätte alle Hoffnung sie verlassen. Sie wollte sterben.

Zitternd setzte sie sich auf. »Sagt mir, Jerobeam.« Sie spie die Worte aus. »Wie fühlt es sich an, sein Volk zu verraten und seine Seele dem Feind zu verkaufen?«

Er warf den Kopf zurück und lachte laut. »Ihr wagt es, mich das zu fragen? Der einzige, der sein Volk verriet, Prinzessin, war Euer Vater. Er nahm sich ihre Aufschreie gegen die Unterdrückung nicht zu Herzen, sondern schnallte stattdessen ihr Joch enger. Ich kämpfe im Namen Gottes, der mich auserwählte, für die Stämme Israels. Das Bündnis mit Ägypten ist nichts weiter als ein Mittel zum Zweck. Von allen Menschen solltet Ihr, die aus einem solchen Bündnis geboren wurde, das verstehen. Aber ich vermute, Ihr seid zu sehr von Eurem kindlichen Idealismus und Eurer blinden Treue zum Haus David eingenommen, obwohl es bedauerlicherweise seiner Pracht beraubt ist.«

»Ihr kennt keine Treue, Verräter.«

»Genug!«, brüllte er. »Ich bin hier, um Eure Entscheidung zu hören, sonst nichts. Was soll es sein – die Fremde … oder der Tod?«

Das Geräusch von Pferdehufen erklang in der Ferne. Es wurde laut und gleichmäßig, wie ein Trommelschlag. Jerobeam teilte die Zeltaufschläge und spähte in Richtung des Aufruhrs.

»Die Reiter des Pharao.« Er drehte sich zu ihr um. »Wartet hier.«

Basemat atmete aus. Gedanken an Ana kreisten in ihrem Verstand und verstärkten ihre Furcht. Sie wollte glauben, dass Jerobeam gelogen hatte, um ihren Geist zu schwächen, aber sie wusste es besser. Den ägyptischen Barbaren traute sie alles zu. Sie zitterte, als die kalte Hand des Schreckens ihren Körper ergriff. Welches Los sie auch für sich selbst wählte, sie konnte ihre Tochter nicht diesen Rohlingen überlassen.

Sie vermisste Ahimaaz. Obwohl sie es nicht bedauerte, ihn nach Jerusalem geschickt zu haben, um den König zu warnen, sehnte sich ein Teil von ihr danach, ihn in diesem entscheidenden Moment an ihrer Seite zu haben. Zu wissen, dass sie ihn nie mehr wiedersehen würde, erfüllte sie mit Schmerz. Er war ihr ans Herz gewachsen, und – vielleicht noch wichtiger – sie hatte Hochachtung für seine Gottesfurcht und seine Beständigkeit entwickelt. Man musste ein außergewöhnlicher Mann sein, um sowohl das Herz eines Kriegers als auch das eines heiligen Mannes zu besitzen.

Gewiss hatte Ahimaaz Jerusalem erreicht. War er rechtzeitig zu Rehabeam gelangt? Wurde die Heilige Stadt angegriffen? Sie erinnerte sich an die Worte ihres Vaters – *Ich fürchte, der Tag wird kommen, an dem meine Erben die Zerstörung des Hauses Gottes durch Jerusalems Feinde erleben werden* – und sie begriff zum ersten Mal, dass Salomon ein Prophet gewesen war. Durch göttliche Führung hatte er diesen Augenblick vorhergesehen. Er kannte die Zukunft ebenso gut, wie er das Wesen aller Dinge kannte. Sie war dankbar dafür, dass er die Voraussicht besessen hatte, die Schätze seines Königreichs zu verstecken. Selbst wenn es tausend Jahre dauern würde: Der Moment würde kommen, in dem Salomons rechtmäßiger Erbe sie fand. Das zu glauben spendete ihr Trost.

»Der Hauptmann will Euch sehen.«

Die Stimme des ägyptischen Wachmanns erschreckte sie. Basemat holte tief Luft, um ihre Nerven zu beruhigen, und verließ das Zelt auf seinen Befehl hin.

Das glänzend weiße Licht des Morgens erfüllte ihre Augen und sie hob eine Hand, um sie abzuschirmen. Sie kniff die Augen zusammen, um den Blick auf den Speer der Wache zu lenken, der auf eine Gruppe von Männern gerichtet war, die beim verloschenen Lagerfeuer standen. Sie glättete ihre Tunika und spürte die harten Umrisse von Ahimaaz' *Chepesch* an ihrer Hüfte ruhen. Sie war bereit.

Mit der Spitze des Speers der Wache im Rücken ging sie auf die vier Ägypter zu, die mit ledernen Schuppenbrustpanzern, weißen Lendentüchern aus Leinen und Quastenhelmen für den Krieg gekleidet waren. Jerobeam stand zwischen ihnen, eine Papyrusrolle in der Hand. Seine Stirn war gerunzelt, seine Mundwinkel nach unten gezogen.

Die Wache übergab sie dem Männerkreis. Ausdruckslos stand sie vor dem Mann, der sie gefangen hielt. Der Morgenwind wehte ihr raue, ungekämmte Haarsträhnen ins Gesicht und sie machte sich nicht die Mühe, sie fortzuschieben.

»Es gab einige wichtige Entwicklungen.« Jerobeam hielt die Schriftrolle in die Höhe. »Es scheint, Euer Los wurde für Euch entschieden.«

Basemat öffnete den Mund, aber keine Worte drangen über ihre Lippen. Offensichtlich war die Schriftrolle ein Erlass des Pharao. Doch warum sollte sich der ägyptische König genug um ihr Schicksal kümmern, um einen Boten ins Lager von Jesreel zu schicken?

»Der Pharao und seine Männer erreichten Jerusalem in der Nacht«, fuhr er fort. »Sie plünderten den Palast und den Tempel und bringen die Schätze nach Tanis zurück. Salomons Spuren in der Stadt des Herrn wurden ausgelöscht. Die folgenden Generationen werden nichts von seiner Herrlichkeit erfahren.« Er grinste. »So wie es sein sollte.«

Sie richtete ihren Blick zum violettgeschmückten Himmel. Sie konnte es nicht länger ertragen, Jerobeam anzusehen.

»In diesem Moment reitet Pharao Scheschonq nach Jesreel … mit Eurer Mutter.«

Sie riss den Kopf zu ihm herum. »Was habt Ihr gesagt?«

»Sie wird mit ihm nach Ägypten zurückkehren. Das war ihr Wunsch, seit sie Euren Vater heiratete.«

»Behauptet nicht, die Wünsche meiner Mutter zu kennen.«

»Vielleicht seid Ihr diejenige, die Eure Mutter nicht kennt. Tatsächlich gibt es vieles, von dem Ihr nichts ahnt. Ich will den Schleier von Euren Augen nehmen, Prinzessin.« Er enthüllte Nikalis lang gehütetes Geheimnis.

Der bittere Trank der Vergangenheit stieg in Basemats Mund. Wenngleich sie das Verhalten ihrer Mutter nicht rechtfertigte, verstand sie es endlich.

Hatte Salomon von der Liebe seiner Gemahlin zu einem anderen gewusst? Seine Weisheit und Voraussicht waren unter Sterblichen unerreicht; gewiss war ihm etwas so Schwerwiegendes nicht entgangen. Doch wenn er die Falle erkannt hatte, warum hatte er sich gestattet, von Nikalis grausamem Herz verführt zu werden?

Sie dachte an die Worte, die ihr Vater in der Wüste gesagt hatte. *Steht Eurer Mutter trotz ihrer Fehler bei.* Er hatte gewusst, was sie war, aber er hatte nicht anders gekonnt, als sie zu lieben. Ein kluger Mann war noch immer ein Mann.

Jerobeam verschränkte die Arme. »Habt Ihr nichts zu sagen?«

Basemat wollte den Verräter nicht mit einer Antwort belohnen.

»Nein? Was, wenn ich Euch sage, dass ihr Liebster, Scheschonq, vor all diesen Jahren versprach, sie aus der Gefangenschaft des judäischen Königs zu befreien und sie zu sich zurückzuholen? Heute ist der Tag ihrer Befreiung.«

Basemats Kehle krampfte und sie hob eine Hand zum Mund, um den unwillkürlichen Reiz zu unterdrücken. Jerobeams Worte schlichen in ihren Verstand wie ein Knochengräber, der die Skelette der Vergangenheit freilegt. Sie erinnerte sich daran, wie ihre Mutter eine schreckliche Begegnung mit Hadad von Edom in der

Wüste Zin während ihrer Reise zu ihrem sterbenden Vater nach Ägypten geschildert hatte. Wenige Stunden später hatten Hadads Männer versucht, Salomons Palast zu stürmen.

In ihrem Verstand blitzen Bilder von Boten auf, die stetig von Jerusalem nach Ägypten ritten, angeblich, um Neuigkeiten von glücklichen Ereignissen im königlichen Haushalt zu überbringen. Niemand außer Nikali und ihrer Schreiberin Irisi kannte die Worte, die wirklich auf diesen Papyrusrollen geschrieben standen.

Alles fügte sich zusammen. Nicht Hadad oder Reson von Assyrien oder sogar Jerobeam waren Salomons schlimmste Erzfeinde gewesen; es war die Frau, die sein Bett geteilt hatte.

Jerobeam schüttelte den Kopf und lachte in seinem üblichen spöttischen Tonfall. »Das ist nicht, was Ihr zu hören erwartet hattet, nicht wahr? Möglicherweise hattet ihr gehofft, der Brutalität der Ägypter die Schuld zuweisen zu können, anstatt der Heimtücke Eures eigenen Blutes. Es ist in der Tat eine Schande, wenn jene, denen wir vertrauen, in Wirklichkeit die Täter sind. Es beleuchtet die Boshaftigkeit der menschlichen Natur. Und seht, Ihr werdet sie jeden Tag für den Rest Eures Lebens betrachten.«

Ihre Stirn legte sich in Falten. »Was wollt Ihr damit sagen?«

Er rollte den Papyrus auf und las vor. »Lasset verlauten, dass der Pharao Scheschonq die Vorbereitung Basemats, Tochter von Nikali Taschere, zur unverzüglichen Abreise aus Israel und Umsiedlung nach Tanis befiehlt.«

Basemats Augen wurden groß. Sie schüttelte den Kopf. »Nein. Das werde ich nicht tun.«

Jerobeam machte zwei Schritte auf sie zu. Er zerknüllte den Papyrus. »Mir scheint, Ihr habt keine Wahl. Der Pharao hat gesprochen.« Er drehte den Kopf zu den ägyptischen Offizieren. »Männer!«

Die vier näherten sich. Zwei packten Basemats Arme und zogen sie fort.

Sie grub ihre Fersen in die Erde und wehrte sich gegen sie. »Lasst mich los, ihr Schweine! Ich werde nicht folgen. Lieber sterbe ich!«

Die Männer verstärkten den Griff um ihre Arme. Einer spie etwas auf Ägyptisch aus, das sie weder verstand, noch verstehen wollte. Sie trat ihm gegen das Schienbein. Er rammte ihr einen Ellbogen in den Bauch.

Auf den Knien zusammengekrümmt ließ sie die Tränen über ihre Wangen rinnen. Es war ihr egal, ob sie verkrüppelt oder getötet wurde, aber der Verlust ihrer Freiheit war eine Demütigung, auf deren Erduldung sie nicht vorbereitet war.

»Man sagt, der Kreis des Lebens schließt sich«, hörte sie Jerobeam sagen. »Dies geschah Eurer Mutter vor so vielen Jahren: Das Land ihrer Vorväter und den Mann, den sie liebte, musste sie für einen fremden, unvertrauten Ort verlassen, an dem sie in einem goldenen Käfig gefangen gehalten wurde. Nun seid Ihr an der Reihe. Eure Geschichte und Euer Schicksal sind ein und dasselbe.«

Hass blitzte in ihren Augen auf. »Verflucht seid Ihr, Jerobeam. Möge Euer Altar in alle Himmelsrichtungen zerstreut werden und Euer Haus zugrunde gehen wie Weizen in den Rachen von Heuschrecken.«

Jerobeam riss ihr den Schleier vom Kopf und zog sie an den Haaren hoch. Sein Mund war zu einem Zähnefletschen verzerrt. »Bösartige Hure. Ich sollte dich hier und jetzt töten. Aber es verschafft mir eine größere Zufriedenheit, dich langsam an den schlimmsten aller Qualen zugrunde gehen zu sehen … Unterwerfung und Gefangenschaft.«

»Lasst sie los.«

Jerobeam sah über Basemats Schulter hinweg zur Stimme hin. »Mein Gebieter.« Er löste seinen Griff und Basemats lange rabenschwarze Locken ergossen sich um ihr Gesicht. Er fiel auf ein Knie und schlug die Augen nieder.

»Seht mich an.« Die Stimme hinter ihr war tief und volltönend.

Langsam drehte sie sich um und begegnete dem strengen Blick des Pharao. Scheschonq stand auf einem goldenen Streitwagen, der von zwei schwarzen Pferden mit Decken aus Schuppenleder und Federn in den Mähnen gezogen wurde.

Der Pharao trug eine königsblaue Lederrüstung mit einer vergoldeten und glasierten Brustplatte, die Brust und Schulter bedeckte. Die blaue *Chepresch*-Krone, die von den ägyptischen Königen in der Schlacht getragen wurde, ruhte auf seinem kahlen Kopf. Ein Köcher voller Pfeile war über seinen Rücken geschlungen.

Nikali stand neben ihm und hielt seinen Bogen. Sie trug zerknittertes weißes Leinen mit einer goldenen, in der Taille gebundenen Schärpe. Ihre glänzendschwarze Perücke, dieselbe, die sie im Laufe der Jahre zu Zeremonien getragen hatte, war windzerzaust und ein wenig schief. Basemat bedachte sie mit einem finsteren Blick, aber in den leeren Augen ihrer Mutter lag kein Verstehen. Nikali wirkte benommen, beinahe bedauernswert.

»Warum bereitet Ihr meinen Männern Ärger?«, fragte Scheschonq.

Basemat antwortete ohne Rücksicht auf ihr Leben. »Ich nehme keine Befehle von ungläubigen Königen entgegen.«

Der Pharao kniff seine kholumrandeten Augen zusammen. »Ist das so? So nehmt einen Befehl Eures Vaters entgegen.«

»Mein Vater ist tot.«

Scheschonq stieg ab und ging auf sie zu. Nikali folgte ihm. Er blieb so nah stehen, dass Basemat den starken Moschus seines Schweißes und den Knoblauch in seinem Atem riechen konnte. »Salomon ist tot, aber Euer Vater steht vor Euch.«

Ein Schauder durchfuhr Basemats Körper wie ein Blitzschlag. Hatte sie diese Worte richtig verstanden? Sie wandte sich an Nikali. »Mutter …«

Nikali hob den Kopf und die schlaffe Haut, die ihren Kiefer mit ihrem Hals verband, wurde sichtbar. »Es ist wahr.«

Basemat schüttelte den Kopf. »Nein. Nein, Ihr wisst nicht, wovon Ihr sprecht.«

Nikali trat näher. »Vor vielen Jahren, ehe ich nach Israel kam, lagen Scheschonq und ich beieinander. Ich war schon guter Hoffnung, als ich Salomon heiratete. Ich gebar Euch aus Scheschonqs Samen.«

»Mutter, nein.« Basemat hielt ihre rechte Handfläche in die Höhe und deutete auf den braunen Fleck. »Seht her. Es ist dasselbe Geburtsmal, das auch Salomon hatte. Es ist das Mal des Hauses David.«

Scheschonq drehte sich zu Nikali um. Seine Augen durchbohrten sie auf der Suche nach Antworten.

»Sie lügt«, sagte Nikali zu ihm. »Salomon hatte kein solches Mal.«

Basemat wusste nicht, ob sie von ihrer Mutter abgestoßen sein oder sie bedauern sollte. Hatte sich Nikali selbst von dieser Vorstellung überzeugt, bis sie daran glaubte, oder manipulierte sie ihren einstigen Geliebten nur, um ihre Wiedervereinigung zu dramatisieren? Sie wusste, dass ihre Worte umsonst waren, doch sie konnte nicht stumm bleiben.

»Bitte, Mutter. Um der Ehre Salomons willen … um Eurer Seele willen, sagt die Wahrheit.«

Nikali sah fort, wie sie es immer tat, wenn sie nicht länger wünschte, über etwas zu sprechen.

Scheschonq gab einem seiner Offiziere ein Zeichen. Dieser trat vor, ein Pferd an den Zügeln führend. Der Pharao sah Basemat mit stechendem Blick an. Seine Züge waren streng, unnachgiebig. »Ihr werdet mit Nakhti nach Tanis reiten. Geht jetzt.«

Als Nakhti auf sie zukam, griff Basemat in ihren *Halug* und holte Ahimaaz' Sichelschwert mit einer flinken Bewegung heraus. Sie hielt es an ihre Kehle und spürte, wie die Spitze ihre Haut durchstach. Warmes Blut sickerte herab und sammelte sich in der Vertiefung über ihrem Brustbein.

»Ich werde Eurer Aufforderung nicht Folge leisten. Ich wähle den Tod.«

»Bringt die Gefangene herbei!« Scheschonqs eindringliche Worte dröhnten über die Ebene.

Mit zitternden Händen hielt Basemat die Klinge auf ihre Kehle gerichtet. Eine unsichtbare Hand hielt sie zurück, verzögerte ihren Freitod. Sie spürte die Anwesenheit ihres Vaters.

Einen Moment später wusste sie, warum. Ein zweiter Offizier erschien aus der Zeltgruppe und zog Ana am Ellbogen mit sich.

Basemat keuchte.

Die graue Tunika ihrer Tochter war zerrissen und blutbefleckt. Ihr Blick glich dem eines wilden Tieres, verängstigt und misstrauisch. Die Unschuld des Kindes war von den gottlosen Unmenschen, die sich selbst zivilisiert nannten, am Altar der Lust geopfert worden. Zu wissen, dass ägyptisches Blut durch ihre eigenen Adern floss, widerte sie an.

Basemat verstärkte den Griff um ihr Sichelschwert und drehte sich zu Nikali um. Selbst das Gebot des Herrn konnte die Welle aus Hass, die an die Küste ihrer Seele brandete, nicht verhindern.

»War es das wert, Mutter? War Eure schwelgerische Fantasie das schamlose Schlachten von Lämmern wert? Werdet Ihr im Bett Eures Liebhabers bei den Flussgräsern fest schlafen, da Ihr wisst, welche Zerstörung Ihr über dieses Land brachtet?«

Du widerst mich an, dachte sie, doch aus Achtung für ihren Vater hielt sie ihre Zunge im Zaum. Es wäre ohnehin nicht durchgedrungen; Nikali war in eine zu tiefe Grube aus Schuld und Unverständnis gestürzt.

Scheschonq wandte sich an Basemat. »Ihr seid aufgefordert, eine Wahl zu treffen. Wenn Ihr hierbleibt, lebendig oder tot, wird Eure Tochter hingerichtet werden.« Er gab ein Zeichen, Ana zu ihm zu bringen. Er legte seine Hände auf die Schultern des Kindes. »Aber geht Ihr, so wird ihr Leben verschont.«

Basemats Augen wurden feucht. »Was wird aus ihr werden?«

»Sie wird noch heute nach Jerusalem gebracht, wo sie am Hof des schwachen judäischen Königs leben wird … Eurem Bruder.« Er strich Ana übers Haar. »Ihr habt mein Wort.«

Basemat suchte Anas Blick. Unter den Händen des Barbaren bebend wirkte das Kind erschöpft, aber nicht bezwungen. Basemat erkannte ihre eigene Wildheit in Anas Augen. Wie auch sie, würde ihre Tochter die Prüfungen überstehen und stärker daraus hervorgehen – wenn sie nur die Chance hatte, zu leben.

Eine Vision erschien in Basemats Geist: Ana war aufgewachsen und hatte Abija, Rehabeams Sohn, zum Mann genommen. Gemeinsam führten sie eine mächtige Widerstandsbewegung gegen Jerobeams Herrschaft an. Sie war nicht sicher, ob es eine Nachricht von ihrem Vater war, eine Offenbarung des Herrn, oder eines Narren Hoffnung, aber sie schwor, dass sie echt war.

Basemats Schicksal war in Stein gemeißelt. Was nun noch blieb, war die Bedeutung des Selbst aufzugeben und seine Überreste am Altar des Großen Ganzen zu verbrennen. Vor die Wahl zwischen ihrem eigenen Frieden und Frieden für Israel gestellt, sprach sie das einzige Urteil aus, zu dem sie imstande war.

Sie ließ Ahimaaz' *Chepesch* fallen. »Ich werde mitkommen.«

Scheschonq lächelte schief. Er machte auf dem Absatz kehrt und ging auf seinen Streitwagen zu.

Basemat rief ihm nach. »Wartet.«

Er blieb stehen und sah über die Schulter.

»Ich brauche einen Augenblick mit meiner Tochter.«

»Ihr sollt ihn bekommen«, sagte er und ging weiter.

Basemat näherte sich Ana. Die beiden sahen einander lange an. Basemat hielt die Tränen zurück, als sie die Hände ihrer Tochter ergriff. »Die Zeit ist gekommen, um stark zu sein, Mädchen. Wir leben nicht länger für uns selbst. Wir leben für das Land unserer Väter.«

Ana nickte. Tränen sammelten sich in ihren Augen. Sie blinzelte und sie fielen herab.

»Der Herr hat das Leben für uns gewählt. Alles geschieht aus einem Grund.« Sie holte den Ring von ihrem Busen hervor und löste die Kette von ihrem Hals. Sie reichte sie Ana. »Dies ist dein Schicksal. Du musst es bis zum Ende beschützen. Selbst wenn alles Zeugnis des Hauses David von der Erde getilgt wurde, dann lass dies das Einzige sein, das überdauert.«

Basemat beugte sich vor und flüsterte dem Mädchen das Geheimnis des Rings ins Ohr. Sie trat zurück und warf einen letzten Blick auf ihre schöne Ana. »Es ist das Erbe unseres Volkes. Bewahre es sicher auf.«

Mit einem durchdringenden Wiehern richteten sich die Pferde des Pharao auf die Hinterbeine auf. Es war Zeit.

Nakhti kam zu ihr. Sie drückte Anas Hand und sah zu, wie ihr Kind sich in Schluchzen auflöste. Der Ägypter fasste Basemats Ellbogen, doch sie riss sich aus seinem Griff. Sie ging freiwillig.

Er setzte sich auf sein Pferd und sie stieg hinter ihm auf. Eine Brise wehte ihre rabenschwarzen Locken in ihr Gesicht, als sie über die Schulter hinweg zu Ana blickte. »Wenn Dein Vater am Leben ist, sag ihm, ich werde ihn nie vergessen.«

Nakhti drängte sein Pferd in einen Trab und sie reihten sich in Scheschonqs Karawane ein.

Basemat senkte den Kopf und schloss die Augen. Die Erinnerung war ein Tyrann, der ihre Schritte verfolgte und sie peinigte. Alles, was sie gekannt hatte – die

Pracht Jerusalems, die geistige Festung von Jahwes auserwähltem König, der unüberwindliche Gemeinschaftssinn ihres Volkes – war zu Ruinen zerfallen. Was blieb nun noch? Nur der Glaube für die Klugen und Verzweiflung für die Narren.

Sie sprach ein stummes Gebet, in dem sie schwor, das Licht der Hebräer brennen zu lassen, selbst gegen den Wind.

Die Augen gegen das schimmernde Licht der Mittagssonne abgeschirmt, sah sie auf. Sie ritten nach Westen, auf einen verschwommenen Horizont zu. Außer den rhythmischen Schritten der Pferde war alles still. Die Luft roch nach Mandelblüten, süßen und bitteren, und sie dachte an ihren Vater.

Wenn der Silberfaden zerrissen ist und die Goldschale zerbrochen, wenn der Bittermandelbaum aufblüht, wenn die Vögel zu singen aufhören und es keine Musik mehr gibt, wenn die Türen zugenagelt sind und nur noch Angst und Wahnsinn in den Straßen wohnen, wenn die Knie starker Männer nachgeben und die Schönheit der Jungfrauen verwelkt, dann erinnert Euch an die Worte des Weisen: Vertreibt den Kummer aus Eurem Herzen und verstoßt das Böse aus Eurem Körper, denn der Staub kehrt zur Erde zurück und der Geist zu seinem Schöpfer.

Salomon hatte gewusst, dass dieser Tag kommen würde.

Sie atmete tief ein und brannte den Duft in ihr Geruchsgedächtnis. Daran würde sie sich erinnern, an diesen Hauch des Zweiseitigen: Einheit und Spaltung, Freude und Kummer, Tugend und Verderbtheit. Ein leichter, warmer Wind berührte ihren Rücken und trieb sie auf ihr Schicksal zu.

–ENDE–

Anmerkung der Autorin

Es scheint offensichtlich, zu sagen, dass historische Fiktion überwiegend auf Fakten, Menschen und Ereignissen der Vergangenheit beruht und mit gerade so viel literarischer Freiheit gewürzt ist, um die Geschichte provokanter zu machen und die Möglichkeiten durch die Frage »Was wäre, wenn?« zu erkunden.

Weil die Geschichte, besonders die antike, mit der ich mich eingehend befasse, uns oft viele Lücken hinterlässt, können die Einfügungen des Romanautors – zuerst aus sorgfältiger Recherche geboren und danach aus der Vorstellungskraft – Ereignisse beleuchten, die kaum aufgezeichnet wurden, oder Charaktere zum Leben erwecken, die die Historiker für nebensächlich halten. Das hoffe ich mit *Das Urteil* getan zu haben.

Lassen Sie es mich erklären. Vor einigen Jahren, als ich die Recherche für meinen historischen Thriller *Das Rätsel Salomons* betrieb, begannen mich die Geschichten um König Salomon, Sohn von König David und

Herrscher über die vereinte Monarchie von Israel und Juda, zu faszinieren. Jeder, ungeachtet seiner Nationalität oder seines Glaubens, hat schon einmal etwas von der Legende Salomons gehört; von den unsagbaren Reichtümern des Königs, seiner Weisheit, seinem Bau des ersten Tempels in Jerusalem, seiner Liebschaft mit der Königin von Saba, seinen hunderten von Frauen, seiner übergroßen Leidenschaft, seinem letztendlichen Fall in Ungnade. König Salomon ist zu einem kulturübergreifenden Symbol für Reichtum, Macht, Herrschaft, Frömmigkeit und Erkenntnis geworden – alles universell erstrebenswerte Eigenschaften.

Das Interessante an Salomon ist aber, dass das Meiste, das wir über sein Leben wissen, im Alten Testament geschrieben steht, in den Büchern 2. Chronik und 1. Könige. Von einigen Erwähnungen im Kebra Negest (dem äthiopischen Buch der Könige) und dem Koran abgesehen, bietet uns die populäre theologische Literatur nicht viele Details. Schlimmer noch, die Archäologie entwickelte Theorien, fand aber keine Fakten und Zahlen, die seine Existenz und den Umfang seines Königreichs bestätigten.

Ich musste tief in der rabbinischen Literatur – den Midraschim – graben und mit vielen Rabbinern sprechen, um Antworten auf meine Fragen zu finden. Wer war dieser König? Wie errichtete er ein Reich von epischen Ausmaßen in einer Zeit, als ein solcher Reichtum im Heiligen Land deutlich fehlte? Wie war seine Beziehung zu Ägypten und anderen angrenzenden Staaten? Warum heiratete er eine ägyptische Frau (und anschließend andere Fremde)? Warum geriet sein Glaube ins Wanken? War es dieser Lapsus, der zum spektakulären Zusammenbruch des vereinten Königtums nach Salomons Tod, 930 vor Christus, führte?

Während dieser Recherche erfuhr ich, dass Salomon wahrscheinlich die biblischen Bücher *Sprüche, Prediger und Hohelied* geschrieben hat (seine Verfasserschaft ist umstritten). Ich hatte diese Texte zuvor nicht gelesen, aber sie im Zusammenhang mit der Recherche für *Das Urteil* zu verschlingen stellte sich als besonders lohnend heraus. Jemandes Schriften zu lesen öffnet oft ein Fenster in die Seele dieser Person und das war hier durchaus der Fall. Die klugen Aphorismen im Buch der Sprüche, die philosophischen Fragen, die im Buch der Prediger reflektiert werden, und die ausdrücklich erotischen Passagen im Hohelied: Sie malen ein Bild von einem vielschichtigen, vielleicht auch sorgenschweren Mann.

Seine Geschichte zu erzählen war ein Privileg. Ich habe mich dagegen entschieden, Salomons Perspektive zu verwenden, und stattdessen die Stimmen von drei Menschen gewählt, die ganz unterschiedliche Dimensionen von ihm kannten: Zadok, der Hohepriester

Israels im zehnten Jahrhundert vor Christus und Salomons spiritueller Berater; Nikali Taschere, die Tochter des Pharao und Salomons erste Frau; und Basemat, eine der Töchter des Königs mit Nikali. All diese Einzelpersonen sind historische Figuren, obwohl es nur wenige Informationen über ihr Leben gibt.

Aus der Bibel wissen wir, dass Salomon »die Tochter Pharaos« heiratete; ihr Name oder der ihres Vaters werden nicht genannt. Durch weitere Recherche erfuhr ich, dass ihr Name Nikali war, und fand widersprüchliche Theorien darüber, wer ihr Vater gewesen ist. Die Annahme, dass sie die Tochter von Psusennes II. war, war meine eigene, die strikt auf der Zeitachse der Regierungen der beiden Könige beruhte.

Die Bibel erzählt uns auch, dass fremde Frauen, insbesondere die ägyptische Ehefrau, die er mit solcher Begeisterung liebte, Salomon dazu veranlassten, tolerant gegenüber der Anbetung anderer Götter zu sein. Das war der Hauptgrund (es gab noch andere, wie zum Beispiel die Besteuerung seines Volks) für den Niedergang des legendären Königs im hohen Alter und der letztendlichen Teilung des Königreichs durch seinen unzufriedenen Stellvertreter, Jerobeam, der schließlich König von Israel wurde.

Jerobeams Verrat ist gut überliefert und ebenso die gewaltige Invasion kanaanäischen Landes durch

Psusennes Nachfolger, Scheschonq I. Die fiktiven Teile sind Scheschonqs Liebschaft mit Nikali und die Verschwörung zwischen den beiden und Jerobeam, um Salomons Reich zu Fall zu bringen.

Ein Wort über Basemat an dieser Stelle: Da die Geschichte keine Einblicke in ihr Leben gewährt, nahm ich mir einige Freiheiten bezüglich ihres Charakters. Durch ihre unerschütterliche Frömmigkeit und persönliche Stärke wurde sie zu einem Symbol für Glaube, Opfer und die Zukunft Israels.

Gegen Ende der Geschichte erinnert sich Basemat an das letzte Treffen mit ihrem Vater. Um zu meditieren und Buße zu tun, war Salomon alleine durch die Wüste Juda gewandert. Nach vierzig Tagen schickte er nach seiner geliebten Tochter. In der wahrscheinlich traurigsten und doch hoffnungsvollsten Szene des Buches erzählt Salomon Basemat, dass Feinde vor den Toren Jerusalems stehen und er fürchtet, dass der Tempel des Herrn zerstört wird. In Vorbereitung auf eine solche Eventualität gibt er Basemat seinen Königsring und enthüllt ein Geheimnis.

Obwohl dieser Ring in den mystischen Texten dokumentiert ist, ist das Geheimnis eine Fiktion, die von der messianischen Prophezeiung, die besagt, dass der jüdische Messias seine Abstammung über die salomonische Blutlinie bis zum Haus David zurückverfolgen kann, inspiriert wurde. Im Buch ist Salomons Geheimnis seine Vorsorge zur Neuerbauung des Tempels auf die von Gott gewollte Weise durch einen seiner Nachfolger. Es symbolisiert seine Buße für das Wanken in Gottes Augen und in den Augen seines Volkes. (Eine moderne Bearbeitung dieses Mysteriums findet sich in meinem Thriller *Das Rätsel Salomons* aus dem Jahr 2013. *Das Urteil* ist eine Art Prequel zu diesem Buch.)

Als letzte Anmerkung möchte ich darauf hinweisen, dass die Beschreibungen der antiken Städte Jerusalem, Megiddo und Tanis authentisch sind. Um mich über diese längst vergangenen Welten zu informieren, las ich unzählige Texte und studierte die Werke von biblischen Archäologen und Ägyptologen. Ich glaube daran, dass Details wie Architektur, Ernährung, Garderobe, Hygiene und, natürlich, Sprache, viel zum Lesererlebnis beitragen.

Ich hoffe, Ihnen bereitete diese Reise so viel Freude, wie ich daran hatte, sie Ihnen zu ermöglichen. Wenn das so ist, denken Sie bitte darüber nach, *Das Urteil* zu rezensieren oder es einem Freund zu empfehlen.

LUZIFER
VERLAG